La Splendeur
dans l'herbe

不需要爱的夏天

[法] 帕特里克·拉佩尔 著　张俊丰 译

四川文艺出版社

图书在版编目（CIP）数据

不需要爱的夏天/（法）帕特里克·拉佩尔著；张俊丰译.
—成都：四川文艺出版社，2018.8
ISBN 978-7-5411-4955-9

Ⅰ.①不… Ⅱ.①帕… ②张… Ⅲ.①长篇小说—法国—现代 Ⅳ.①I565.45

中国版本图书馆CIP数据核字（2018）第186367号

La Splendeur dans l'herbe
by Patrick Lapeyre
La Splendeur dans l'herbe©Editions POL，2016
All right reserved
著作权合同登记号　图字：21-2018-329号

BU XU YAO AI DE XIA TIAN
不需要爱的夏天

[法] 帕特里克·拉佩尔　著　张俊丰　译

策划编辑	奉学勤
责任编辑	李国亮　周　轶
版式设计	史小燕
责任校对	蓝　海
责任印制	崔　娜

出版发行	四川文艺出版社（成都市槐树街2号）
网　　址	www.scwys.com
电　　话	028-86259287（发行部）　028-86259303（编辑部）
传　　真	028-86259306
邮购地址	成都市槐树街2号四川文艺出版社邮购部　610031
排　　版	四川胜翔数码印务设计有限公司
印　　刷	四川五洲彩印有限责任公司
成品尺寸	140mm×210mm　1/32
印　　张	9.5	字　数	200千
版　　次	2018年8月第一版	印　次	2018年8月第一次印刷
书　　号	ISBN 978-7-5411-4955-9
定　　价	49.80元

版权所有·侵权必究。如有质量问题，请与出版社联系更换。028-86259301

纵然,昔日之辉何等灿烂

而今,永离我眼

纵然,碧草微华,繁花锦亮,

——良辰无可重现

我们,亦不再悲伤……

——威廉·华兹华斯

1

在欧麦尔的众多能力之中，其中一种便是：当人家不再等他的时候，他就出现了。五点钟的时候，他出现在花园栅栏门那里，手里撑着一把雨伞，领带飞了起来，鞋子上也满是污泥。由于迟到得实在不像话，与他相约的那位女士已经进出来回站在台阶上张望好几次了。此刻人家正盯着他看，满脸的不知所措。

欧麦尔站在台阶下面，手忙脚乱的，动作幅度很大。这完全是因为他那把不好对付的雨伞——他正笨手笨脚地朝天"挥舞"着它。这时他意识到了自己那一米九三的个头，笨手笨脚的动作，跟自己无可辩解的迟到一样——让人吃惊。

在终于收服了自己的雨伞之后，两人在门前碰面了，彼此距离只有几厘米，就好像两个正要拥抱的人一样，只是他们两个并不相识。情景一下子变得微妙起来。

"真对不起。"他向人家道歉。从火车站一路跑过来之后，他还气喘吁吁的。"我想，您就是芒加尼太太吧？"

"完全正确，希碧儿·芒加尼……现在，请进来吧。"她带着微笑跟他说。还增加了一句：如果他愿意的话，他可以将鞋子和雨伞放在走廊上。

确定她是如此好客（尽管他感觉对方跟他自己一样，有点紧张），欧麦尔便只穿着袜子跟着她走进一个大房间，天花板很高，朝花园的那面墙上有一个玻璃观景窗。从面漆和地板的状态上可以猜出来——这房子过去经历过更好的日子。不过，现在这房子也散发出一种英伦魅力，这归功于那满墙的爬藤和凸窗设计。

"您真的是太高大了。"她突然强调说，一边踮起脚尖站在他身边。

"您这么觉得？"他回答说，同时觉得他的腼腆应该跟自己的虎背熊腰形成鲜明对比。

她提议要煮点咖啡，他连忙示意说千万别为自己太忙活。不管怎么说，他已经在火车站喝了一杯咖啡了，但是她执意要弄。

在她来回穿梭在厨房和客厅的时候，还不忘跟他聊起自己一个人照顾这个大房子的难处。他一直站着，有点不大确信，被对方那热情的嗓音镇住了。这是一种低沉的嗓音，略微沙哑而悦耳。他还注意到她那梳上去的发髻更显得脖子修长，给他一种很聪慧的感觉。

"我把糖拿过来了。"希碧儿·芒加尼对他说，表面上一点都没有猜疑刚才那番打量。

他们面对面坐了下来。她坐在一把椅子上，他则坐在沙发上——很不自在，就像自己是被她召过来进行一场试探性的面试一样，而面试的结果将决定他的命运。她似乎在几个问题之间犹豫不决，于是他们先把咖啡喝了，然后拿着咖啡杯一句话也不说。这样的情景持续了好久,每个人可能都在等待另外一个先开口。

有好几次,欧麦尔的目光都撞到对方在审慎地观察自己。从她那飘忽的眼神中,他有种感觉:对方正在她的男人评价表中给自己定位,但是她没有给出任何评价。与此同时,房子是如此的静谧,以至于能够听到雨滴落在花园里石板上那令人压抑的噗噗声。

"您有他们的消息吗?"最后,还是她开口问他。

"一点都没有。"他回答道,身子在沙发上不自在地扭来扭去,"我从来没有他们的任何消息。"

"艾玛努埃尔从来没有给您写信或打电话?"

"艾玛努埃尔?"他重复了一遍这个名字,不自觉地做了个鬼脸,就像是她无意中夹了一下他某根神经一样,"我向您发誓,这一年半以来跟她毫无联系,也一点都不知道她现在怎么样了。"

她想了想,说:"我猜,您还有那么一点点留恋她,内心深处,尽管不敢承认,还总是希望知道她的消息。我是不是错了?"

他犹豫了。也许是由于出现了误会,他们两个之间的问与答间隔时间拉长了(间隔甚至好几秒)。

"我向您保证,我对她不再有任何期待,也几乎再也没有想过她……您呢?"他很礼貌地问她,"他们给您什么消息了吗?"

"特蕾莎,乔瓦尼的姐姐,倒是时不时给我一点消息。我知道他们生活在塞浦路斯有几个月了。"

"塞浦路斯？"

"您不知道？"她在点烟，非常惊讶。

"绝对不知道。"欧麦尔向她保证，同时自己也抽出了一根烟，似乎这是一个结盟的信号。

他们又保持了很久的沉默，彼此都尽力捋了捋各自的心情。电话突然响起来的时候，他差点都跳起来了。

"不好意思。"她连忙说，同时放下了咖啡杯，急忙走向最里面的那个房间。

他稍微打开了一点落地窗，好吸一下湿草地的清香，然后将烟圈吐向花园。一道矮墙上蹲着一只黑猫，大眼睛正在直直地盯着他，似乎非常确信在另一个轮回里与他相遇过。他是在哪里看到过？说是每只猫都有一个秘密的名字，只有它们自己才知道。

"我马上就来。"希碧儿喊了一声。

欧麦尔急忙按灭自己的烟，转身坐在沙发上，强迫自己深呼吸一下。然后他等着接下来的事情，双手平摊在自己膝盖上，全身由于紧张而变得有些僵直。

"我得承认自己真的急着想认识您。"希碧儿对他说，声音又变得热情起来，"您知道咱们本来可以从不见面的。还得告诉您——我发现您的名字和地址完全是出于偶然，是在我丈夫的一些纸上看到的。不管怎样，这也太不可思议了，您不觉得吗？"

他得承认这确实不可思议。

"看到希尔曼·欧麦尔这几个字的时候，我还想了几秒钟欧麦尔到底是您的姓,还是名字。您得承认这个名字可不多见呢。还有可能这是不是两个名字……我想您是德国人吧。"

"我是瑞士人,德语区的。"欧麦尔回答说,"您是不是觉得我的口音太重?"

"不不,听不大出来。不管怎样,还是很遗憾没能早点跟您联系——当我知道那两位背着我们搞事的时候。"

"也许是什么神秘原因耽误了吧,可能您也不必遗憾……不是说该来的迟早会来么。"他一副故作高深的样子,微笑着说。同时注意到天色比预想的晚多了。

但是他并没有立刻动身,因为想彻底搞清楚一种说不清道不明的感觉。这种感觉中混杂有惊奇,开心,还有忧虑。

最后,他还是站了起来。她送他一直到门口,在那儿他穿上了鞋子。室外,犹如有什么预言似的,乌云被撕开了,一道春天的明媚阳光倾洒在庭院里。

"能够认识您太好了。"他握住她的手明白表示了自己的态度。

"现在您可是知道路了,而且,您知道咱们还有很多事情要相互说说。"

"我很快会再来的。"欧麦尔答应她说,不过也被自己的反应给吓了一跳。

当走上那条路的时候,他被一种很自在的感觉给攫住了:似乎自己的心情突然一下子就舒缓了,视线也变清楚了。快七点了,他一边摇着自己的伞,一边走向车站。一片狭长的云彩,那么明亮,一直陪他到车站。

2.

出了宾馆去吃午餐的时候,像是突然来了灵感似的,阿诺问她是不是愿意跟他一起打个车绕海边兜一圈。她回答说:"当然愿意。咱们有的是时间。"

这应该是十几年前的事了,最晚也应该是1970年,因为那时欧麦尔还没有出生。能够确定的是:这是在一年早春的时候。

录像画面上已经能够看到沙滩上有太阳伞,海里游泳的人像球瓶一样被突如其来的海浪冲倒。那时候的街道上好像从来都是好天气。英格兰大道上,闲逛的男孩们留着长长的头发,戴着大墨镜的女孩们穿着迷你裙。她也不例外。

她还记得非常清楚,那时候是坐在出租车前面的副驾驶座上,这样坐在后排的阿诺好拍她。阿诺手上拿着的是宝来克斯小摄像机——亚当叔叔送给他们的结婚礼物。

也许是因为从未见过地中海,也许是因为正当触景生情的年龄,她觉得乘出租车绕着海边兜风简直是太美妙了,从成排的棕榈树和各种冰淇淋颜色的房子中间穿过,交错闪烁的绿色的光线从车窗欢快地倾洒下来,微笑洋溢在她的脸上。她不是在微笑,就是在做鬼脸,或者是在朝着摄像机大笑。

时不时地,她甚至都忘了自己是谁。不得不说,她那点缀着雀斑的略显苍白的小脸,还有微微隆起的乳房,让她看起来更像一个少女,而非婚后的少妇——很快将成为母亲(但是这个,她还不得而知呢)。

跟那些年拍的录像中的大多数一样,这次的拍摄中什么都有:晃动的镜头,特写,色彩……唯独没有声音。因而,也就听不到他们在说什么。安娜只能回忆起当时阿诺不停地让她回头,这样摆动作,那样摆姿势,甚至还让她摆一些有点挑逗性的动作——如果有机会的话。如果不是司机在场,她敢打赌阿诺一定会让她掀起裙子的。不过,即使是那样,她也一定会照做。那时候她可什么都不怕。

换了是今天,为阿诺做那些事情简直想都不敢想。但是在当时那个年纪,她是那么无忧无虑,对什么都不会腻烦,以至于只要想到阿诺爱她,他们两个是成双入对第一次旅行,她就无比满足,什么事情都答应。她想要给他所有他想要的,想做所有他想做的,似乎她已经将人生的方向托付给了他。

这其实并不是他们的新婚旅行,因为他们结婚已经快一年了,不过也差不了多少。阿诺还带着新郎官的那种过分殷勤和笨手笨脚,动不动就兴奋起来。她呢,还带着羞涩,感觉自己每次都是被强迫着带进浴室脱光……然后,他是那么温柔,有趣,对什么都感兴趣。

他不顾父母和所有瑞士亲戚的反对娶了她。所有亲戚在反对她的态度上迅速"结盟",因为她是一个出身并不太好的漂亮女孩,而且还是个边民,Ausländer(德语:外国人)……亲戚们对他俩在"战前"的抗议无动于衷。当然，他们也一点都不看好他俩的未来。阿诺的父母在这点上起了带头作用。

晃动的光线，安静的出租车，车外的棕榈树……再看到彼时彼景中调皮可爱、青春洋溢的自己，这一幕在此时是那么让人感慨，更不用说彼时阿诺那充满爱意的眼神。沉浸在爱情中的她，肆意地大笑着经过一个赛马场——名字她已经忘了，看到几只海鸥点缀在看台的顶上。

他甚至还拍下了她躺在浴缸中的场景（他一刻也不停地拍她）。酒店中的浴室里，她的一半裸体遮挡在泡沫下面，理由就是：波纳尔跟他妻子也是这样做的……他们参观了画家在卡奈的别墅。别墅在城市的最高处，带着阳台，花园里种植了柠檬树和橙子树。

安娜将录像暂停在洗澡画面上一会儿。画面中的她刚把头从泡泡中抬起来好看着录像机。然后——也许是出于虚荣的冲动，也许是出于自我见证的模糊的想法——她凑到了镜头前，注视着自己：画面中的她眼神是那么的清澈，自信……以至让现在的自己都有点不舒服。

是什么没有改变？自己会在哪一站下？她思考着。

看来波纳尔拒绝看到妻子老去，即使在她死后仍然将她画成一个躺在浴缸中的年轻的裸体女郎——他已将这一形象刻在了大脑中……而她在他心中始终都是那么年轻、纯洁，谁能猜得到？谁又会在乎？

而她，并不是说十年过去变老、变丑了，而是她感觉自己没有了存在价值，几乎被完全无视。

也许是这个原因,她才特别喜欢这段录像,总是在家里没人的时候躺在沙发上偷偷看,甚至能够反反复复地看个十几遍。因为这是他们已经失去的快乐……录像中的他们那时还那么纯真,而人们一生也许就那么一次纯真的机会。

当然,如果没有这些图像,她也会跟所有人一样,觉得自己的记忆似乎在耍花招,觉得自己是在一边回忆,一边美化过去。但是现在,她有了证据(甚至在某段录像的瞬间,还可以看到阿诺的身影倒映在车窗玻璃上——正在朝她吐舌头)……假如有一天给他看他曾经录下的这些图像——在把这些图像彻底遗忘在某个箱子的底部之前——他是无法否定的,她也是。

是的,他们在那里。是的,他们还是那么可笑地相爱着,而且她还能记起来。就在这个出租车里,就在那片沙滩上,就在加布里埃尔·弗雷路上那家旅馆的房间中——可能就是在那里他们有了欧麦尔。不可否认,无法改变。

3.

欧麦尔在这之前从未犯过什么错误,也没有什么违法案底,记忆之中也从未有什么事情值得脸红,然而,他却喜欢将自己包裹在一层层的秘密中,厌恶吐露心声……但是今天,由于事情同时关系到两个人——希碧儿和他,于是他想强迫自己一回,毫无保留地将自己与艾玛努埃尔断绝关系后的可怜处境倾诉给她。他只是想谨慎地提醒对方:他要跟她讲的,从未透露给任何人。

"我也没有。关于我的故事,我从来没有给乔瓦尼讲过一个字。一起说一说这件事,我觉得挺好的,也让人感到安慰,尽管咱们实际上还不怎么认识。"她强调了下,同时叠起双腿,左腿在上,右腿在下。

这时,欧麦尔无意中想到了她到底多大这个问题。判断的答案是:她应该比他大两三岁,也可能是四岁。不管怎样,她都应该四十多岁了。不过,奇怪的是,如果有人跟他反驳说对方只有三十五六的话,他可能会闭上眼睛承认的。

这些思考总体上说并不像看起来那么无聊,因为欧麦尔属于这一类人(他自己不是特别确信):身体诱惑可以左右情感的一类人。另外,当他试图跟希碧儿总结自己与艾玛努埃尔一同度过的五年时，取悦眼前知心人的欲望夹杂着一丝不确定，居然让他时不时地忘词，偶尔前言不搭后语。

希碧儿并未因此就不专注地听他讲，眉头虽然因惊讶而紧蹙，但好奇心还是一点都没有减少，也没有想尽力让他吐露出来他还想保留的一些内容……这些细节佐证了她对欧麦尔的初次印象。还不明就里的欧麦尔就这样三周后又来看她——以证明他的做法是对的。

如果说他们的对话最终显示没有预料的那么困难——因为他感到更自在了——那么，这样的结果首先源自他的对话人的单纯与好客。

"您知道，"欧麦尔说，双手规规矩矩地放在膝盖上，"我们的生活由于艾玛的参与是这么让人沮丧。对我来说，我觉得平时最让我苦恼的是不理解。这比失望和怨恨更让人苦恼。不理解我们所遇到的这些事情。今天，幸好我平静下来了，因为一切都已经是过去的事了，而且我知道也没有什么不好理解的……"

"绝对什么都没有。"当意识到自己脸上可能带出来的忧虑表情时，他重复了一遍，但是不知道自己该将那种表情表达得更善意，还是更恶意一点。

"您继续说。"希碧儿对他说。她看见欧麦尔有点犹豫。

"我们几年来也一直过得这么糟糕。事后最让人惊讶的是——并不是以前在一起，因为，事实上有那么多理由待在一起。不，最让人惊讶的是活着从痛苦中走出来。"

"对，就是这样！"她回答说，同时看他的眼神中不可思议与同情不相上下。

她的反应有让他安心的能力，但是不仅仅是这样。欧麦尔确信：除了他们相同的境遇以及由此自然而然产生的团结互助的情感，他们两个之间还互有好感似一股暖流，几乎是一种情感上的默契。而且，他还同时感觉到希碧儿的和蔼可亲以及听他讲话时的耐心对他来说都有一种治愈的效果。

"我们现在比简单了解更进一步了，"他于是对她说，"差不多是同盟了。"

"也可以这么说，"她答道，同时收回了自己的双腿，"但是条件得加上一点，我们完全不是针对他们的同盟。他们走了，想换一种生活，我们得给他们一次机会。"

这个观点让他沉默了好大一会儿。

他俩都端坐在自己的椅子上，微笑着，好像是要拍一张正式照片似的。整座房子静悄悄的，被乌云遮住的太阳时不时地又露出来，洒下犹如舞台上被减弱的光。他们四周的墙饰，窗帘，花瓶，以及瓷器餐具和托座上的蒂凡尼灯（所有这些都是欧麦尔平时一贯所鄙视的），这会儿都变成了让人净化、让人沉思的物体。

"他们无疑是大错特错了，"希碧儿接着说，"我们应该知道这一点。不过，根据我的经验，怨恨会比其他东西给我们带来更多的不幸。"

"等等，"欧麦尔说，同时举起手，就像在学校那样，"您无疑是对的，但不管怎样我还是应该好心地提醒您，以免误会。我们分享了不幸，不过我们从中得出的结论是不一样的。

您很宽容,我承认这是个大优点。不过,宽容并不意味着纵容。"

"我并没有纵容,"希碧儿在沉默了好一会儿后回答说,"您不能跟我这么说。"

她的乞求语气一下子就让欧麦尔停下了。不管是不是确信,欧麦尔还是更乐意打退堂鼓,不再跟她争论。因为据他观察,有些时候也许做朋友比有道理更为值得。

希碧儿看起来也注意到了,作为和解,她建议欧麦尔出去散散步,一直走到卢万桥,这样就可以顺便欣赏一下周围的乡村风光。

他们出发了。空气很温和,暴风雨要来的前奏,弥漫着的湿气很像毛毛雨的感觉,河边大片大片的薄雾粘在树枝上。

"我觉得,"她对他说,又回到了他的那个主题,"您现在该翻过去那一页了,忘掉这些年的不幸……尽管一个故事结束得很糟糕,感觉自己从头到尾都是被蒙在鼓里的,我们也还是获得了一些东西,不过还不知道是什么而已。"

"这个,您说的该是自己吧,"他小心翼翼地回答说,"至于我这边,我真的不知道我能获得什么。"

"不,不,我说的是所有人。"

欧麦尔慢慢地向前走着,好像在自己的伞下冥想着什么。他告诉她,有一天晚上,在梅兹,在街上跟着一对夫妇走路时,他突然明白:艾玛已经完全从他的精神世界中走出去了,而且已经很久很久。他于是突然就被治愈了。

"也许这只是一个印象。"她打趣道,因为她也许猜得出来欧麦尔犹豫不决的性格。

他们手肘倚在桥的栏杆上,看着打着漩涡的昏暗的河水。由于下雨的缘故,河水漫过了河岸,淹没了草地,以至当他们回头的时候居然看到两只白鹇。鸟儿悄悄地溜出来,随后又躲到了一道篱笆的后面。

"不管怎么说,我知道自己没有从这件事当中全身而退……甚至觉得这可怕的五年夺走了我的青春和激情,由于这个原因,我变得有点消沉了。"他向她承认。这时他们又走在了路上,还打着伞,却不知雨已经停了。

他们沿着几个度假屋的花园向前走,路边还有几个已经荒废的网球场,一直走到一座横跨运河的金属桥上。运河里面停泊了十几艘驳船。然后他们又走向一条林间小路,之后循着一只布谷鸟沉闷的叫声折向另一条。

"您确定不累,不想回去吗?"走了一会儿后,希碧儿看着他的脸问道。

"不,不,一点都不累。"他赶紧说。因为他喜欢听林中的鸟鸣,这会给他一种睁着眼睡觉的感觉。

"那好吧,随您的便。"

4.

看来，他应该是没有听到。"先生，我就是在跟您说话的。"安娜用德语说，不敢太大声，因为厅里人特别多。

"我？"陌生人转过头，很惊讶。

"我想跟您一起喝杯咖啡。希望不会烦到您，既然您不是在等人。"

"不，不，完全不是。您真是太客气了。"他谢谢她的邀请，顺手把自己的椅子挪到了她那边的桌子旁。

男人这时候突然显得比她刚才看到的要老成一些。他抽下自己的羊毛围巾，与夹克一起搭在了椅背上。让安娜高兴的是：他做这一切都是那么的缓慢、镇定、全神贯注的样子，似乎是在趁空思考一下接下来要发生什么。

"其实，我只是想知道您是谁。我注意到您抽烟的样子很帅。不知道您是怎么做到的，可以这样拿着烟——夹在中指和无名指中间。"安娜一边跟对方说着话，一边模仿着对方的样子。

"我父亲就是这样抽烟的，动作就传给我了。"

"您可能注意到了。有些人可能实在是太累了，要么是由于工作，要么是什么个人烦恼。可是一旦等他们做出点烟的动作,就又变得精神起来。本来觉得他们被掏空了,完了,但是就那么一下子,就可以明白他们还是有激情的。这些话不会吓到您吧?"

"不会。"对方摇摇头。几乎是坚持,安娜硬点了两杯咖啡,其中一杯只加了一点奶。他看着她,双臂交叉着,表情一直都是全神贯注,搞不清楚自己该怎么对待这样的聊天。

"您在这儿生活很久了么?"她大着胆子问道,尽管有点担心自己是不是太唐突了。

犹豫了一下后——因为她的问题有点出其不意,他最终还是如实回答了自己的情况。他大概十五年前从匈牙利来到瑞士,刚开始是在酒店里做些苦工,既要维修电梯,还要做管道工。当大家不再让他干传达时,他去了接待处——因为身体不大好,住的是顶楼的一个小房间。房间太小,只能容得下一张床和一张桌子。

"我唯一的奢侈品,就是在旧货摊上成批买的书了。"

"您读什么书?"

"什么都读,绝对是什么都读。"他一边说,一边用鸟儿一样的眼睛盯着安娜。

半秒钟的工夫,安娜有种奇怪的感觉——自己似乎已经是他触手可及的一只苍蝇。也许是因为她敏感,对于这个男人身体的存在更是过于敏感。从这个男人身上所能体现出来的力量与平静逐渐让她感受到一种模糊的压迫,似乎刚才他就已经静静地建议她去他那个小房间。

"您还没有跟我说,为什么您离开了匈牙利。"她为了转移注意力就问道。

"为什么东边国家的人要来瑞士,您觉得呢?这没有多神秘啊:为了自由和钱。也就是说,为了所有他们想要的。"

"我感觉自己更像共产主义者,"安娜冒冒失失地说,"我觉得这是本世纪最棒的主意了。"

"一个女中产阶级共产主义者,"他打趣道,"我本该怀疑的。您穿衣打扮的方式,说话的方式,还有您的法国口音……"

"这正是我丈夫的看法。他觉得我是一个小资产阶级理想主义者。"

"我猜您会投左派联盟和密特朗的票,是不是?"

"是。"

"您看……不过,不谈这个了。我不是很想聊政治。现在,该您跟我说说您平时是干什么的了。您觉得可以吗?"他一边强调着,一边将手放在了她的手上。

"哦。"安娜回答说,无意中瞥见男人的手指很粗,指甲破了,"我既不是工人,也不是坐办公室的——如果您非要我回答的话。另外,我也不工作,成了一个年轻的家庭主妇,生活就是围着一个经常不回家的丈夫和一个九岁的孩子转,孩子特别黏人。"她总结给对方听。然后突然想起自己忘了告诉索尼娅将欧麦尔托付给邻居罗姆太太。

这已经是第三次或者第四次这样了。她可知道罗姆太太的为人和她的那些大规矩——她已经明白自己要穿上冬装迎接"严寒"了。

"真对不起,我无论如何都得走了。不过,我要先打个电话。"她跟他说着这些,一边将手抽了回来。

"我觉得电话是在二楼。"

"希望您至少不会太生气。真的没多少时间一起聊天了。"

"生气?您多大了,还说这些?"

单纯的她,居然差点回答出自己的年龄。

通话一结束(罗姆太太暂时被安抚住),她在推开电话亭的门时就发觉她的陌生人已经消失了。既不在大厅里,也不在路上。他就这样消失了,一个字也没说,也许是受伤害了吧。但是她又能怎样做呢?

5.

  大厦高处,第十二层,欧麦尔在等电梯时感到一阵心烦——大部分同事都已经走了——一天又无声无息地过去,与往常一样,了无痕迹……所有工作时间中的每一个小时也无非如此。
  脸贴在窗玻璃上,他茫然地看着天空,看着落日西沉。完全是出于偶然,不知道为什么希碧儿·芒加尼出现在他思维的另一个屏幕上,与风景融为一体。这一幕在脑海中出现了不过几秒,他却一直被吸引着。
  也许还是第一次,他隐约感到这个女人给自己的印象是多么深,自己突然对她有多么想念。然而,最近一次见她已经差不多过去十几天了。
  过了一会儿,欧麦尔走向地铁站,决定取消与达蒙的那局网球——希碧儿的出现似乎改变了他生活中一些事情的优先次序。他决定周六去找她,好在有十五点十分的火车。他太需要跟她聊天,太需要她的温柔和她那种有调节性的影响。
  不过同时,欧麦尔已经足够习惯监管自己的情感,以免惊讶于自己怎会如此就被新的人与事影响到。要知道,自己见人家不过才两次,而他们之间还没有发生任何大不了的事情。哪怕是出于最好的意愿，他实际上也还是无法建立起最微小的因果关系，关于他自己的感情——这种突然系于希碧儿身上的依赖——和任何什么事情的因果关系。如果有，这事情一定是在他不知情的情况下发生了。

同时，外面，夜幕已经笼罩了街道。楼房中已经变得漆黑，打开的窗户也不过是在呼吸着黑暗。风是温热的，几对夫妻站在人行道上静静地等待出租车。欧麦尔此时觉得自己上一辆出租车是那么轻而易举。然而他记得很清楚自己还有东西要买，不过，还是更想立刻停止一切活动，回家。因为他害怕心中的那股激情马上消失，就跟突然来临一样。

他住在宝乐街的一幢旧楼里，离斯特拉斯堡-圣-德尼火车站不远，因为他刚到巴黎就被这片街区，以及街区上形形色色的人群给温柔地迷住了。他喜欢从厨房的窗户往外探一点身子，观察那些树木的枝叶，还有大街上明亮的露天茶座，但是今晚他可不会在那里耽误时间。

他心满意足地点了一根烟，在房间里走来走去。但是走得很慢，还很小心，就像一个人正在努力控制自己的快乐。

欧麦尔实际上在思忖着自己结识这个女人的机会——她人生当中的诸事不幸与自己有得一比（尤其是在这样的事情上），因为毕竟还要认识到：他们的相遇是那么的偶然，她的境况是那么的特别，发生什么事情的可能性原则上是那么微不足道。

四仰八叉地躺在床上抽了一会儿烟之后，他突然开始重复她的全名：希碧儿·芒加尼。因为这样很让他着迷，所以就不厌其烦地在脑海中一遍遍地过这个名字，名字中的三个清晰的元音似乎就像珍珠一样可以串起来①。

欧麦尔知道自己很容易被感动，而且经常为了高估别人而贬低自己，但是在希碧儿这件事上，尽管还不怎么了解对方，他确信自己虽然如此欣赏对方，但也并没有什么夸张，也没有丧失分寸。他一经认识对方便立刻感觉到这是一个弥足珍贵的人。她身上的那种平衡感，那种精神力量，应该会让所有认识她的人羡慕不已，而这些也许是源于幸福的童年和早熟的思维训练。

与希碧儿的那次谈话，让他很受打击。对于谈话的主题——他在与艾玛关系上的失败，希碧儿显得那么宽宏大量，自己却是那么怨天尤人——他非常后悔自己在她面前的失态，显得自己那么卑下。然而她并没有给他"上课"，也没有去增加他的负疚感，好像她的优越完全是无私的，而且她并不想从中得到什么权威。

有两种可能性——欧麦尔想，从道德水平讲——要么是他的水平太低，要么就是她真的比一般人要坚强太多，太多。纯粹出于假设的话，与她的相识是生活的赠予，但是赠予了什么呢？他又一无所知。他所知道的一切就是：自己不得不接受。

他起身去厨房，在水龙头上接了杯水喝。走过去时看到了对面正在修的两栋楼，工程用的篷布随风而起，像波浪一样。其他楼房里发亮的窗户则一个接一个的就像电影里的每一帧图

---

① 根据希碧儿·芒加尼（Sybil Mangani）的法语读音，不计重复一共有三个元音。——译者注。下文如无特别说明，均为译者注。

片。然后他熄了灯,爬上床,直到触到枕头。

欧麦尔发现自己的激动和遐想让他根本闭不上眼睛,以至于来来回回地看每个小时夜色的不同。由于习惯性的悲观,他早忘了失眠并不总是让人恼火。有的失眠是因为开心,激动不已也会让人睡不着觉——就像阅读或者待在屏幕前一样。可以为他辩解的是:这样的开心——既能想到,又能感受到——对他来说已经很久很久没有遇到过了。

在这种奇异的清醒状态中,为了平静下来,他开始详细梳理自己对希碧儿各种不同的感觉。他得承认:自己对希碧儿的感觉除了友谊、欣赏,甚至是吸引之外——一时更倾向于不把这些分清楚(他觉得自己在逐项打钩),更多的是一种强烈的感激之情。尤其是感激对方将他从这种耻辱与怨恨状态中摆脱出来。每次回忆起与艾玛努埃尔在一起时的精神崩溃,他都会感受到耻辱和怨恨。

值得说的是,她将欧麦尔的幸福置于自己的保护下,无论如何都值得向他说清楚:他的这些愤怒反应并没有罪。无论是从艾玛努埃尔那边来看,还是从他的角度来看,他都没有做过任何的可耻行为。这是一个巨大的误解。他完全可以平静地生活。

尽管不是非常相信,欧麦尔还是觉得这一切看上去挺美。

由于一直睡不着,他就继续想来想去。希碧儿的优点与德行不仅他不具有,他身边可接触到的大部分人也都不具备。尽管他不大相信那些过于高深的词汇,但最终找到的一个词还是"良善"。

在其他人那里或多或少当然可以遇到"和蔼""忠诚""乐于助人",但是从未遇到"良善"。单纯的良善——这个词似乎早就从他的词典中消失了。

他意识到对于这些思考还是有一个结论的,那就是:如果他想发展一下他们之间的关系(他自然不会有其他向往),有一天能够与她平等地站在一起,那么,他就必须提高自己的宽容度。

欧麦尔觉得要么这样,要么什么都没有。他就是这样的人,已经开始担心某种关系的最后结局——尽管这种关系几乎还没有开始。

不过,当他头枕着双手在床上细细思考,脑海里满是这个出类拔萃的女人时,睡意开始在大脑皮层悄悄蔓延,直至消灭了他思维中所有的活动。已经快三点了。

6.

她完全猜得出来马上要发生的事情。阿诺还没有脱下他的上衣——只是将呢子大衣挂在了前厅的挂衣钩上——同样的一幕就已经开始了……轻轻咳一声算是开场白,一般预告着他有什么麻烦事要跟她讲。他会这样开始:"真不知道该怎么说你"(阿诺从来都不知道——出于N个理由——怎么说她),然后就是一大段沉默。

安娜猜想应该是欧麦尔被忘在罗姆太太家的事儿,或者是其他诸如此类的事情,但是这时,她会完全控制住自己的情绪,不露出一点的担心害怕。她只是听他讲,酒杯握在手中,叠着腿坐在壁炉前。

"老实说,我真的不懂,什么冲动能把你带到咖啡馆那儿去消磨时间,还跟一些肯定再也见不着的人搭腔交朋友。"最终,他用冷淡的德语对她如此说。

他们婚后的头几年在一起还有时候说法语,有时候说德语——看他们的心情了。后来,关系紧张了,阿诺可能想在家里树立自己的绝对权威,欧米和她就没有权利使用法语了——只要他在场。必须是纯德语——如果可能的话,不要带阿尔萨斯方言的土腔,他讨厌那种腔调。

"我知道,"她耐心地回答说,"你更想让我去博物馆,去茶馆,跟其他没事儿可干的太太们一起,但是你得知道:我跟那些单纯的人在一起更舒服,他们会跟我讲他们的人生……你会承认这不是什么不法行为吧,我希望。这可没有违反法律。"

"你的行为本身可能无可指责,但是这种行为完全不照常理啊,安娜,这是漫游症。你怎么能把整个整个的下午用来跟些陌生人聊天,还冒着忘掉你儿子的风险。他们完全帮不到你什么啊。"

"只有你这么说。"

"那好,告诉我他们帮到你什么了。"

"我在想他们能让我幻想,会引起我思考。而且,我并不是随便跟一个人说话,都是些有趣的人,我检测过的,拿着我的小魔法棒。是些人生出乎意料的人,有点不同寻常的那种。"

"几乎总是男人,"他一边说着自己的观察,一边最后脱下了上衣,自己去拿了一杯酒,"我得承认,我不大可能相信,这些人跟你聊几个小时只是为了享受再造世界的乐趣。他们脑袋里面肯定还有其他想法。"

"脑袋里面的想法",她轻轻地笑了。这么说,好像他现在怀疑她已经变成一个荡妇或者妓女了。然而,假如还有人明显不可能干这种事的话,那就是她。

"你完全错了,我可怜的阿诺。首先,我搭话的对象,女的和男的一样多。其次,这不是个问题。如果我接近我不认识的人,那是因为我好奇,而且我一般情况下都很友好。再说了,我始终相信——你说服不了我的——友谊,关注,偶尔也有同情，才是增加我们那点存在感唯一的方式。"她努力控制着自己的语气跟他说这些话，因为她突然想起自己的话可能有点狂热了。

当他们吵架的时候，阿诺总是喜欢打断她——来嘲笑她的女激进分子的语气和德语错误。这更让人觉得是在吹毛求疵。

"我知道你是什么样的人，你肯定会觉得这是基督教共产主义。"

"我更觉得这是什么都可以。人们会想，以你这种宣传布道者的虔诚，你自以为身负重任，不论任何代价都得走到别人前面，给他们些不知所谓的启发。事实上，听你说话，我感觉你并没有生活在现实当中，而是在一个虚幻世界里，那个世界只是你自己构想出来的。另外，你怎么去改变这个世界，如果你根本都看不到它的话？"

"可是，身边的人我恰恰看得很清楚。"安娜站起来，挺直了身子反驳说。

"不，完全不是，你只是在人们中间看你自己而已。这可不一样。你只是在大家的中心看你自己。实际上，你什么都没有看到，什么人也没有看见，甚至连你儿子和你丈夫都没有看见。"

安娜这时感觉自己好像被逼到了某个角落，胳膊贴着墙，努力忍住自己的泪水。阿诺如此粗暴，如此自信，以至于她感觉自己变得意志不再坚定了。

"听我说，"他说着话突然抓住了她的手，"我知道你觉得我不公平。确实，我容易发脾气。但是，我对你要求并不高，平时你每天爱做什么我都不管,我只是要求理智一点。你懂么?"

理智。这是他的中心词。甚至在床上,枕着枕头,他都有本事看起来很理智。她呢,等她老了会变得乖巧理智的。也就是说,明天的明天:他也因此会变得有耐心。

7.

他们在车上。希碧儿光着脚踩着离合器和刹车,紧张地开着一辆蓝色小奥迪,已经不太新了。而他,从未学过驾车,即使是被女人载着也对什么都不感兴趣(这是晚熟的少年时期的事了),现在顺着开启的车窗享受着外面塞纳河沿岸的阳光和风带来的那份惬意。

保尔·艾吕雅街之后当然就是勒克莱将军大道,车上的欧麦尔一脸的惬意,感觉自己就要融化在市郊那连绵不断又循环单调的景色中,忘掉了自己是谁,要驶向何方。高楼的窗户里面是一张张叠加床,是挂着的玩具,是开着的电视,还有呆坐在椅子上的老太太……他自己也变成了一个呆呆的老太太。

"我一直都没有他们的消息,"他偏爱的女司机突然对他说,同时还踩了下离合器,"我开始觉得这事儿有点严重,也有点让人担心了。每天我都无法控制自己在问这个问题:'他们在哪儿?他们这时候在干什么?'您从来都没有偶尔想想这个问题吗?"

被拉回这个他更想忘掉的现实,欧麦尔不得不承认这种情况极少出现。他与她还没有发展到那种私密的程度,不敢向她吐露心声——他甚至使用了一切手段来使自己不去想这个问题。

"我想他们两个都过得很好，沉浸在他们的新生活中，太投入了，以至于想不到我们。"他一边回答，一边尽量显得放松，努力使自己耐心地停留在事物的表面——有点像游泳的时候，双臂夹着漂浮板一样。

希碧儿应该是读懂了他的心思，因为她没有坚持继续这个问题。于是接下来很长一段时间，他们只盯着路，每个人都沉入自己的遐想中，也都很欣赏彼此沉默的不期而遇。随后，他们发现在一片居住区的街道上迷路了。这片居住区叫"葡萄城"，但是很明显没有一棵葡萄树，倒是有差不多三百多户分界共有房屋，分散在一座教堂和商业中心周围。

"应该差不多，"他大声数着，"六百个成年人住在这么相似的房子里，最粗心的那些，回家的时候肯定至少有一次会认错自己的家。结果就是还会认错自己的老婆。"

"或者是丈夫。"女司机回答说。

"或者是丈夫，"他表示同意，"不管怎样，那些开发商才是唯一该负责的。"

他跟她说话时候的那种活跃劲儿，让不知道的人看了完全会相信：他已经有几个星期没有说过话了。

走远了几公里之后，他们又重新置身于茫茫野外，都为动物、农作物，以及篱笆后面花儿的寂静与骚动激动不已。他们甚至还看到一队士兵，排着队依次走入一片树林，就像要去采摘黄水仙一样。

过了蒙塔基之后他们在一个老旧的加油站停了下来。加油站在一排椴树的阴凉里。他们非常开心地欣赏着这排椴树，顺便等着加油员过来。由于时间不紧，他们还可以有时间观察加油员的妻子——她站在窗户后面，将烟圈吐向午后的虚空中。

"您知道，"希碧儿回过头来对他说，"我还是无法相信您是一个犬儒主义者，艾玛努埃尔对您来说一文不值。您跟她在一起的时候肯定也有过快乐的时光。我承认我很想知道你们之间的一切是怎么开始的。当然了，除非这个让您难堪。"

他说自己所能回忆出来的就是他去参加朋友的朋友的一个晚间聚会。说到这里的时候，他的记忆中出现了几个做手势的身影。这些人他几乎不认识，也没有任何理由去他们那里——只能说他太闲了。结果这些人出于好意给他介绍了一个穿红色长裤的高个子女孩。她刚过来就跟他说她很喜欢德国电影。

"哪一部呢？"他有点戒备地问她。

"《沉默者》。"她说。这差不多就是他对他们相遇的所有记忆了。

"这么说，让人觉得一切都是偶然发生的。但是偶然也必然具有某种意义，要不然，你们也不会在一起生活五年了。"

在欧麦尔自己看来，他深信偶然没有任何的特殊意义。然而，他得承认这个女孩儿撞击了他的精神，因为尽管他一贯有怀疑主义精神，却还是向对方提出下次再见。

如果没有记错的话，他说，他们在 2005 年的 3 月或 4 月开始频繁接触的。他们经常在拉丁区的一家电影院前约会，然后会在露天咖啡座上喝一杯，顺便也品评下电影——这真的不会连累谁，再然后就各自规规矩矩地回家。直到有一天，他坦白说,他自己都无法解释那种奇怪的冲动在他的情感化学中是如何产生的——他陪她去了她那里,内心完全明白是怎么回事。

说完,欧麦尔就停下了。他看着路边上池塘水面的涟漪,琢磨着也许有些事情只有在不说的情况下才是说。

"那个画面我很明白。"她微笑着说,但是没有转头,侧影被剪在车窗上。

他不知道她到底明白了什么,但还是强调清楚:他们并没有马上决定住在一起,彼此已经有了些摩擦、不合,只是他并没有足够注意。否则,只要住到一起,同居生活的结果一定会不言而喻。他们两个人都工作(艾玛已经是小学老师了),晚上一起接待些朋友或看看电视。一起外出并不常见,除非特殊条件下,他们一般睡得也很早,并不知道他们的美好日子屈指可数。

"美好日子里经常就是这些事。"她打趣道,顺便建议停下来欣赏田园风光。

"那我们就欣赏田园风光吧。"欧麦尔表示同意,他开始觉得背底部有点不舒服。

受困于自己庞大的身躯,他不得不抓住车门才能从座位上站起来。车外很热,村庄显得很荒凉。犹豫了片刻后,他们驱车在狭窄的小道上找到了一点快乐。车一直开到旅店的院子里,数棵悬铃木下有几张桌子。眺望远处的小山,山坡上牧草如茵,点缀其中的羊群就像云朵。这一切让他们恍然犹如在度假。

"您知道,"欧麦尔伸展开自己的长腿,"艾玛努埃尔让我如此痛苦,以至于有时我会想:如果说这个女孩确实打开了我真正的初恋之门,那么她并不是真正的初恋对象,我认错了人。"

希碧儿盯着他,表情冷静,但是有点吃惊。他跟她解释说自己甚至长久以来一直都认为:不管是意外遇到哪个女人,都会承担同样的角色,因为那时候的他是那么盲目。

"那您现在改变看法了吗?"

"现在,是的。"他有点谨慎地让步承认了,知道这个主题很危险。

回头看过去的这几年,将一起度过的所有时段倒叙放在一起,他不得不认识到:他刚才所说的一切是有点夸张和不公平,因为艾玛努埃尔尽管有着她所有的缺点,他说,那也不再是随便什么女人了。

"当然了!"希碧儿大声说,"她当然不是随便什么女人了,而且我们当然必须尊敬她,不管到底可能发生了什么。"

欧麦尔停下了这场讨论好去点饮料,心里却又在想:她的宽宏大量究竟源自哪里——因为她自己所遭受的耻辱跟他一样多,是不是来自于基督徒心理,来自于女性的敏感,或者是来自于本能的善良——比他的善良程度要略高。

不过,在这个午后的末尾,所有这一切都很明显不能阻止他们面对面感到的亲近和快乐——尽管两个人都失败了。

"为我们的未来干杯!"他举起自己的杯子。

8.

阿诺总是有好建议给她——其实是他自己偏爱的建议罢了,而这些建议往往都那么强横和"重要"。早餐的时候,他像个父亲教育女儿一样,又提醒安娜:他期望她最终举止行为能够成人化。潜台词就是说:她太孩子气,总是让人恼火。无法反驳。不过,如果要接受这些建议,她希望早上听到的是善意的、动人的建议,是源自于真心的,并能让人马上就有所改善的建议。

当阿诺向她炫耀自己的智慧、耐心,对别人的担心时,她特别有那种感觉:他从某本书上找来这些词,一点都不怀疑就囫囵吞枣、化为己有——本来是应该有所付出的。

不管怎样,针对她时的他那怀疑一切、好为人师的口吻,他的揶揄讽刺,他的粗暴生硬,他对心理的一无所知——她觉得他是自己所认识的人当中最不懂心理的,足以让她沮丧。因为她不想改正。

而且,如果结识一些人就能够让自己开心的话,有什么好抱怨呢?

况且,什么是对,什么是错,到底谁才能为她做最终的决定?

走出银行的时候安娜停止了她的内心斗争,吸了一大口冷空气,然后又是一口,这才起身横穿阿尔申广场,先去乘电车到欧米学校的附近(欧米今天五点放学)。眼下她先小心翼翼地走在自由街上,人行道上看起来特别滑,就像滑雪道一样。

大片大片的雪花直直地坠落在身上,安娜不得不低着头赶路,旁边的人什么都看不到。这一切还是未能阻止她一边扶着墙走路,一边在心里继续着跟阿诺的争吵。光芒四射的阿诺,醉心于自己的逻辑与确信,毕业于苏黎世工学院(1967级),33岁成为贸易主管。他们两个之间,争斗很显然是不公平的,结果也不言自喻。

她当然意识到跟他不是一个水平,没有他那样的沉着口气,思辨精神,严谨逻辑,一部分原因是因为她结婚太早,没有时间做扎实的自我修养。高考后两年,她就成了他的免费秘书。而且她还必须承认:自己是个很平庸的秘书。那时候的阿诺显得很乐于有年轻妻子为自己做这份服务,尽管这个秘书能力平庸,见识肤浅。终于看到电车出现在街道尽头的时候,她回想起来:欧麦尔一出生她就同时变成了家庭妇女、职业妈妈——没有可选择的余地——他丝毫没有犹豫就要求她放下书本,专心照顾孩子。好像她的智力发展也就从那个时候停止了。尽管很清楚这有点夸张,但安娜还是总觉得自己有什么没有完成,失去了自信。

安娜丧失信心到哪种程度,阿诺根本想象不到。有时候她也生自己的气:在他面前总觉得可怜、受限、不够用。这种感觉跟以往自己在老师面前的感觉完全一样。在莱茵河的桥上,雪花被风吹着蜂拥而来，扑到电车的窗玻璃上。她四周的人要么恹恹欲睡，要么脸贴在窗户上隔着雪花模糊地看着莱茵河黑色的水流，还有水面上的驳船。就在此刻，他们在想什么？安娜站在电车中间的通道上，一只手抓着头顶上的扶手杠，一边思忖着。他们内心在想着什么？出现着什么样的流动画面？……可能他们也不过是在循环往复一遍遍做着家务，或者是与某个同事传些闲言碎语……想到每个人毫无例外，都形同一个临时使用的灰暗小机器，每天重复着同样的事情，安娜甚至会浑身一悚。

过了克拉拉广场之后，三个老挝或者越南修女从后门上了车。三个女孩既年轻又面带笑容，清脆的尖叫声就像三只小白鼠在吱吱叫。安娜被其他乘客挤在中间，很遗憾无法走近她们，跟她们说说话，问问她们是什么让她们如此开心，因为这个才是她真正感兴趣的。正是这些不期而遇，偶然相见，才能真正让她轻松自在。

与阿诺担心的完全相反，她并不寻求艳遇，只是想短暂进入陌生人的生活。或者，不如说，她想将自己的人生植入他人的生活——陌生人的生活，犹如搬家一样临时在那里栖息。但是她怎样才能给他解释这些呢？

下电车的时候，她看到夜幕已经降临。车辙上的污泥沾到了脚底上，她立刻觉得脚冰凉冰凉。风越来越刺骨的寒……然而这时（她离学校很明显已经不远了），她又很喜欢这种大冬天里被寒冷逼迫得缩成一团的感觉，还有那种抖得像琴弦的刺激。

只是，在哪首歌里，可有人唱过"与冬天结婚"？

她只能回忆起音乐的曲调和歌手的声音。一边回忆着，一边尽量避免引起挤在大门口的那些学生妈妈们的注意（她接触这些妈妈们已经四五年了，但是一直都不知道跟她们谈些什么好）。

9.

她自己主动谈到了她的工作,这让欧麦尔有点吃惊。并不是因为她所做的工作——她是省里某个社区服务部的法律专家——也不是因为相对于自己的社会地位她太过于谨小慎微,对同事又过分的热心(以至于他们总是喜欢塞给她些文件做礼物,这些文件可是大家都不想处理的)。仅仅是因为她谈到了她的工作这样的行为让他觉得很震惊。

在这之前,出于一种默认以及心照不宣的规定,他们总是避免谈及社交生活。这些社交生活其实在他们每次见面的间隔期间才是他们不得不面对的事情。将在她那里度过的时间用来认识一些自己根本就不想认识的人,给她说一些自己都觉得没有意思的工作上的担心烦恼,是何等无趣。除此之外,他还肯定——她应该也是,尽管没有公开说——谈及一些自己认识而对方从不认识的人,是那么令人腻烦。不仅如此,由于它们这种独特的关系,那样做的结果,只能是增添一些无用的话题转移。

欧麦尔有自己的想法,工作之外与日常生活相比再也不想谈及工作——他觉得谈工作令人沮丧烦闷,因为害怕她与他想的一样,害怕她会因此离开他。经验告诉他:被抛弃的男人最终都会显得令人灰心沮丧。

"已经快两点了，"她突然说，"您不饿吗？"

由于他太懒得出去了，他们就临时做了一顿快速午餐，包括一个沙拉和一个煎蛋——做煎蛋的时候他还处心积虑地弄得一样多。

当希碧儿穿着她那条碎花小长裙在厨房和花园平台之间来回穿梭时，欧麦尔止不住地由衷欣赏她身上的优美线条在地板上滑动。

"您从来没有跟我说过您是干什么的。"她提醒他说，一边将他们的杯子倒满白葡萄酒。

"我在一家审计事务所做事，主要负责审计大型销售。"他说，一边从座位上站起来要为春天干杯酒。

"为春天干杯！"她回应着他的提议，嗓音是那么美丽而具有磁性，"不过，这个职业具体是要做什么，确切地说？"

"无非是审计账目罢了，每天就是审阅一些很复杂的文件，要么是在办公室，要么就是在顾客那里。去顾客那里需要我们出差，偶尔甚至去瑞士和德国，因为我个人情况特殊，是唯一能讲德语的。一般我们都是两三个人一起工作。"

"那总是在火车上或者飞机上，不无聊吗？"

从来没有这样谈过自己工作生涯的欧麦尔不得不承认：这种"旅行"确实不那么让人有激情。然而，去外省或者外国的任务首先能够让人远离事务所——那里气氛太闷了。他接着说这些任务还能让他偶尔遇到些意料之外的人，甚至还能过一些让人兴奋的时刻。

"让人兴奋？"

"是的。比如在审计一些账目的时候，时不时地会遇到一些行业领头人，还要临时一边当场讯问他们，一边对这些负责人进行审计。搞这些现场审计比在电脑前面工作，可是要更难一点。

"不过，这也不是像电影《铁面无私》中艾略特·奈斯①那样。"他肯定地对她说。

"对不起。"她打断他，因为听到家里某个地方响起了电话铃声。

突然感到无所用处的欧麦尔只好又倒了一杯白葡萄酒，一边喝一边想起：他们不是第一次被电话打断了。

各自做自己的事情，两人无话可说的空当，使他想到：他从未思考过事实上他们的个人生活并没有限制在他们见面的时候。仔细思索一番，不难猜到希碧儿的生活还可能有一些其他的分支，并没有他想象中的那么宁静。他是如此喜悦，因为遇到一个忠诚的、单线联系的朋友，没有弄虚作假，没有故弄玄虚。然而，也许应该放弃幻想。当然，这都是些猜测和假设而已，他很清楚。但是，他们之间的相互印象可不是没有意味深长的味道。

由于希碧儿一直不过来，他悄悄打开客厅的电视，想顺便

---

① 即 Eliot Ness（1903—1957）美国历史上禁酒令时期一位传奇禁酒探员。由他带领的执法团队绰号"铁面无私"（Untouchables）。他的事迹被多次改编成电影，最有名的是 20 世纪 70 年代出品的《铁面无私》（*Untouchables*），由当时的三大男影星出演，其中包括肖恩·康纳利。

看点有关罗兰·加洛斯①的节目。一直以来他都喜欢这种无所事事的下午,时间是由让人恹恹欲睡的击球声来计量的。与此同时,看台的台阶上成千上万的"狐獴"们却戴着墨镜整齐地摇摆着脑袋。他的眼睛从来都只盯着自己的同胞罗杰·费德勒。费德勒刚刚由于两个大力发球而领先比分。对手贝尔迪赫在网球场的最里面,显得筋疲力尽了。

"是我妈妈,"她又出现的时候向他道歉道,"您不想去外面坐坐吗?躺椅上?"

欧麦尔想想比赛已经没有什么悬念,就跟着她到了花园,出去的时候,还看到了那只黑猫正睡在玫瑰树丛里。这是郊区一个挺深的花园,里面种了几棵果树,四周是灰色的木篱笆。没有人能看到他们,没有人能听到他们。

他们并排躺着,头都在阴凉里。欧麦尔的腿和胳膊都超出了椅子,离这个女人的身体那么近对他来说可不是一点小小的别扭——他大约能猜出来对方的凹凸曲线。

"之前谈到了您的工作。"希碧儿提醒他,这时她并不知道春风轻轻掀开了她的裙摆。

理了理思绪,欧麦尔跟她解释了多年来他对工作的感觉——一般意义上的工作:很复杂的感觉。他没有什么保留。不过,他的会计专家的职业既不繁重地难以忍受,也不让人无聊,尽管他有时会惊讶这份工作总是让他早上六点半起床,晚上很晚才能回来。不,让他忧虑的是其他的事情,他看着她犹

---

① 即法国网球公开赛。

豫地说。

"什么让您忧虑?"她拉了拉裙角问他。

沉默了一下后,他继续说:实际上让他越来越难以承受的是过一种不属于自己的生活,归根结底只是一种局外人的生活。尤其当他必须旅行的时候,感觉一天又一天,一月又一月,时间都消失在了火车的车窗后面,就像失血一样……他还有几次想到:当他退休享受自己的权利时——也就是很久之后——用于工作的所有这些年将会一下子被合上,犹如一直都无所事事一样,什么都不会剩下。

"所有这些并不都让人欣慰。"她评论说,然后就又陷入了沉默。不过沉默也是她魅力的组成部分。

他们四周的声音变得那么少,他们自己也静悄悄的,以至于不时能够听到远处火车的声音,仅剩下微弱的几秒钟的声波。

又一班火车经过,她睡着了。与此同时,尽管没有做任何动作,欧麦尔有种飘飘然离开地面零点几毫米的感觉,还有躲开长椅上的她的冲动。

10.

冬天的一个早上,就像今天,她跟他描述说(她总是跟他讲法语),当她打开家里的门去购物时,发现一个高个子"黑人"平躺在路上,完全睡着了。他身上卷着铺盖,头枕着草席,鸭舌帽的帽檐包着耳朵,静静地呼吸着,安静的面容犹如是睡在大树下一样。

"你叫醒他了?"

当时,安娜向他承认说,她是那么震惊以至于重新关上门,决定改天再去购物。后来,她觉得自己太冷血了,自忖也许能够请他进来,吃点充饥的东西。她甚至还准备一副手套和一些纸巾,以便万一想用浴室,但是当她又出去时,也就是半个小时之后,那个人已经不在那里了。他也许是听到房子里的响声,有点害怕了。

"他叫什么?"

"我什么都不知道呀,我没有跟他说话。由于怀了你的孩子,我觉得这个可能是伯沙撒,那个国王,他来得有点提前了。可惜,他再也没有回来过。"

"他可能给自己买房子了吧。"

"可能吧。"安娜一边说着一边抱住他的脖子,亲吻他柔软的小耳朵。

多年过去，如果说她最终顺从了命运的安排，作为反抗，她希望欧米以后会幸福，不像她那样——也不像很多其他人那样。据她所知，很多人也没有过上幸福的生活。

她不知道怎样才能让孩子过得幸福，更不用说一个生性敏感，既依赖人又懦弱的孩子。有些日子她愿意给予他一切自己所拥有的，几个小时几个小时地陪伴在他身边，坐在沙发上，或者是在她卧室的床上。但是又有些日子——她无法掩饰——她用尽一切办法来远离他，当他黏人、累人又哭哭啼啼的时候。谁都害怕，无法过集体生活，这也许是因为他是个独生子。

特鲁勃太太，他的小学老师曾经用她那甜得发腻的声音告诉安娜：欧麦尔这个小男孩几乎过于安静了，总是孤孤单单的，课间休息都一动不动，就是那么靠着走廊的墙。儿子课间这样一副受难者的画面可没有怎么改善她的情绪。

她猜想儿子的同学将他孤立是因为他看起来比较怪，说话有点不自然，而且比其他孩子早上一年学又比他们高十公分。只要什么事情没有给他安排好，他就笨手笨脚得像是这件事不被允许似的，不跑，也不跳。当她看到他在公园里玩的时候，她的心中充满了怜悯之情。

"你洗澡了吗？"她停下来问，"你都好好洗干净了吗？"

"都洗干净了……我们可以看完昨天晚上的那个电影吗？我们看到黑尔知道自己要被那两个宇航员攻击了。"

原则上说，安娜很厌恶开电视或者给他播放录像带。但是，老实说，她找不到什么更好的办法在家里来消磨那些漫长的午后。外面已经是黑夜，露台上已经有一半是雪。她于是只好给他找他的录像带。

"到 2001 年还有多少年？"

"你算算试试啊。"

"20 年，"他高兴地说，"我那时候差不多三十岁了吧？"

"Stop, Dave⋯my mind is going⋯I can feel it⋯I can feel it⋯I'm afraid⋯"黑尔电脑不断重复。

"他在说什么？"

"欧米，大宝贝，不要说话。我给你放字幕了。你看字幕就好了。"

"我在看呢，可是我不懂为什么他要说这些。你觉得 Dave 会杀他吗？黑尔马上会死吗？"

无论什么情况，只要跟他在一起，每次都是这样。一边是她的理智，一边是过度激动，从来都不知道应该在哪个度来区分。

"⋯Daisy⋯Daisy⋯give me your answer⋯do⋯I'm half crazy⋯"

看，她胜利了。现在，他们一起哭。

11.

欧麦尔想起来不知道在哪里听说过：等待是一种最完美的状态，只要人们无所求，亦无所畏。这句话看起来与他当下的状态完全符合。他静静地坐在离地铁口两步远的一家咖啡店的露天茶座上，以便可以准确无误地认出她，不能有半点马虎。

之后，默默看了下手表后，他知道已经在那里待了半个小时了。潮水似的急匆匆的乘客连绵不断地从他的视野中穿过，给他一种眩晕的感觉。

习惯让别人等待的他，本来就很容易失去耐心。如果不是什么时候想到过这是希碧儿第一次来找他，而且她有可能最后一刻逃避。这个简单的想法让他一下子很不舒服地感到自己是那么脆弱，因为不管他是否愿意：他都完全在她的掌控中了。

不过，还是他先看到了她，尽管那时候有点沮丧的他又回到了他的桌子旁。她正从地铁口走出来，上上下下带满了袋子和盒子——有十多个，伸着头找他，却被一道来回走动的人墙遮住了视野，看不到他。

"希碧儿！"他大声喊，一边还跳起来。

与她贴面礼之后，欧麦尔不假思索便建议她将那些盒子放他那里，因为他就住在临近的另一条街上。尽管看到他那破旧的楼梯,剥落的墙漆,还有房间里的杂乱无序,她有点失望,但还是好心地没有跟他提这些。然后他们马上下楼,好趁着天还亮出去走走。

他这时注意到她穿着一条薰衣草颜色的连衣裙,披着一条黑色的小围巾。这对他来说简直是亮眼到极点。林荫大道上的人群一直都川流不息,他们随意走到临近的街道上。街道被染上落日的余晖,她跟他一件件讲起自己在巴黎买到的东西。

"薇安路,"她突然停下来说,"乔瓦尼以前就是住这里。我遇到他的那年,他跟他儿子住在三楼一所很小的房子里。"

"他儿子?"他吃了一惊。

他儿子。她告诉他:乔瓦尼差不多四十岁的时候真的干了一件"大事"——跟一个十八岁的女孩造了个孩子,五六年后又玩消失。当她有一天不得不将他介绍给自己的父母,而且预先告诉他们乔瓦尼和他的第一个女人要共同抚养一个叫本杰明的小男孩时,她的母亲马上表示:她不想听人谈这件婚事。

"现在,我偶尔会觉得无论是结婚,还是远走意大利,都只是为了切断跟我母亲的联系。"

"您在意大利生活过?"

"生活了四年。我们回到法国时买了那套房子,钱还多亏了乔瓦尼的奶奶。"她说话的语气是那么不情愿,以至于他更喜欢换个话题,然后带她到林荫大道上走得更远一点。路上他还指给她看电影院前二十几个聚在一起的观众,他们背已佝偻,脸色苍白。他一脸严肃地跟她解释说:可能的结果就是——这些人将岁月在电影幻想中度过。

"可是，我之前还觉得您自己也是那样，也是在电影院里消磨人生。"她惊讶地说。

这样说有点夸张了，尽管他不得不承认：他曾经是个忠实影迷……此外，深夜无法入眠时，他既不会从遗忘中打捞出一首歌，也不会想起一段拉丁文，或者是某个老师的名字——他倒有时会想起几部电影名字。

说到此时，他的脑海中浮现了两部电影的名字——它们在他的记忆中已经沉睡了很久：一部是《金左轮枪手》，主演是理查德·韦德马克；一部是《乡下神甫的日记》。他想那时大概是十四五岁，这两部电影应该是在电视上看的，由于多个不同的理由，给他的印象特别深刻。这些完全可以证明当时的观感是多么持久难忘。

"两部我都没有看过。"她向他承认说。惊讶于已经快八点了，他们两个一致同意去一家啤酒餐馆的露天座上坐坐，顺便点些海鲜和摩泽尔葡萄酒。在等菜的空当，希碧儿又讲起了自己的故事（他根本就没有问她）——乔瓦尼带她去米兰他父母那里生活的那段。

"我既是白天鹅，又是丑小鸭。"她告诉他。这时候他们四周的喧闹声太大，他们不得不向前倾到桌面上，那个姿势很像是两个同谋。

"*Das muntre Frankreich scheint mir trübe*[①]，"欧麦尔评论说，"*das leichte Volk wird mir zur Last*[②]，亨利·海涅说的。

---

①② 原文为德语。

对不起,打断你了。"

"什么意思?"

"意思差不多是说:开心的法国偶尔会阴沉,它的人民轻佻,可偶尔又那么沉重。"

"不完全错嘛。"她肯定说,然后又低声继续她的讲述。

但是欧麦尔还是听懂了:她的旅居过得很糟糕,在这个非常保守的资产阶级大家庭,她随即便有一种自己是擅入者的感觉。

她跟他解释说:尽管一开始她的公婆对她情愿做本杰明的继母这一行为表示感激,可是明显很快便认为这事无足轻重,也不再对她表示任何关切。

"在这种家庭里面,总是有一个穷亲戚。"他说,同时放下了酒杯,因为葡萄酒开始让他有点上头了。

"乔瓦尼什么都不说吗?他不维护你?"

她好长一阵沉默,眼神茫然,似乎陷入了回忆,而他,尽量在吃牡蛎的时候不发出任何声音。

她接着说,在她看来,乔瓦尼依然是一个孩子,太过屈服于自己的社会阶层和父母的思维方式,从而无法成为她的保护者。尽管他经常看到她哭泣,但是看来他每次都说服他自己:事情马上会改变的,一切不过是耐心的问题。

一天,她那惯于滥施权威的公婆勃然大怒,因为她突然鼓起了勇气,逼问乔瓦尼:选她,还是他父母。一个月后他们离开了意大利——其实在那里她几乎没怎么玩过。

"我原谅了,谅解可以帮助我们遗忘。"她一边说着,一边举起手,好像要将回忆消散在空中。

"您得到我那里拿您的盒子。"她在找地铁口的时候,他提醒她说。

是的,她的那些盒子已经完全从她的心中溜掉了……

12.

至少半个小时了,欧麦尔穿着鸭脚板、戴着潜泳镜就那么游着,头也不抬,丝毫不马虎地顺着泳道,脚击水的声音完美同步。池边上的安娜暗自寻思着:他怎么能独自一个人在泳池中游那么长。

"欧米!"她喊他的名字。趁他暂停的时候,她给他做手势,告诉他已经五点了,该从水里面出来了。

他一脸惊讶,爽快地听从了。她帮他擦干身子,还帮他脱掉泳衣。摸到他那毛茸茸的皮肤下面的骨骼时,她有点感动。

但是她无权拥抱他。

"在游泳池里这是禁止的。"他一脸严肃地告诉她。

又是一个她不知道的规定,她解释道,然后叮嘱他赶紧套上衣服,因为他们还要去购物。他们得去马克特街给他买乐谱,拿回他的网球拍,去一趟面包店和食品店,还有其他诸如此类的事情。

一上路,他当然就开始抱怨自己太累了,在她后面故意拖着两条腿甩着脚走路,以表达自己的不满。不管她怎样说,他还是不停地哼哼唧唧。她告诉他至少小时候带他散步还是一种幸福:他总是笑眯眯的,不停地在童车里看着人和物,大眼睛明亮有神，好像整个世界都让他惊讶一样。

"不要再跟我重复这个故事，我已经不是三岁孩子了，我都要十岁啦。"一只手搭在眼前，他看着她，有点怒气冲冲地提醒她。当她看到他这样的时候——金黄的发缕，长长的腿，还有快要进入青春期的那种拿腔作势——觉得他简直漂亮得让人心碎。她特别想给他拍照。然而与此同时，隔三岔五他又是那么地让人灰心，让人失望。两分钟后，在布鲁曼兰坡道上，他已经开始哭喊着求饶了，一边又当众威胁她：如果再不叫个出租车，他就直接坐地上。

"星期六，咱们回来的时候就叫出租，我答应你。我会预定凯姆先生的出租车。"

"凯姆先生的出租车？"他重复了一遍，很怕她又是撒谎。

哪里也看不到有出租车，最后他只能接受上电车了。

接下来到家之后他假装了两三个小时的安静无事，晚饭时候终于不再老实了。一脸受害人的表情跟她说自己不能洗澡了，因为腿太僵硬了。

"而且，我得提醒你，我在游泳池那里洗过淋浴了。"

又是一套老把戏。况且，昨天晚上他也没有洗澡。他当然是想利用父亲不在的机会来折腾她，还想看看到底自己能折腾到哪种地步。安娜的反应也很小心，几乎是很平静，因为她完全知道他有本事搞个大动静，推翻椅子之类的。她只是嘱咐他双腿僵硬就慢点去拿睡衣，然后再去浴室——如果他不想自找麻烦的话。由于他一直一副不情愿的样子，她就一把抓住他半边身子拖着他走——走的时候尽量避免被他踢到——一直走到楼上。

一旦关上门之后,她就懒得再知道他洗澡时到底在干什么了。她猜他一定会哭得热泪滚滚。科林医生当然可以将孩子的这种反抗习惯视为"寻求抚爱",但是当她不情愿地反驳孩子,或者是强制性要求他做什么的时候,谁也无法阻止她想:这是一种令人不安的行为,意味着他与别人将相处不好,尤其是跟女人。

因为她自己就是一个被优先选择的试验品。当他父亲用那种军事化强硬手段来负责这些事情的时候,欧麦尔只有十分钟的时间来应对,然后就是上床睡觉、擦干眼泪。之后就是火消了,一片寂静。她刚刚就是将这些话原封不变地告诉了他。不过,没有什么效果,只是他喊得、哭得更厉害了。

她禁止自己走入他房间,一动不动。于是他突然停了下来,不再哭喊,而是改成像小狗一样轻声乱叫,脑袋还藏在枕头下。一直哼哼唧唧到她再也受不了、最终让步为止。

都两三个月了,安娜几乎每隔一晚就要守在他床脚,跟他一起读那些他已经读了上百遍的故事,一直到他安睡为止。全是因为他的焦虑和恐黑症。如果不是恐黑症的话,也许是其他什么东西。一进入他的房间,安娜立刻能够认出来他的汗味,一种由于恐惧而发出的汗液的味道。但是到底是害怕什么呢?

"欧米,我的大宝贝,你可不能这样啊。这可不行。让我来睡在你旁边吧。"她一边说着,一边爬上他的床。

他什么都没有回答。实际上,她已经后悔了有一会儿了,觉得自己不该这样发脾气,可是又不知道该怎么弥补。于是不再坚持了,知道不管怎样自己也是合不上眼,安娜小心翼翼地钻进他的被窝,紧挨着他躺下。他一直什么都不说。她轻轻地、缓缓地抚摸着他那样倔强的小脸儿,直到他那泪水模糊的双眼闪出一点认可、感激的神色来。

"你不想咱们像以前那样一起唱吗?"她问他,因为她很喜欢听他们的嗓音合在一起时的声音。

"唱什么呢?"

"那,马上你就听出来旋律了:*太阳约好了月亮*,"她开始唱道,"*但是月亮没有来……来啊,唱嘛……世界上每个人都为了另一个……*"

"*做的都一样多。*"他接着唱,但是声音还有点微微颤抖。

"*月亮来了,月亮来了……*"

"*但是太阳看不到她……*"

"*要想看到她,就得等到晚上……*"

"*就得等到晚上,但是太阳不知道……*"

"好,现在,两个人一起唱,亲爱的宝贝:*太阳约好了月亮,但是月亮没有来……*"

"太——好了!"她最后抱着他,夸他唱得好。

然后房间里就什么都听不到了,唯有风吹着百叶窗的声音。欧麦尔蜷成团睡在她身边,一只手搭在她的肚子上,而她,尽量调整呼吸,将两个人心跳的节奏调成一样。

13.

欧麦尔睡了一两个小时。既然午后阳光明媚,风又很轻,他们两个一致决定将乒乓球台从车库里拖出来,安放在花园中的草地上。他们捡了一块尽量平、草又非常少的草地,来满足打球的条件……当帮助她扯网的时候,欧麦尔盘算着公平起见就不再发提拉球,更不能大力扣球,以免对手把时间都用在去玫瑰丛里捡球了。

这样做的结果就是:刚热身,就接连丢了两个球,尽管他手那么长都根本接不住。

"二比零。"她大声说,尽管比赛还没有开始。

第三个球很巧妙地发向他的右角,他却跑向左角接。这个球提醒他忘掉的那句话:体育上的自负都是馊主意。

信号收到。他于是决定认真提高自己的竞技水平,多亏了削球,还果真占了几个小便宜,得了几分。不过,一个近网杀球和两个"枯叶球"发球将他拉回了现实。

"赛点喽。"希碧儿提醒他,说话时的爽朗笑声在其他花园里面都能听到。

报复赛只是个过场。活力四射、动作敏捷的她,一开场就领先,扣球、杀球、挡球,想让球去哪里,球就去哪里,而他呢？状态很稳定——所有球都打到网上。

"二比一,"她举着双臂示意,就像刚刚得了温布尔顿网球赛冠军似的,"还想再打一局吗?"

一向把自尊心装在口袋里的欧麦尔不得不承认:很明显他们不在同一个水平,再打一局出丑也就没有什么意思了。他觉得有点被羞辱了。

"随您的便好了。"说着话,她去房间里找瓶水喝。

回来后,她铺了一条沙滩毛巾在草地上,交叉腿坐下来,一本书放在双膝上。而他没有用希碧儿给自己拿的毛巾,直接躺在了草地上,头枕着双手,悠闲地听着薰衣草和婆婆纳丛里的虫鸣。

这个下午,时间慢得犹如云朵。从草地看上去,几道白云闲挂天空,分散开来好似亮闪闪的棉絮,让他感觉到一种令人目眩的远。

与欧麦尔相比,希碧儿明显更喜欢戴维·洛奇①的陪伴,一直都沉醉于阅读中,什么话都不说。欧麦尔觉得自己都像是个电灯泡了。过了一会儿,他欠起身问了她一个困扰自己已有一段时间的问题。

"您是怎么发现艾玛努埃尔的存在的?"他问她(这个问题表明:不管他如何克制,终究还是无法回避想起那两个人)。

"这事来得很荒唐。"她抬起头回答说,"本杰明已经给我说了好几次——不要往坏处想了,当然——他父亲习惯跟他的

---

① 即 David Lodge(1935—),英国著名小说家和文学评论家。

小学老师聊天,等他放学的时候。老实说,我没有对这事很注意。有一天我觉得他父亲不能去接他,就该我去接了。结果就发现他们两个人在一起,他和她……我记得很清楚当时他们都一起靠在学校的墙上,都侧着一点头。他们在本的脑袋上方相互注视着,目光那么清楚、明白,我马上就懂了。"

她合上书,跟他承认:自己直到那之前还一点都没有猜测过,也没有怀疑过。她了解他,知道他什么事都能干出来,但还是没有想到他居然跟儿子的小学老师发生关系。

当她跟他说着话的时候,欧麦尔躺在草地上认真听着她那低哑的嗓音——他觉得这嗓音是那么有暗示的意味。这种场合下特有的微妙气氛让欧麦尔突然开始想象她的另一种嗓音,藏在第一种嗓音后面的那种。不是她表面上的声音,而是当含蓄消失时候的她那秘密的、晚上才出现的嗓音(他几乎听到了)。

然后,他觉得自己有这些想法很惭愧——在一位充分相信他的女士面前,而且这位女士还正在跟他讲之前常提到的东西。但是另一方面,他刚发现自己有能力渴求她,而且他们的关系也许比他设想的还要紧密,还要复杂。

"然后呢?"他说了一句,好证明自己还在场。

"然后,乔瓦尼当然否认了。直到有一天晚上,我发现他在厨房里流泪。也是在那里,他跟我彻底承认了。我没有评论什么,只是拿了猫的用品和一个箱子。我去热拉蒂娜,一个儿时朋友那里躲一阵子,等他搬走。完了。"

故事结束了。希碧儿坐在阴凉中,靠在篱笆上,表情很自然,也很轻松。她抽着烟看着他,有点撇嘴的样子,一半是忧郁，一半是嘲讽。这让她看起来特别年轻，有那么两三秒的样子，他感觉自己看到了学生时代的她的脸：没有结婚，甚至可能还没有陷入爱情时候的脸。

"现在做什么呢？"他问她，想尽量挥去这个画面。

"除非你想再玩一局，我很想出去，去河边散散步。"听到对方以"你"相称，欧麦尔想这只是表示轻蔑罢了，因为她头脑里想着的还是乔瓦尼。可是，不，这很明显是故意的，也被接受了。

"你也可以待在家里，过一会儿再去桥上跟我会合。"她继续说，眼睛没有离开过他，嘴角堆着微笑。

向来容易担心忧虑的欧麦尔，很明显被这波魅力攻势乱了不少方寸。就他自己来说，说法语的时候与以"你"相称的蔓延之势相比，一贯更喜欢审慎又带点中性的以"您"相称（尤其是跟女士之间）。不过，既然是希碧儿这么说，那就是另外一回事了。

然后，他只有一个选择？

"如果你出门，我很想跟你一起散散步。"他最后回答说，给自己找了个理由。

14.

凝视了一会儿阴影勾勒出的庞大的火车站建筑后,欧麦尔顺便问她是在医院工作呢,还是在城里有医务室。

"不,我换了,"桑德拉洗完澡回答说,"目前我在一家医疗室工作,离梅兹有20来公里。"

又走近了两步,通过开着的浴室门,他可以看到她搭在身上的蓝色浴巾,还有她胸部的侧面。她洗完淋浴了。

"那你刚才提到的那个故事呢?"

"我之前就在重新想呢。"她答应了要讲,一边穿上酒店里的浴袍。

不过,完全老实说的话,她并不知道这个故事里面的事情有没有改变她,或者他们是否仅仅改变了她对家里人的看法。

"总是差不多同样的情况。不过,无论如何,这个几乎让她第一次认真地思考了爱情这个问题,"她跟他吐露心声,"特别是,奇怪的爱情投资,还有那些阻挡她们相爱的那些沉重的社会规范。"

"你那时多少岁?"

"十四岁吧,因为那时我刚上三年级。"

这个年纪,自然对什么都好奇,都想打听,她就发现了奶奶，或者说，她又更正了一下，有一天晚上她发现父母刚刚发现奶奶欧迪尔——他父亲的母亲——迷恋上依漫娜，一个去她家里做家务的年轻女人。

那时候的依漫娜几乎什么都做，既当保姆，也当护理，还做陪护师。她说所有人——首先是她父亲——对依漫娜都完全百分百的满意。然后突然一下子，他们就惊呆了。

"你奶奶太老了吗？"

"也没有特别老，"桑德拉爬上床挨着他，"可能七十三或者七十四了吧。还很活跃，思想上很年轻，不过她可能寡居几年后，孤独一个人老下去太痛苦了吧。"

"她真的爱上了？"

"不只是爱呢。整天都在不停地念叨依漫娜长、依漫娜短的。她给她成堆地买礼物，还给她钱，出钱让她旅行，非常坚定地认为依漫娜可以随便用她的那些积蓄。"

不过，最让人受不了的是——桑德拉提示他说，比银行户头上钱不断减少这个事还要糟糕——她的父母被吓坏了。因为他们想到了所有家庭成员，以及他们的朋友——甚至同样包括他们的街坊邻居——都将知道她父亲的母亲爱上自己的女佣了。于是他们睡不着了。

在愤慨和恐惧的驱使下，她父亲，她哥哥雷诺，还有她姐姐伊丽莎白决定组团去奶奶那里，以便把所有事情给结束了。他父亲向来在自己母亲面前有点胆小怕事，并且不自在——她说，巴不得将责任推给另外两个，自己乐见其成。

欧迪尔非常冷漠地接待了他们。他们想给她上一课，教训她对依漫娜过于慷慨,在对方身上的花费太过庞大,批评她说照这个花钱的速度,两三年之后她就只能睡在大街上了。但是当他们说这些话的时候,她不停地反驳,而且很直接:"好嘛,我们两个会一起睡大街上,依漫娜和我。"他们很沮丧。

当伊丽莎白毫无顾忌地说出自己对女人之间的爱情的看法时,她不动声色地回答说自己不喜欢女人:她只是爱依漫娜。这完全不是一回事……

为了结束这个话题,她专门针对伊丽莎白说:如果哪天她想上有关道德的课,要找的人绝对不会是她。

"我很喜欢欧迪尔。"欧麦尔说。

"我也是。可是你答应我了,要乖乖地听我讲。"她一边提醒他,一边将他的手挪开。

她接着告诉欧麦尔:子女们一直不停地乞求欧迪尔清醒点,面对她那明显的头脑发热甚至威胁要申请监护她,然而都没用——她丝毫不退缩。一些善意的邻居还警告他们说:她甚至坚持在小区里手挽手与她的女佣散步,两个人毫无顾忌地公开她们的生活。

"那你呢?你那时什么反应?"

她一边在床四周捡自己的东西,一边跟他解释说:那时内心深处最让她受不了的是他们那心胸狭窄、精神狭隘、毫无怜悯心……欧迪尔常常抱怨说他们所有人都是铁石心肠,她的话不无道理。

她接着还说几个月后,在听父亲和雷诺打电话的时候,她得知依漫娜刚刚回阿尔及利亚去了,可能是被他们的威胁吓坏了（雷诺非常露骨地跟她吹嘘过自己的手有多长）。奶奶无法释怀，跟一个表妹联系，让对方接家里去了——她家就在阿格德海角旁边。

"我猜你气炸了。"欧麦尔说，一边说着一边也穿上衣服。

"我哭炸了，你是不是想说。你说我还能做什么呢？我又不能离家出走。"

她还是得到父母的同意，寒假时候可以去阿格德海角。到了那里，奶奶紧紧地将她抱在怀里——她记得很清楚，奶奶一边强忍着泪水，一边感谢她还想着自己。然而，对于所发生的一切，奶奶一点都没有提及，影射、暗示都没有。接下来的几天，态度也一直没有改变——依漫娜的名字一次都没有提……让人受不了的是——她跟欧麦尔说——尽管一再隐忍提及依漫娜，而且奶奶再也没有了笑容，可是她却能惊奇地保持平静。无论如何，她至少看起来不再尖刻，不再沮丧。当堂妹阿列特在她的房间里玩填字游戏的时候，奶奶只是腿上盖一条毛毯在露台上消磨时间，日复一日，不管天气如何。她很爱抽着烟看着雨落在海面上。

"她一点贴心话都从不跟你说？"

"嗯，她几乎不说话。但是大家知道她正在想谁，你知道的，现在我认为这是一种不可思议的爱，一种可以超越极限、超越结果的爱……我觉得这好美。"她肯定道。

"这也是一种近似疯狂的行为。"

"但恰恰跟疯狂又相反。你不觉得吗？"

相反。他跟她想的一样。

15.

一般来说,一场爱情在代替前一场爱情的时候,会逐渐拭去前者留下的回忆。然而他们的情况则不然,鉴于他们的相会每次都会激起另外两个人的在场,还会迫使他们自己不管愿意不愿意都要跟另外那两位一起相处。这种情况让欧麦尔有时会想他们是不是将来某一天不得不封杀一下有关那两位的话题。

目前来看,尽管那两位从来都没有真正地同时在场跟希碧儿交流过,他跟希碧儿的谈话却似乎总是精心规定好的一样,总是显得要服从某个命令或者一个提前规划好的进程。要知道,他们对艾玛努埃尔和乔瓦尼的回忆,还有随之引起的评论,占据了他们聊天过程的大部分时间——要么是因为他们迫不及待地想讨论起那两位,要么刚好相反,是因为他们着急着摆脱有关他们的话题,好谈点其他轻松的东西。

然而,相反的办法也不是很少见到:一开始就谈论些他们想谈的琐细小事,来避免不好的观念联想,避免讨论那两位。因而聊天的话题一开始总是显得温吞吞的,而且肤浅,然后一点一点地缩小范围,最终还是完全集中到另外的两个人身上——这两个人实际上就是他们目前所有担心、忧虑、不确定的主要对象。

不过这天晚上，当他刚出差回来的时候，他们没有必要犹豫要不要修改程序了：那两位就在。

欧麦尔在客厅墙上的大屏幕上发现了他们——肩并肩坐在沙滩椅上，都带着遮阳帽……两个人都将手搭在眼前，似乎在努力地注视地平线处什么东西或者是什么人（也许是他们当中某个的前任吧），很明显离他们相当远。

特蕾莎，也就是乔瓦尼的妹妹应该是从事着中间人这份工作，刚刚从网上给希碧儿发来了这些照片。后者老老实实地将投影仪那个小黑盒子连接到了电脑上。就是这样，没有什么魔法发生……然而欧麦尔这时却既震惊又沉默，就像在参加一场通灵会一样。

他俩当中的任何一个，不管是不谋而合还是各自为战，当然都曾很多次地猜想过那两位在那里，在他们的地中海岛屿上到底怎么样，然而离海岛那么远的塞纳-马恩省上的观察辨认不出什么来。于是从电脑里面的图片出发，希碧儿和他都退而求其次地猜想那两位是在一个他们两个都不知道的某个世界。还不算他对自己的竞争对手的外形没有任何概念。也许是因为希碧儿跟他讲过乔瓦尼的一些音乐活动，欧麦尔想象中的对手是一个孱弱的作曲家，有点衰老，或者是个头发蓬乱的狂热指挥家。很明显，那是大错特错了。

接下来的一张照片中，男人出现在前面，这次是站立着没有戴帽子，体形矮壮，面庞厚实，茶色厚眼镜片显得他有点藏而不露的样子。从他陷入肩膀的脖子和紧握的拳头来看，不知道出于什么理由，大概能猜得出一种坚定的性格，不会让人担心。不管是什么情况，这个形象与希碧儿所描述的"大孩子"离得太远了。

照片的后面，可以看出来是一个玫瑰色的大别墅，隐约像是西班牙风格，隐藏在一大片茂盛的植物中，让人想起人类犯原罪的那个花园。

"他们在那儿过。"欧麦尔推想到。照希碧儿的话说——她正在调整那张照片——有人慷慨借给他们那套房子，条件不过是做一些维护工程而已。乔瓦尼很明显不是个笨人，在二楼修了一个浴室，把所有管道重新修过，还给房子换了油漆。艾玛努埃尔主要是做一些室外的活儿，修剪草坪，维修游泳池。

欧麦尔终于看到单独的她。她被拍到四分之三的样子，穿着一条背带裤，手里拿着一把修枝剪——证明她在干什么，显得比他记忆中的那个要矮小一点。她留着中长发，额头上拢着一根束发带（他已经忘了那条束发带的细节了），正在盯着目标，脸上的表情不带好气——他特清楚这种表情了。似乎她已经猜到这张照片是给他的。

过了片刻，在欧麦尔看着她的时候，她清楚明白地猜出来欧麦尔想转过目光，害怕看到她那伤人的样子。

"请看下一张吧。"他轻声对希碧儿说。

乔瓦尼和她一起摆姿势，两个人紧紧挤在一起。他们坐在一段梯级的台阶上，头向前伸着以便进入画框。艾玛穿着一条白色的吊带裙，让她显得肤色特别深、特别健康；他呢，穿着一件不怎么地的汗衫。

"你有没有觉得他们的神采不可思议啊。"希碧儿对他说。

"嗯。"欧麦尔回答，他真想避免看到他们这样。

他现在终于明白，由于不自觉的内心抵抗和一贯的反应慢，自己一直都没有弄懂：艾玛努埃尔·多东和希碧儿·芒加尼的丈夫已经组成真正的一对了。

最后的一张照片——也是唯一一张让他有点心烦意乱的照片——上面，那两位双双站在一艘漆成蓝色的小渔船前头，似乎在挥舞着双手大笑。背光的原因，只能看到他们模糊的样子——似乎在屏幕上上下移动。

"好像是黑影在向我们笑呢。"她有点激动地插话道。

"可能我们才是黑影吧，"欧麦尔回答说，"因为只要好好想想，就知道，咱们才是没人要的呢，就像被判了刑的鬼一样——必须看着人家怎么生活。你不觉得吗？"

"一点都不。不是因为他们相爱我才觉得自己变成黑影。这个想法太有问题了。"

欧麦尔不得不承认她的说法也有一定的道理。

"实际上，"他接着说，"我可不确定他们是不是跟看上去的那样幸福。我更觉得他们是在装，装得很幸福，在目标面前故意演戏。"

他本应该加几句话的：她刚才所说的，还有他从图片上看到的，都加深了他的一个观念——他们在塞浦路斯的生活是不稳定的，只是权宜之计，并不是如她所想的那么温情惬意。只是他还没有明白，希碧儿的态度到底是出于单纯，还是感情上的盲目，或者只是纯粹的宽宏大量。

想到这儿的时候，大屏幕已经变成白色了，似乎那两位在演完戏之后消失了。

"可能你是有些道理的，他们有点演的意思，好让特蕾莎吃惊，"她一边收拾机器，一边妥协，"不过，我还是觉得，尽管一切没有他们所希望的那样好，他们马上也会适应他们的新生活，而且我觉得这对我们来说也是好事，肯定的。"

欧麦尔差点就问她在暗示什么了，因为他自己一点都不懂：为什么那两位可能的幸福能够影响到他俩的生活。不过，他还是避免反对她。在希碧儿强加给他的这场精神上的竞赛中，他很明白：自己跑不到她那样的速度，自己的情感也过于起伏不定——达不到与她同样高度的期望值。

也许是出于一时的头脑发热，他抱住她，用脸摩挲了一下她的面庞，然后走向了火车站，心中满满的忧虑。

16.

当时她一点都没有认出他的嗓音:她已经几年没有听过这嗓音了。后来,集中注意力,她才分辨出来那急促的吐字习惯还有他那吞音的方式。这种吐字习惯和吞音方式有时会让他的话很费解。

"真是太不可思议了,他居然想起了我。"她重复说着这句话,一边在空荡荡的大房子里踱来踱去(欧米去学校了,阿诺在比利时忙事情)。窗户已经打开,对面的房子里面传来两个工人忙碌的说话声。他们工作的时候脸上的表情很冷静,动作缓慢而恰到好处。她觉得这些动作神奇地具有安抚的作用。要是她能有他们那么冷静就好了。

她无时无刻不在想那个男孩,哪怕是结婚以后。天空,季节,将回忆源源不断地交还给她,让她老想出发去找他,或者是给他父母写信。当然,她将这个想法一直压藏在心底,直到她冷静下来,并决定放手,任由他待在所在的地方。

大概六七年前,有一次她竟然偶遇到一个蒙田中学的女同学,对方告诉她雷米已经离开了法国了。他去拍有关危地马拉还是尼加拉瓜——反正是一个中美国家——的革命运动的电影,但是被抢走了所有的东西。

"梅泽尔·雷米。"她问对方，阿尔萨斯地区的习惯是先说姓，再说名字。就像名字可有可无似的。

"绝对的，梅泽尔·雷米。"对方肯定地回答说，在思考了一会儿后几乎肯定这个人是去了尼加拉瓜。不管怎么样，对她来说这也太远了，都没有去赶上他的想法。她自然不会怀疑：他总有一天会来找她。

她回忆起他第一次出现时候的样子，仿佛脚踏祥云一样——这就是她对他的第一印象。那时候他正在高中旁边一家咖啡店的后厅里高谈阔论。说话的声音很大，带着一种毕业班学生的权威口吻，而且显得特别赶时间（这可不是他的错，应该是标致公司工人的罢工问题）。

直到那时，她差不多觉得大部分男孩就是来校门口等女孩的，互相傻呵呵地吹捧，提些不着边际的想法——说过来提过去的无非是些老调重弹。他们不是发育太晚，就是性欲太旺，可是他很明显与众不同。

当他们开始成双入对，在附近——哈德河边或者卢特巴什森林一块散步的时候，她发现：他居然知道所有树木和鸟类的名字，原来大部分的度假时间都是在叔叔的农场。从很小的时候他就会掏喜鹊，驯乌鸦，甚至还教会一只八哥说出"情报员[①]"的名字（尽管她自己从来没有听到那只八哥说过）。

---

① 即《糊涂情报员》(*Get Smart*，译作"糊涂侦探""妙探史马特"等）中的男主角，该剧是一部挖苦情报员的美国喜剧电视系列剧，在20世纪60年代中叶很受观众们的喜爱。

不谈这些的时候,梅泽尔·雷米常常挂在嘴边的就是列宁的名字,还幻想着有朝一日去苏联工作,住集体农庄……她呢,刚刚离开私立学校进入公立高中就又听这些复杂难懂的政治问题,一切都是云里雾里的。

几周来,她都得徘徊在"原罪"和阶级斗争之间的一座小拱桥上。很明显,完全没有必要让他在某方面失望。

一听到有人按门铃,安娜就想是不是欧麦尔带着索尼娅一起回来了,然而是水务公司工作人员——在找施特赖特夫人家。"我觉得应该是小路那头的第五或者第六家。"她跟对方说——有个人说说话还是挺开心的,下午的博特明根可是见不到人的。

回到雷米身上来。他比她大两岁,还是毕业班的学生。在爱情方面,他们两个的本质是一样的,彼此都不成熟。在城中,他们肩并肩地走路,手都不拉,怕撞见高中认识的人,聊很多的政治(他刚加入共青团),几乎从来不谈他们的学业,至于父母就谈得更少了。

雷米那明亮有神的眼睛,深色的鬈发宛如就在眼前,个头只比她高一点。每次到了说再见的时候——因为他家有人在等他,她也迟到了——他都有办法抓住她的双手,就那么盯着她看,久久地看着。而她总是任由他那样做,享受着他那赤裸裸的目光。

圣诞节假期的一天,他们在巴勒动物园逛了一下午。临走的时候,他紧紧地抱住她,一直不放手——这是他第一次这么做,就连栅栏后面的动物都屏住了呼吸。

想起来，那时最让人吃惊的事情是：都过了五六个月，他们还一直是那么单纯天真。然而他们几乎每天都要见面、拥抱，躲着别人散步，每周六去看电影，看上去他们从未有过睡在一起的想法。要知道如果想的话，这事再简单不过了。

最后，到了第三季度的时候，该来的终于来了。就像他们不能再后退了一样，那个决定早已成型，不需要任何借口。

安娜陷入幻想——她正在三步并做两步地快速爬台阶，内心是那么敏锐又单纯。这种敏锐和单纯那时从未离开过她。之前她还从未来过他家。他们在床上一待就是几个小时，赤裸着，缠绕着，肌肤相亲，口唇相对，探寻着那消逝的快感。

雷米也许不是一个有经验的恋人或者让人着迷的情人，像她幻想的那样（可是她这样幻想过吗？），只是可爱和温柔罢了。还有就是他的吻在她的记忆中总是比后来的那些要鲜明。

不过，这种美满的感受，几乎是极致之恋——让陷入其中的她醉心于浪漫不可自拔，逐渐远离了高中学业，远离了课桌上的写作。她真的不明白为什么还要必须做那些努力，接受那么多的剥夺，她已经拥有了一切嘛。

也许她真的是那样想的，安娜禁不住地微笑，这些想法离今天的她是那么遥远，是那么不重要。

无论如何，一向浪漫的她现在知道自己的"维特"活着回国了。他定居在了孚日山脉中的一个小城中，跟妻子和女儿住一起，希望什么时候能邀请她过去。看起来短信的末尾他说的就是这个意思。她有充足的时间好好思考下这个问题。

17.

关了手机后,他突然意识到取消卡尔斯鲁厄之行给他带来没有考虑过的几种可能性,而一旦格勒诺布尔的任务结束,他就可以火速直奔巴黎——接受某天晚上去郊外的邀请。他差点立刻给希碧儿打电话,告诉她这个消息。但是又改变了主意,因为实际上他们几乎从不相互打电话。

白天当他查阅客户文件的时候,又止不住地想她。那时的他总是有一部分的身体处于分心状态,就像是受魔力影响一样。可是又从未想过要拨她的号码:出于迟疑,出于害怕打搅她或者是害怕给她带来压力,不想让自己显得那么有僭越感。而且,也许她也是这样想的。

他们生活在泾渭分明的两个世界,当他出差的时候,那几百公里把他们分开的距离就是活生生的现实。然而这距离也给人各一方的他们带来一种荣誉感,毕竟他们都不想干涉对方的生活。

极少的通话时分,问答之间,尽管温情脉脉,却总是那么简短和谨慎,就像都害怕被对方听到一样。

每当出差回来,迫不及待地要告诉对方自己不在的时候没有能够说出来的话,欧麦尔都显得那么滔滔不绝,一句接着一句（以至于希碧儿有时不得不打断他，告诉他还有一整天的时间供他们说话呢）。不在一起的时候，由于她的人不在面前又立刻让他变得惜字如金还敷衍搪塞。

两人沟通的时候他很明显更喜欢发短信，但是又不会滥用短信，因为他们已经不是那个年纪了。"周三或周四从格勒诺布尔回，亲。欧麦尔。"他习惯性地简单写道，然后就是收拾行李，出门，顺着伊泽尔河散步，休息下眼睛，感受下山间空气。在他们之间关系开始的时候，他们差不多每两三周见一次，主要是周末。但是过了一段时间后，他们见面的周期开始变化，透露着他们之间越来越亲密的关系。天气好的时候，花园又是那么漂亮迷人，这就给了欧麦尔正当理由来找她，不管这些来访是否出人意料。而希碧儿好像不管怎样也会鼓励他这么做。

当人在巴黎，又下班足够早的时候，欧麦尔就会发现这孩子式的乐趣：坐火车去郊外，从白天的烦恼不快中抽身而出。剩下要做的，到达时第一个举动就是关掉手机，以免被任何同事打搅自己的私人空间。然后，他会轻轻地靠在大门的门把手上，不按门铃，也不叫人（希碧儿经常都正在花园里看书，或者是在给她那众多花卉松土），门悄无声息地打开一如她悄无声息地陷入沉思。她会领他进入那座一成未变又让人安心的大房子里。这房子让他想起自己的退休生活，无忧无虑，与世无争。

在欣赏着城外的岩壁时，他思忖到：毕竟，从已接受的观点来看，应该说他和希碧儿的生活被一些长久的工作时间分隔开了,或者相反,他的会计师生活被归于希碧儿的短时间的间隙分隔开了。不管是哪种情况,这都让人沮丧……往深处说,被长久分离细分开的这种不紧不慢的时间唯一的好处就是:两个人都有一种印象——相处已经好多好多个月了。

反过来说,这些晾干他们关系的工作旅行也让他避免了成为一个痴情但令人腻烦的情人。因为一直以来都是他在纠缠她。在猜疑的时候,有时他会觉得他们的关系只取决于他,如果出于这个或那个理由他不再献殷勤,有可能她只会在家里等待,不会动一步。

山已经隐没于阴影——天快黑了——午饭在办公室吃了一个三明治,欧麦尔现在开始找一个安静的地方在外面吃晚饭。这事好像比预料的要难很多。

被餐馆露台上的人声鼎沸搅得灰心丧气,他最后只好躲到一家平时人极少的中餐馆。刚坐到自己的餐桌旁边,他在看菜单的时候就听到收音机里放出来的甜腻腻的音乐——与其说是中国的,不如说是越南的。然后,就陷入一阵奇怪的空虚感中。

第一次,欧麦尔有了这样的想法:在他这被火车、办公室和酒店房间打乱的失序生活中,希碧儿才是他内心唯一的连续性。她成为他的固定点,北磁极,也许是因为她接待他时总是一贯的热忱,一样的好情绪(这跟艾玛努埃尔的反复无常正好相反),而且他最需要的正是被安抚平静。

一个人独自走回酒店的时候,他抬头看到几道闪电在山顶上分叉,照亮了几栋楼的正面。

旅店里面，他那个房间的空气太闷了，只好把几扇窗户敞开，然后手肘倚在窗前开始抽烟，不过香烟藏在手心里。

他本来想在电视上看个电影，但是劳累、慵懒，还有旅馆生活里特有的无聊郁闷让他克服了犹豫，决定给希碧儿打个电话，尽管时间太晚了。

"是我。"他跟她确定了下是自己。

"刚才我正在跟本和他的堂兄弟格雷瓜尔谈论你呢。他们来这里睡觉真是太好了。"

"你说的是乔瓦尼的儿子？"

"是的，我之前正在屏幕上给他看他父亲在艾玛努埃尔身边的照片。他说他父亲太可怕了，但是她嘛，他觉得她真的是太、太漂亮。"她语气肯定地说，同时一定转过了头朝着本微笑。

"好吧，你招待你的客人去吧。我有点太什么了。你还没告诉我你有没有收到我短信呢。"

"你的日子就是我的日子。"她小声地说。

"那好吧，再见。"他感到一阵轻微的战栗，结束了话题。

由于一贯早起，他立刻熄了灯，头往后一仰，大刺刺地躺在床上。可是因为个子太高了，他的脚还垂在外面。每当躺在黑暗中听街道上的噪声时，他都很开心，就像一个哪怕没有风也能闻到风的清香的人。

18.

他转身趴着,双臂环着枕头。黑暗中,他偶尔会发出几个听不清楚的词,或者是轻轻地嘟囔一下,从头到脚还会时不时地抖一下。安娜思忖着他到底是梦到什么了。好像是有个宇航员躺在她的床上,正在朝混沌处猛冲。

不管怎样,阿诺这几年改变了很多。他远不再是那个激情澎湃的年轻新郎了——那时必须提醒他第二天还要很早起床,才能让他安静下来。

至于欧麦尔,还那么小,就已经开始闹了。每天夜里都会在他的卧室里喊她,以至于安娜不得不跟阿诺提要求:暂停几个月,因为她实在不行了。问题是:本来应该是临时的举措却一直持续了几年,他们的夫妻生活逐渐越来越少。

安娜不知道是否有"黑夜女王",但是晚上"练声"真的不适合她。

但事实上,这样的事又不可避免。应该相信:他们的化学成分不是很兼容。不管怎样,她一直都认为:夫妻性生活中的那些周期性的仪式,无论是秘密也好,谨慎也罢,或者是避孕技巧之类的事情,总是有些什么东西让人压抑。

"也许是因为我的圣女心在作怪吧。"安娜一边想着,一边摸索着找她的枕头。刚开始的时候，为了打击阿诺的期待心理，她就尽可能地晚睡，还吃一片安眠药，然后才仰面倒床上。阿诺总是试图弄醒她，还把她抱怀里。但是即使她顺从了，也早就分不清眼前这个是阿诺还是斯波克上尉①了。

现在，除了晚餐后的药茶，她什么都不吃了。一晚上的很多时间，她都用来睁着眼思考，而阿诺则恹恹欲睡地抱怨着……长久以来她就一直坚信一个观点：爱，尤其是床上的那种，并不是什么重要的大事必须要做。性生活的默契在她眼中也只不过是让一个人的身体与另一个人的身体相对适应而已。所有反目成仇的离婚，卑鄙无耻的争斗，无不急着想证明这一点。而当事者们却都是经过了不知多少年身体上的亲密接触。

上个月是谁告诉她这个主题的？斯菲尔夫妇离婚了，损失巨大，还引起议论纷纷。马库斯和娜塔莎·斯菲尔，一向如此深情，如此外向，以至于巴尔地区的体面人士都乐于拿他俩举例。

关于强加给阿诺的近似禁欲的生活，安娜有时也会想他到底有没有认命。一直都既没有出现过事端，也没有发生过抗议：这几乎有点儿像手腕高超的妥协。他的忍耐和模范性的宽容到了这种地步，以至于最终安娜起了疑心，阿诺自己是不是有外遇了——这一想法从她脑中不由自主地闪过，尽管他是个

---

① 电视剧《星际旅行》原初的主角之一，同样也出现在动画版《星际迷航》、八部星际迷航电影以及不计其数的小说、漫画和电子游戏中。他是该剧长期角色中的唯一一位外星人。

特别正派的人。

由于他总是在出差,当然可以自由自在地做自己喜欢的事情,她一点都不会知道,除非出于偶然或者是蓄意。但是老实说,她一点都不想去了解。

让她屈尊去问下他,根本不可能,更不用说去监视他了。那样做只会陷入夫妻互相猜疑的可怕的连锁反应中:我监视你因为你对我撒谎,我对你撒谎因为你监视我……到了那种地步的时候,根本没有出路。

而她,是保持了绝对的忠诚。不过一点都不是出于强烈的感情,或者是道德信念(忠诚这个想法本身对她来说就完全是陌生的),更应该是出于谨慎,出于害怕痛苦或者是害怕让别人痛苦。

不过,这也太滑稽了——就在他这么单纯地睡在身边时,自己却去想这些东西。由于她平时给他带来各种痛苦麻烦,阿诺甚至不知道她对他的感情有多深——不是出于他是欧米的父亲,也不能想象如果她要是重新开始一段没有他的生活的话,将会面对多么糟糕的混乱和无能为力。

事实上,尽管存在着那些使他们对立甚至伤害他们的因素,她还是继续通过他来呼吸,通过他来思考——或者是从他的相反面思考:说到底还是一回事。

她没有宣布要分房睡,这也不是单纯地因为害怕他的反应,也是出于她对他的在场,他的体温一直以来的依赖……有时候也会发生令人不免有点惊讶的举动:他们的手和腿在被子下面相遇,长夜漫漫也会有些小举动。

19.

在公司里敏感内向而又容易受伤的欧麦尔每次跟希碧儿在一起的时候,总会惊奇地发现与人交谈的快乐。因为他们两个人内心深处都是不可救药的话痨,而且两个人一起聊天时就会那么兴致勃勃,交流起来水到渠成。若是外人看到他们那种聊天的样子,谁都会以为他们已经认识好多年了。

就算他们在爱情上没有失败和双重的孤独,他们实际上有着相似的思想,相同的对人的看法,以及一致的行为举动——比如他们都能够在聊天进入沉默的空当时扭转话题。这些让他们成为令人惊叹的聊天默契搭档。于是他们的对话(此刻他们正在聊本的来访)如行云流水般,每个人在另一个人说话的时候都能找到倾听的乐趣,也能找到应答的满意。

在这个午后,希碧儿那很沙哑的嗓音照样起到了镇静剂的作用,因为坐在躺椅上的欧麦尔有几次都发现自己正在打瞌睡。

"那么,你没有跟我说过本杰明过去住在外省吧?"他问了个问题,好接上话。

"他住他母亲那里,在亚眠附近。自从跟母亲在一起之后,他就变得难以管教了,以至于他母亲不得不让他寄宿,是一家耶稣会办的寄宿学校。"她一边跟他解释,一边用手机给他看一个金发小男孩的照片,大概十三四岁,双臂交叉着坐在一个球上。

"你觉得他怎么样?"

"好漂亮啊。"他由衷地回答说。说着话,他还帮她将沙滩椅和咖啡托盘挪到了花园中阳光更多的地方。希碧儿之后承认说她对这个养了好几年的小男孩还有很深的感情。对方对她也应该是这样,因为他依旧经常给她打电话,还时不时地过来看她,只要大人同意送他来巴黎的话。有一次他甚至还给她介绍了自己的恋人,莉莉,一个漂亮的小金发女孩,细小得就像奇妙仙子一样。

欧麦尔不说话了,突然想到自己完全忽视了一个问题:她为什么没有过孩子。希碧儿从未谈到过这个话题。关于这个应该有什么秘密在里面,但是不管哪种假设,他都更倾向于不知情。

在彼此完全的沉默中,很远处的森林上空传来了飞机的轰隆声。正是草丛里最美妙的时刻,乌鸫鸟刚刚在草坪上晒过了日光浴。此时的宇宙万物似乎都被屏蔽在了这个花园外面,里面两个人(希碧儿刚刚又翻开了小说)从未接待过其他任何人,组成了自己的秘密团体——完美地被树与木篱隐藏其中。

现在欧麦尔完全清醒了。趁着希碧儿在专心致志地看书,他转过头偷偷地盯着她看。这天的希碧儿穿着她那条碎花半身裙,那么短,那么轻柔,以至于让欧麦尔突然感到遗憾:他们的行为举止一直都那么端庄,他们的聊天也仅仅限于语言。似乎他们已经忘了自己还同样拥有着抓取、抚摸的工具和方法，就像动物们那样。

他们都各自坐在自己的椅子上，离得那么近，以至于欧麦尔突然意识到：即使自己的道德意识投反对票，在她继续翻书的时候，他还是尽可以伸出自己的大手，出其不意地去抓住她那对小巧的乳房，轻柔地挤压……但是，作为一个经历过很长时间学会自控的男人，他当然没有动。

此外，一想到这个女人表面看起来单纯而保守，其实内心无比渴望得到他的爱情表白或者是目标明确的示意，他就同时觉得对方既自信满满又不够谨慎。他还没有冲动到将欲望付诸实践的地步呢。于是他乖乖将手放于膝盖之间，转过头看另一边那些蹦蹦跳跳的乌鸫鸟。

"你不想吃晚饭吗？"过了一会儿她跟他说。这句话将他终于带回了现实。

在回到屋里去的时候，他请求她同意自己坐钢琴那儿，即兴弹奏一曲。这是为了让自己冷静下来。在混弹了查尔斯·德内①的几首歌后，他又弹了萨蒂②的几首曲子。萨蒂的曲子和德内的歌一样，可以让他瞬间变得年轻。

"好美啊！"希碧儿在厨房里一边大声喝彩，一边鼓掌。但

---

① 即 Charles Trenet（1913—2001），法国的国民歌王，20 世纪二三十年代就已成为法国流行歌曲的代表人物，一生创作了不少脍炙人口的歌曲，还曾参与电影演出，是位多才多艺的艺人、明星。

② 即 Eric Alfred Leslie Satie（1866—1925），后又改名为 Erik Satie，法国新古典主义作曲家，亦被视为玩世不恭的音乐怪才。

是紧接着,就对他宣布说她将自己的馅饼烤煳了,只剩蛋黄酱拌鸡蛋和柠檬塔可以吃了。她是绝对的抱歉。

"那就吃鸡蛋和柠檬塔好了。"他回答说,不无宽宏大量。老实说,欧麦尔并不挑剔,尤其喜欢他们之间小仪式的简单化。在与艾玛一起生活了混乱暴烈的几年后,他现在更喜欢这种没有冲突的关系,这种低紧张度的、有点单调的生活。至少在他自己看来,这样可以平衡一下他的内心。

为了让他开心,她打开了一瓶白葡萄酒。两人端着酒杯和餐盘转到了露台上。

"你还没有告诉我本和他父亲到底是怎么回事呢。"他跟她碰杯的时候说。

"我觉得乔瓦尼时不时地给他寄一张明信片吧,或者是个便宜的生日礼物,但是对于这对母子的生活境遇来说,他很明显是甩手走人了。不过,这也没能阻止他在特蕾莎面前吹说自己的计划,什么要将本弄过去,让他在尼科西亚接受教育……实际上,他跟大多数的花心男人没有什么两样,一边是撒谎成性,一边是大话连篇。"

"因为这是个花心男人?"他很惊讶,"你可从来没有这么讲过。"

"随便你怎么形容他吧,"她回答说,"不管怎样,他是那种没办法安静下来的男人,见一个女人就会进入一个女人的生活当中——结果也就进入了那些女人的丈夫的生活中,在他们的床上睡觉,然后第二天溜掉,对于自己留下的烂摊子不管不顾。然后，很明显又上演各种的懊悔。"

欧麦尔惊讶地什么话都说不出来，因为他很难理解她是怎样忍耐坚持了那么久。但是好像最终乔瓦尼还是有点收敛了。

至于他这边，欧麦尔已经领教够了艾玛的好斗成性，还有她那精准无比的记忆力，以及对报复的偏爱。不难想象她的新伴侣将要如何提防，如何在寻欢之前加倍小心。

"你肯定这样想吧：可怜的女人，过的是什么样的生活啊！"两眼不时闪出泪花的希碧儿指出对方的想法。

看到她一下子如此沮丧，欧麦尔轻轻拨开她的头发，露出她的脸来。但是也仅限于此，没有再进一步。

她并没有吃惊，也没有特别的失望，也许是因为一段时间以来他们的相会已经充满了这样不圆满的动作，每个人都不说什么，克制着内心的悸动。不管是什么情况，一到九点整他就会收拾自己的行李，检查下有没有忘带火车票。然后就会离开，离开的时候带走了那份有疑问的悸动。

20.

她有多久没有光着小腿走在大街上了？六个月？七个月？她也忘了。所能确定的是，美好时光回来了，风儿四起，心潮澎湃，她一下子轻飘飘乐观了起来。在偶遇的保护下，她觉得自己像钢铁一样坚强。

懒得理会阿诺习惯性的不满唠叨还有或隐或明的说教禁止，她决定按照自己的方式去找个安静的咖啡馆，阳光充足的那种。

安娜有时候也真的想收敛，尤其是一考虑到她养欧米的方式——她完全知道他俩的关系不是很好，尤其是开学之后，情况会越来越糟。但是，除此之外，没有任何的东西可以让她屈服，她也不会让任何人干涉自己的行为方式……阿诺固然可以随便横加指责，但她无论如何也不会变成一个修女。

相反，他日复一日地对她这种道德上的束缚，无言的威压，反而激起了她摆脱掌控的愿望，总想尽可能快地找一处可以让她感到自由自在的地方。

过了沃达广场后，安娜毫不犹豫地拐道了，向码头和货仓那里走去。因为她突然想感受下迎面而来的风，在街上闲逛下。

看着春天的莱茵河上一队队的驳船顺水而下，内心深处她觉得自己的脆弱，自己真正的脆弱并不是出于自己不理智这一事实，不如说相反，是因为自己不够不理智。她过于顺从了，过于担忧自己能否从丈夫那边得到肯定——对自己行为是否良好的肯定，而不是从心所欲地率性而为。正是这一点让她改变了性格，让她变得忧郁……她想起自己从哪里看到过一句话：如果人生是一场赌博，就应该一赌到底。

安娜走进一家咖啡馆，在靠窗的一个座位上坐了下来，窗户是开着的。她注意到自己是厅里唯一的女人。她了解瑞士人的思想习惯：很有可能街上的人看到她大早上的坐在小餐馆里，会认为她酗酒，而她那惬意的样子会让人联想到妓女拉客。不过，她无所谓。如果阿诺看到了，他也会认为自己没有什么好指责的。她就那么静静地坐着，看着法语报纸，当自己是透明人，不跟任何人说话。

她满足地悄悄听着那些意大利工人说话。他们抿着啤酒，三四个一圈，围在木质的桌子旁。显然，有几个自从她进来之后就一直偷偷笑，而其他的则用眼角瞄她，且以某些男人特有的方式微笑着——这种微笑仅仅是出于女人的大腿间的缝隙。

不过她并没有生气。她在他们中间十分平静，似乎他们减轻了她自己生活上的烦恼。她继续在角落里翻着报纸，抽自己的烟，感觉自己在跟他们通过烟圈来交流，就像印第安人那样。

"您觉得左派有戏吗？"一个小伙子打断了她，很明显是个说法语的人。他从她肩膀后看着她的报纸。"我觉得，法国人跟别人一样，会再掉头的。"

"我不知道。"安娜说。

"据我所知，我从那里回来很久了。您知道他们都在想什么吗？"安娜摇摇头。

"他们就想着数钱，拉着情妇逛街晒太阳。跟您想的可不一样，他们首先想着的是他们自个儿的命运，可不是咱们的。干什么都是为了自己的苹果。"

"这是当下资本主义的犬儒表现。"

"等一下，您再说一遍，稍等……"

"我想说的是，这是一种资本主义社会无法无天的典型行为。"她平静地跟他重复了一遍。这时她注意到自己后面两三个工人正在跟她比手势，好像在鼓励她，让她继续。

"您把这个再说一遍……"

"现在，我觉得够了。"她回答了一句，同时在自己包里掏钱，结账，然后就开门走了。不管她多么大度，多么善良，有时候她真的对人类很失望。

21.

经过漫长的"讨价还价"（欧麦尔借口一个他无法抽身的安排，她则是家庭烦心事），他们两位终于都得到一周中额外的一天假期。于是两个人立刻决定将这天的假期给"兑换"了：鉴于气温的原因他们决定去周边来个小长途旅行，再去游泳池里游泳。这对他们"偷懒"的这天来说——从工作中偷来的一天，无疑是最好的庆祝方式。

疯狂的大笑，激动不已……在奥迪车与路面摩擦的噼啪声中，这次的出逃甚至让人觉得都使他们两位重返青春了，回到了中学时代。仿佛是在中学的时候无意中遇到了罢工或者是教育日①，突然就毫无预兆地可以享受自由，既没有老师，也没有父母。

收费站的牌子上显示现在是十六点四十七分，室内气温是二十九度……由于气温太高，汽车尾气变成了形态各异的薄雾，他们遇到的车辆看上去都像是在柏油路上失重了一般。

下了高速之后，他们降下了所有的车窗，好透透气……目

---

① 法国学校的一项制度，当天学生放假，教师则在学校集体开会、学习、讨论日常工作的得失等。

及之处，一望无际的风景中，有成片的虞美人花，有牧场，还有成群地聚集在树下的牛。这风景让他们有了去野餐时的感觉——突然就想改变计划，就那么迷路在一片无名的原野中。

"小气？"欧麦尔问道，手肘支在车窗上。

"小气！……你知道的，"希碧儿正色说道，"我前天给特蕾莎打了电话，感谢她发过来的照片。你会高兴的，因为她完全同意你对艾玛努埃尔的看法。"

"她都跟你说了什么？"

"我马上就告诉你。"她故作神秘地回答他，还把手放他的手上。她继续看着前方，风将灰尘吹得飞到了路两边。

他没有坚持。车一停到游泳池的车库，他们就下了车，浓浓的氯气味扑鼻而来，然后他们就分头去换衣间。

欧麦尔第一次穿着条纹拳击短裤，先下了水。跟预想的一样，池子里没有多少人。几个妈妈带着她们的孩子在浅池里面；深水池里面是十几个强悍的游泳者，都是一直往前游，一个来回又一个来回，什么也不看，也不用管任何人。跳台上面，一个年轻的肌肉男引来一群傻乎乎的女中学生的无声赞叹。

等了一会儿希碧儿，欧麦尔就坐到了池边，两腿在水里摆晃。一直都是那么热。由于风的缘故，不时有一片椴树叶落到水中，远处还能听到火车穿越森林的声音。

当希碧儿最终穿过消毒脚池的时候，她那耀眼的美貌在光线下更是惊呆了他的双眼。她把头发绾成马尾，穿着一件黑色的泳装，很典雅，每个肩膀上是方格图案的肩带，几乎不怎么露肉，但是将她的纤妙身材展露无遗。

时间真的是可以经受任何考验的，欧麦尔突然恍惚回到了二十五年前。当时的他住在一个匈牙利青年旅馆里面，那里淋浴室门前的走廊上每到晚上就会有些袒胸露背的女孩，各自拥抱着一个男孩。

不过，对他来说，当然什么事情也没有发生（不管怎么说，他可是一个匈牙利词都不会说）。但是他现在感觉自己很需要回到过去，哪怕只是几秒钟，回到那些灯光幽暗的走廊，好重新体会一下那些他没有好好利用过的可能的冲动。

"你准备好了吗？"她看着出神的他问道。

他们游泳了。两个人都是蛙泳，动作整齐划一地穿过光晕，没有什么声响，除了水花的声音。静悄悄地来回往返地游，从光线明亮的浅水区到跳台的阴影里，还好没有人跳水。在游了十个还是十一个来回之后，他们默契地达成一致：一圈也游不动了。

拿着书一坐到浴巾上，希碧儿就开始专心致志地抹防晒霜：先是脸，然后是胳膊和腿。

"你能帮我抹抹脖子后面吗？"她一边问他，一边拨开泳衣的肩带。

在缺乏勇气的时候，欧麦尔是一个乐于助人的青年。他乖乖地跪在她后面，好给她的脖颈后面和肩胛骨上抹防晒霜。

在某一刻，当他认真地将乳液抹在她肩膀上的时候，他明显感到了她在他的指尖下轻轻地抖动，就像一只蝴蝶。但是他没有尝试将她搂在怀中，甚至没有像自己很渴望的那样拥抱她。一部分原因是因为有人在看着他们，另一部分是因为他确信希碧儿那边从自己身上想要的，只是一个简单的同志般的动作，基于互助精神的那种。

"另外，"他想转移注意力，就问她，"你还一直没有跟我讲你跟特蕾莎的对话呢。"

"就我所理解的来说，关于艾玛努埃尔，她越来越有疑问。特蕾莎觉得她很假，想哄着所有人好让大家都听她的摆布。在特蕾莎看来，也许乔瓦尼在家里已经没有任何发言权了。"

"我准备打赌：他的痛苦还没见底。"欧麦尔风趣地说。为了跟她讲一个这个女孩是多么强势的例子，他还告诉她：他们到了最后，他已经无权喝酒、无权在家抽烟，也无权招待朋友了。"所有人在她面前都得弯腰。"

"你就任由她这么做？"

"或多或少吧。还好，能让她收敛一下自己强势的是：她几乎没有钱，靠我交房租。实际上，她很喜欢钱……"尽管是个小学老师，她还是每周都要傻傻地赌几把，期望着哪天能赢一笔巨款，好随心所欲地生活。"可能要甩开我的时候，"欧麦尔说，"出于仅存的羞耻心吧，她一直都避免谈到一直都没有还我的那五千欧元。"

"我从来没有想过是这样。"希碧儿承认说，伴随着"诉状"的是大幅度的摇头。

如果一个男人可以成为自己品德的评判师，可以公开自己的某些优点，那么，欧麦尔将很乐意地直接告诉她：一点都不是自我标榜——他对她以前是那么耐心，失去理智的耐心。

他接着说:"我甚至觉得,正是在追逐利益、精于计算方面,艾玛才显得那么有智慧。在我们相识之前,我想她可能最多有过两三次这样的经验吧,然而这很明显不是她的性格。这是个太工于心计的女孩,冒这种险太正常了。"

"这也可以说是她的一个优点了。"希碧儿一边说着,一边站起来开始收拾他们的东西。

这种事情是能遇到的。

22.

并不多。满打满算地话,他们午餐之后的完美幸福时光也就是一个小时——甚至不到一个小时。这时他们一起在花园里干活儿,就在那棵冷杉树的阴凉下——欧米计划将来有一天在这里修一个小屋。

阿诺和她都多少想拿修枝剪修剪下树篱。两个人都站在梯凳上的时候,越过树篱的顶,甚至眺望到了远处阳光普照下的群山。每个春天看到如此情景,他们都会觉得积雪一旦融化后的群山就好像离远了十几公里一样。难得悠闲的阿诺,此时就会跟她讲起让弗罗高地上假期野营的事儿,那时他跟他的表兄弟汉斯和马蒂亚斯在一起。她呢,站在高处一边认真听着他的话,一边感觉自己在呼吸着天空。她感觉特别舒服。

然后,一切都结束了。他们轻而易举地就破坏掉了这一切。她本不该在他一进门的时候就跟他提起他们欠索尼娅二百法郎,她还不得不自掏腰包交给学校三百五十法郎,以至于她已经不剩一个子儿了。

阿诺一下子脸就拉得好长,回答说在去慕尼黑之前,他就已经给她留下了五六百法郎。这对她来说已经很多了,他跟她强调,以便让她明白自己也不是印钞机。

"我不得不买好多东西给欧麦尔。他长得太快,什么都变小了……我自己已经几个月没有买过东西了。"

"你还不如说几年呢!"

"不,就是几个月。"

安娜现在明白跟他讲这些是自己没有选对时间,但是太晚了。她也无法回头。

由于所接受的教育(不过,也是出于他自己的倾向),阿诺对于自己的存款这个问题非常敏感,就好像一直都在害怕穷到露宿街头似的。如果她又不懂节约的话,那就是两个人要露宿街头了。他如此思考问题,以至于他对钱财的关注,所强调的小气,以及为小气而制定的"现实原则"——他自己的表达方式,影响了他大部分的选择。如果他没有表示厌恶支付——以一种很新教徒式的担心公平的态度——所有跟日常生活相关的开支,与之对应的是:他对额外开支非常斤斤计较。尤其是跟她相关的额外开支。

真的不能说她享受到了丈夫的慷慨大度,就像贝蒂·特雷普纳那样——人家一年有半年都待在马克萨斯群岛上。这不是他们家的风格。阿诺以一种绝对精确的方式养着她,让她处于依赖之中,不得不对自己的每项开支都精打细算,不得不忍受他那些好听不好听的告诫。实际上,他所使用的是一套真正的驾驭谋略,不仅是经济上的,也是精神上的。

安娜不知道他是否很为此而骄傲,但是她真真切切地开始感受到了压力。

他那么富有、那么自信,而她却这么贫穷、这么没有自信,这种不公平的境遇严重得让他们的夫妻关系失衡。有时候她甚至因此而怀念那个遥远的当年。那时候的阿诺还是个年轻领导,每个月都入不敷出,然而他们虽然囊中羞涩却又幸福快乐。那时候的他俩就像每个人都是彼此的必然结果似的,住在苏黎世的一个小房子里面,欧麦尔尚在摇篮里。

不过,老实说,安娜不得不承认在钱上,她压根就没有清楚过。不仅仅是由于她很快就发现自己让别人来养很自然,更糟糕的是:今天的结果她也起了推波助澜的作用。抛开那些信念和漂亮说辞,很明显她也很矛盾。因为阿诺的成功本来是应该同时彰显她的价值,又让她安心的。何况,她还给阿诺争取到不少物质利益。

关于这个话题,安娜对自己做过的一件卑鄙的事记忆犹新,一直惭愧到今天。结婚几年后,由于在爱尔兰签了一个没有商讨好的合同,这件事作为一个阴影让阿诺走入了严重的困境,几乎被戴姆勒公司的领导层晾到了一边。她不仅没有为他担心,内心隐秘处反而忧虑了好几周,害怕跟一个名誉扫地的男人一起生活。应该说,她当时的反应就是:倍加珍惜自己的积蓄,巧妙扮演一个花瓶妻子的角色。

现在一想起当时的情况,她几乎就要跟他说算了,他留着自己的钱吧,因为她根本不需要,她也不配拿这个钱。可是,反而是他一反往常,坚持让她拿着他开的支票。

"我给你开了五百法郎。"

"太多了,你很清楚呀。"

"安娜,给你的钱什么时候不多,"他强调了一遍,好像故意为了让她良心不安一样,"而且,我更相信你没有多少现金了。另外我再给你三张五十的纸币,不计算在内。满意了吧?"

"谢谢。"她傻乎乎地说。

她本应该跟他讲自己不需要这些钱,还有,也不需要他的怜悯。

将来有一天,如果他明白她之所以继续跟他和欧麦尔生活在这套大房子里——让他花费不菲的这套大房子,只是出于好心而已。那时她该跟他说什么呢?

23.

  几个厅最近都刚刚重新布置过，但是那幅画还一直都在那里，就像一个黑红相间的长方形。中间是那具尸体①，还被从上而来的光线照亮。欧麦尔很明显想起了一只被绑住了四蹄的牲畜，露着白花花的肚肠，还有斑斑血迹。与之相对应的是，他坚信画上背景中的那个年轻女子——很明显是个女仆——靠着一堵墙。然而实际上那个年轻女子只是站在门缝处看着观画人，好像是要露出一种含含糊糊的微笑，而不是像他想象的那样在看着那副腔架。

  "我敢肯定，如果不是那个门边的仆人的话，她正好在盯着我们看，这场景一定是另一种感觉。"他跟希碧儿强调说。不过他尽量压低了声音，以免影响周围的赞叹声。这应该就是一副超乎寻常的现实主义油画，那个时代经常画的，没有什么好疑惑的。没有人会问伦勃朗为什么他需要画这头被宰杀的牛。

  希碧儿往后退了退，跟他承认说自己一点都不记得看过这幅画了。她应该已经七八年没有来过卢浮宫了，她掰着手指头

---

 ① 此处指的是伦勃朗的油画《被屠宰的牛》。

数了数年份告诉他。所以她真的做不到跟他讲清楚画家的想法。她只是凑在他耳朵旁边悄悄告诉他——关于那个女仆，他有点跑题了，因为那个女仆那么小，几乎分辨不出来。

"确实是这样，"欧麦尔退让了，他并不了解希碧儿身上的这种叛逆精神，"不过，你走近一点试试，你会看到她那嘲弄人的小嘴角。我不觉得她是在嘲弄观众，更应该是在嘲笑这头看起来这么像人的可怜的牛吧，这么像男人。"

说到这里的时候，欧麦尔激动得都听到了一点自己嗓子的颤音。他本没有必要让希碧儿一再坚持跟他讲解这团吊挂在横梁上的肉的秘密。希碧儿在他答应保守秘密的情况下才告诉他，实际上这团肉，这个被去了势、砍了脑袋的牛尸体很可能是伦勃朗对自己的投射，以弥补自己犯过的错。然而她并没有坚持。

不管怎样，他并没有跟她这么说。希碧儿非常讲逻辑，非常鄙视这种针对人类的抒情主义式的痛苦有益论，其不过是为了迎合这种解释罢了。

这转弯抹角地让他想起：他们聊天的时候希碧儿从未跟他谈起过她所看过的戏剧和电影，也没有跟他谈起过她最近看过的书（除了戴维·洛奇），也许是出于腼腆谨慎吧。

于是，心头一紧，他意识到自己从未问过哪怕最小的问题——可以讨好她，让她心动的问题。而且，在她家的时候，他甚至从未有过瞄一眼她的书、翻一翻她的碟子的想法。他现在有点震惊，但是却也不感到遗憾。应该相信：他并不想剥去她身上隐秘的那一部分，也不想对她有所评判。

之后,他牵着她的手臂带她去其他的厅里。这时他才为时不算太晚地注意到她做了一个非常漂亮的发型,绾了一个王冠形的发辫。他们在院中略加停留了一会儿,好看看那些大水池,然后就掉进了法国油画的迷宫中了。迷宫中他们一直在找德拉克洛瓦①的一幅自画像,结果在原先挂这幅画的地方只看到了另一幅油画:一只硕大无朋的猫卧在一个穿蓝色衣服的小女孩的膝盖上。

看起来德拉克洛瓦的那幅画是找不到了,他们就去了另一个画廊,最后到了一个没有人的大厅,站在了一幅《白色皮耶罗》②的油画前。这幅画真人大小,画中人物那宽大的帽檐,玫瑰色的鞋带清晰可见。欧麦尔忘不了小丑那虚幻又带蠢笨样的脸,还有他身后那些小伙伴——正在折磨一头驴子取乐。

"精神贫乏之人必有其乐。"他模仿着祈祷的腔调说了一句,然后就领着她去看华托③其他的画作去了。

"我正要打赌你不知道雅姆④这首描写驴子的诗呢,是初中时候学的。"

"我连他叫什么都不知道。"

---

① 即 Eugène Delacroix(1798—1863),法国 19 世纪著名画家,浪漫主义画派的大师。代表作品有《自由引导人民》等。
② 即 Pierrot blanc。皮耶罗是古代意大利戏剧当中的一个小丑角色。
③ 即 Jean-Antoine Watteau(1684—1721),法国 18 世纪洛可可风格最有影响力的一位画家。他画了大量带有喜剧色彩的作品,尤以《小丑皮耶罗》系列闻名于世。
④ 即 Francis Jammes(1868—1938),法国著名诗人、小说家、剧作家兼文学评论家。

"我将拿起手杖,"她在走廊里给他背起这首诗,"走在大路上,我要跟我的朋友驴儿们讲:我是弗朗西斯·雅姆,我要去天堂……你们是来自蓝天的温柔朋友,可怜的宠儿……不得不说,接下来的我忘了。只知道最后是说什么林中的小溪,那里樱桃挂满枝头。"

之后他们便到了塞纳河的码头上,两人疲累不堪,步子也变小了,好像是在跟着几头驴儿一样。这时候河对面乌云密布,并飘了过来,顿时将四周的道路笼罩得昏暗起来。

"我觉得咱们还是乘地铁吧,如果不想洗淋浴的话。"她提醒他说。

一到他家,希碧儿静静地靠在沙发上抽烟。他呢,正在厨房里收拾,顺便拿一些吃的和喝的。他似乎想起来希碧儿偏爱在沙发上喝干马提尼,吃芦笋尖。

"你好像在想什么。"他把盘子端了过来对她说。

"可能是咱们看过的油画的原因吧。你从来没有想过,痛苦是你爱情的小动力吗?"

"为什么跟我说这个?"欧麦尔回答说,应该是没有听懂。

"我跟你说这个是因为,偶然想到的吧,你跟一个不停蹂躏你的人生活了好几年。"

欧麦尔感觉到了她那既狡猾又微妙的推理过程,但是放弃了立即回答。因为他很糟糕地想喝点金酒,而且很直接地感到自己聊这个话题不在状态。

于是他们陷入了长时间的沉默中,听着外面狂风怒吼。希碧儿一直坐着,双腿交叉,而他,忙着做这做那,以保持自己的风度。不知何时起,感觉马上终于要下雨了,他把手伸出窗外。但是雨一直都不来。

"我敢肯定,"他无话找话说,就像是在将自己的想法翻译成法语一样,"事实上没有人喜欢痛苦。大家首先是喜欢爱,然后会发现痛苦是爱的代价。但是这绝非是目的。这是一种附属品,谁都想避免要的附属品。"

"我倒是怀疑你更喜欢那种没有分享的爱。"她幽默地对他说。

欧麦尔开始怀疑她内心的真实想法,向她肯定说不是这样的,此外他也不认识任何一个正在饱受这种痛苦的人,"绝对一个都不认识。"他再三强调。

尽管没有刻意地想说服她,但是他那不容置疑的语气还是让他感觉到这场争论有可能破坏两个人这么和谐的气氛。因为她已经放弃了这个话题,起身去看他的书架。很明显,比他还好奇。

"我等着找几个绘画或者音乐方面的书呢,可不是这些医学作品,"她开玩笑说,"我猜你跟大部分男人一样,有健康多虑症。"

"这应该是消磨时间的一种方式吧。"

看着她慢慢地、静静地翻着书页,欧麦尔有那么几秒钟恍惚被一种感觉袭上心头:她正在如是这般脱他的衣服……于是他觉得自己更明智的做法是回厨房去,看看自己是否可以提议让她跟自己分享他的晚餐。

但是看样子是不可能了,因为她还要陪朋友热拉蒂娜一起开车回去。

　　显然,她从未思考过他会用什么办法将自己留宿在他那里。她完全正确。因为她走了之后,又过了很久他才想起这个。

24.

就是这样的,他想。她让他想起松鼠:小巧的门牙,活灵活现的眼睛,蹦蹦跳跳的走路姿势。

"玛雅上周五满六岁了。"雷米·梅泽尔跟她确定了一下。他正陪她走在花园里。

"哦,生日快乐,玛雅。"她对着玛雅说,弯下身要抱抱她,"你请了学校里所有的小伙伴吗?"

"我有十四个朋友,"她很认真地回答说,"十三个女生,一个男生。可是我也请了两个表兄弟,亚历山大和瓦伦丁,还有我的新邻居,巴布洛。"

大树下,花园深处,为大家摆了一个很大的椭圆形桌子,上面铺着一张白色的桌布,点缀着小堆小堆的水果和糖果,几个彩色的瓶子,还有好多个蛋糕。

"太棒了。"安娜说。她注视着树荫中那些穿着长裙的兴奋的小女孩们。

她很想能够跟雷米(她觉得他在自己身边有点不自然)说她今天来这里,在他们中间,是多么开心,但是要知道他们的记忆还是那么鲜活,以至于他们根本做不到举止自若。

"不知道我有没有告诉你,玛雅是在卡拉卡斯①出生的,跟她妈妈一起我们在那里住了四年。我马上给你介绍朱安娜。"他说着话,做出要牵她手臂的动作。

不知道是不是出于偶然,就在他的手接触到她的时候,过去的记忆突然闪现。而此时的她还有点难以认出雷米·梅泽尔。眼前的这个男人年龄不明显,留着小胡子,还有一点络腮胡,跟自己谈起妻子和女儿的时候,语气还不坚定。然而,就是他。他的手指还在她身上。

"幸会。"朱安娜对她说,同时好奇地注视着她。

"我有个小男孩,欧麦尔,比你们的女儿大三岁。你们女儿真的好可爱啊!"

"谢谢您的夸奖。不过您该把儿子带过来啊。这个聚会缺男孩呢。"

在这种局面下,自然大部分话题都有很多禁忌。再加上夹在她们二者之间的雷米又好像犯了失语症一样,因此她们能够相互聊一下孩子和生日自然都不会感到不快了。至少这两个话题不会冒犯到任何人。

"巴博罗和克雷芒提娜把自己关厕所啦!"一个红棕色头发的小女孩跑过来,满脸的告密者的神情。

转移局面的时机来得刚刚好。

"刚才我一直跟坐在火炭上似的,"雷米老实说,一边带她到清静点的地方,"我不明白一些人是怎么做到多重生活的,

---

① 委内瑞拉首都,同时也是该国最大的城市。

我自己可真的做不到。对了,你还记得蒙田中学的弗雷德里克·沃热尔吗?应该是老考第一的那个。"

"高个子,戴浅色眼镜的那个?"

"对,就是她。刚刚不到两天前我才知道她跟她老板一起在野外失踪了。还有穆瑞尔·特鲁,你有她的消息吗?"

"压根儿没有。我觉得她应该一直跟她的画家在一起吧,阿尔多还是阿莱克斯,我也忘了。"安娜老实答道。她有一种模模糊糊的感觉——陪在他身边,走到一个很安静的地方,往日的光线将那里一切都变得闪起光来。

"我还没有告诉你,我早就当老师了。"

"什么老师?"

"我教物理化学,一部分初中课程,一部分高中课程。还负责一个电影俱乐部。不管怎样,还好吧。"

他的表情很真诚。那时候她知道他的才华,目睹过他的过人风采,一直相信总有一天他会成为一个政治家或者是大导演。她还疯狂自豪自己曾是他的初恋,现在她感觉自己几乎被骗了。

"为什么你就甘心了呢?"她想这么问问他。只是不知道自己有没有资格给人家上课。

"收入方面,很明显还是有点公平的。很幸运,朱安娜收入也还过得去。"

"我嘛,还是没你那么优秀,主要还是靠丈夫生活。"

"那,这样你不觉得麻烦吗?"

"巴博罗和克雷芒提娜,我要你们立刻出来!"一个穿着红色厚运动服的大人发火了,应该是其中一个孩子的父亲,"先说,你们在干什么?"

"我们什么都没有干!"孩子们喊道,但就是不出来。

"我数到十。"

彼此都用不着说,雷米和她就趁空走开了,隐藏到了房子里面,一个平时用作雷米的办公室的小房间。

"你老婆不会发现我们溜了吗?"

"她被那些小家伙们缠得那么紧。还有,我觉得,咱们有权进房子里,"他说了一句,好像要确定一下,"过来,到我怀里,求你了……你不可能知道,这些年我是多么想你。"

他的嗓音突然显得如此悲伤,如此哀求,以至于安娜犹豫了一下就走入了他的怀中。因为她相信他——这是相爱的好处,而且她一直都还记得过去他给自己的幸福瞬间。

"我真不该走,"他在她耳边轻轻呢喃,"我该等你,陪你一辈子……跟你要几个孩子……"

"不要,雷米,"她轻轻呵斥他,一边从他怀中躲开了,"你没有权利说这些了。"

她甚至不知道他到底有没有好好考虑过刚才那几句话的分寸。按他的想法,欧麦尔和玛雅似乎只是一些可计算的损益得失。似乎此后一切都还没有确定下来,他们还可以填补遗憾——填补孩子还没有出生的那些年的遗憾。

然而她还是又抱住了他。当他紧紧抱着她,一直送到火车站的时候,她不确定对方是否真的已经明白:她正在走出他的人生,就像当初他离开她一样。

25.

两个人这时面对面坐着，小船那么窄，他们的腿几乎顶在一起。他们就这样悄无声息地慢慢向前滑，一动不动，任由风将他们吹向前方。落日西沉，渐渐消失在大树后面。

"刚才你想说什么？"她突然问道。

"刚才？"他重复了一遍，意识到自己失神了，现实将自己又拉了回来。

他们是如此不喜欢一起高谈阔论，聊天的内容一般都是各自的旅行。这些聊天在家里开始后，整个过程会时不时地被彼此的肢体接触给打断。这些触觉"波"一次次地让他们忘记正在谈着的主题。

"我敢肯定你能想起来。"她一边说着话，一边往小船前面探出身子，以便留神那些快要将河面拦住的枯树枝。

欧麦尔重新划起小船好靠岸，这时又感到了背部和手臂上的肌肉疼痛，因为他已经好多年没有划过船了。在要靠岸的时候可是一点都没有不开心。

将小船交给船主之后，他们一前一后穿过田野，朝着教堂的钟楼走去。路过一座木制建筑物的时候，他们折向一条荒草丛生的小道。这条小道他们还是第一次看到。光着膀子的欧麦尔打趣道：他们单独两个人就这么走在蒿草弥漫的乡野，还真像茂琳·奥苏利文①和约翰尼·韦斯默勒②的样子，身披失乐园的阳光。

"确实是很像啊。"希碧儿也开玩笑应和他。

由于他们并没有确切的路线图，于是就这么沿着这条小路走下去，一直走到一座似乎已经被荒废了的桥边。他们决定继续沿着这个方向走，不由自主地低下头，穿过桥拱……他们不约而同地注意到光线变暗了，还有，他们说话的声音发出很奇怪的回响。

欧麦尔本以为机会不可能来得这么早，尽管如此，他还是突然有了想利用这暧昧昏暗的冲动：环住希碧儿的脖子。他感觉自己已经准备好了。就是此时。

然而，两分钟后，他们便又走入了光明中。还不知道怎么回事，时机便稍纵即逝。

欧麦尔于是不得不再次放弃他的计划，尽管自己大部分的身体、大脑绝对没有同意，都还在为他的蠢笨痛惜不已。以至于直到后来他点燃一支烟，好让自己从沮丧中回过神来，那种激动的情感之流还依然直抵指尖。

"你还一直没有回答我的问题呢。"希碧儿再次说道，似乎

---

① 即 Maureen O'Sullivan，出生于爱尔兰的著名演员，与福克斯电影公司签约，出演了多部卖座片，包括著名的"人猿泰山"系列。

② 即 Johnny Weissmuller，美国著名游泳运动员，历史上最伟大的游泳运动员之一。退役后，在好莱坞成为电影演员，他曾在 12 部影片中出演了"人猿泰山"。

什么都没有怀疑。

"关于我对未来的看法?"

"是啊,关于你自己以后的生活。你还这么年轻,我猜你还没有随遇而安吧。"

"啊!我自己的生活!你可是知道的,我之前的生活那么糟,以至于现在觉得自己根本没有能力做这方面的打算了。"他一边说着,一边穿上衬衣,因为已经踏上返程的路了。

晚饭后,按照老习惯,他们别无二致地玩了几局乒乓球,弹了几首钢琴曲(总是特雷内),最后坐到外面的躺椅上——因为黑暗对于他们来说就如洗澡时候的水一样,总是那么热。

"你不觉得,"她又回到了主题上,还递给他一杯葡萄酒,"随着时间久了,你总会摆脱这些困扰吗?"

欧麦尔知道她想说什么,但是又没有把握。其实他只需要简单、诚恳地告诉对方自己现在更渴望的是自由。只是他觉得最好还是跟她解释:跟艾玛努埃尔在一起那糟糕的结果夺走了他最后的幻想,尤其是关于崇高爱情还有婚姻生活的幻想。

他阐释说:"其实只要换个方向,去国外旅行几次,生活上一段时间,就能明白那些东西完全是可以不需要的。我真不懂为什么人们要死要活地希望被爱着。"

由于她什么都没有说,只是那么盯着他看,他有种模模糊糊的感觉:自己的宣言没有引起多好的反响。

另外,这也不是他们第一次这样严肃谨慎地相互看着对方了。两个人由于以往的屡遭挫折,可能都在默默自忖:另一个人总有一天会为自己带来有权渴望的心灵修复吧?还是自己又错了?

"不过,也可能我有其他想法吧。不管怎么样,我既不是什么道学家,也不是什么心理学家。"他有点儿妥协地跟她说。他那样子就像一个正在打退堂鼓的人,因为她感到自己似乎一脚踩空了。

之后,当他帮她将长椅拿回屋的时候,无意中瞥了一眼自己的手表,就大惊失色地发现自己错过了回巴黎的最后一班火车。

"没必要大惊小怪的。"希碧儿安慰他,很明显,她并不觉得他刚刚说的是什么大不了的事情,"这儿有四个房间,所以你还有得选呢。"

欧麦尔从不信什么"非本意选择",在这件事上只看到了自己惯常的粗心导致的恶果。因此有点疑惑地看着她,觉得眼下的局面对自己来说太难堪了。

"真的好抱歉。"他道歉说。

"可是,一点儿都没什么,我刚跟你说了。"

好吧。不管怎么样,他还是对自己没有信心,很不愿意打搅她。因此,尽管希碧儿一再坚持让他睡其中某张床,他还是宁愿睡在客厅的沙发上。

趴在沙发上后,他的脚比沙发还长。于是他想办法扭来转去地缩成一团,先是胳膊,然后是腿和脚,什么都没有落下,以便能睡着。

过了一段时间,一阵声响将他从模模糊糊的睡梦中拖了出来。半睁着眼睛,简直不敢想象的是——他看到了希碧儿就在自己身边,坐在一把椅子上。那样子就像一个盯着自己孩子睡觉的操心母亲。大概是凌晨两三点的样子,一根树枝不停地轻轻扣着窗玻璃。

欧麦尔赶紧闭上眼装睡。然而,尽管右脸颊贴在一个靠垫上,趁着走廊上微弱的光,透过眼皮之间的缝隙还是可以看到。从她在椅子上身子的倾斜度和肩膀的动作,他觉得希碧儿正在流泪。

当时,他觉得她在因为自己而流泪——也许吧,他想。因为他"病"得很严重,不知道发生了什么事。然后他回忆起在花园里自己说的那些打算——他还知道这一切对她来说该是多么不吉利,多么令人沮丧。

快到七点的时候,他轻轻打开花园的门,好让猫进来(它最终被叫作莫里斯)。然后又让自己在沙发上躺了十分钟,双臂贴着身体,品味着晨光微曦和鸟儿初啼。

当希碧儿穿着一件及膝长T恤出现在厨房中时,欧麦尔已经结束了他的早餐。尽管还带着微笑,她那憔悴的神色分明就是一个彻夜未眠的女人应有的样子。

"早上好①!"他"轻唱"似的问了个好(不过,可没有响板),装出一副神气活现的样子,想祛除自己可能带给人家的恶劣印象。

"早上好!"她用嘶哑的嗓音回答了一句,还朝他温柔地甩一甩头发。

---

① 原文为英语 Good morning。

也就是说一切都被原谅了。当出门走到大街上的时候,欧麦尔意识到了太阳正在升起,而他已经无条件地爱上了这个女人。

26.

显然，这个词总是让人害怕。她对他说，如果自己声称是共产主义者，觉得自己是共产主义这个大家庭的成员，从某种意义上说，含义是既宽泛又很个人化的。因为她从来没有想过要得到党员证，而且坦白说——她连任何一个中央委员会的成员名字都说不出来。不，让她激动的是共产主义之梦，是共产主义社会之梦，而不是共产党。另外，她还发现：关于党领导的精选策略还有不少值得商榷的地方。

"不要告诉我密特朗的胜利让你不高兴。"

她所考虑的并不是这个。即使怀疑密特朗是假左派也没有什么用，她必须承认他令自己满意，而且自己也非常自豪能为他投上一票。密特朗曾许诺拆掉金钱这堵墙并招募共产党加入到政府中来——他做到了。人们所见到的这一切当然不会发生在瑞士。

有时候，阿诺的讽刺与恶意会让她不想说话。她甚至不知道为什么还要继续和他讨论。关于他所谓的那些失败，她本可以这样回答：这归根到底和爱情是一样的。许多年过去后，人们会想自己本可以用其他方式去做事情，然而实际上，在那个时候我们只能做我们能够做到的事情。但她并不想在这个话题上冒险。

"你知道吗？我刚刚想到另一件事，和这件事没有任何关系。我在想既然索尼娅跟你说过她有空照顾欧麦尔，趁这个机会咱们可以今晚出去，顺便去饭店吃个晚饭。"

"前提是不谈论政治。"

"一言为定，不谈政治。我还需要十几分钟来准备准备。"

此刻的安娜高兴得似乎一刻钟的等待都已经达到自己的忍耐极限。她飞快地上楼，迅速换了身衣服，但是又及时想到还没有通知索尼娅，也没有给饭店打电话呢。于是，十分钟又过去了。

"我叫了辆出租。"他在镜子前系好了领带对她说。

安娜突然意识到：即使自己经常会斥责他的高傲与严肃，但是阿诺俊朗的外表依然能让她眼前一亮。尤其是像今晚这样，当他一身灰黑两色，外加小丝绸马甲、硬领子和他那副牧师眼镜时。

当车径直向莱茵河桥头驶去时，他们注意到春天的温暖让城市的大街与公园里的人突然多了起来。小径上满是孩子在骑自行车或是打球，被露水打湿的草地上则有一些手腕纤细的年轻女人们在娴熟地玩掷飞碟游戏。

"真不敢相信现在已经晚上九点了。"阿诺从出租车上下来时惊叹道。

饭店门口有个男的一身正装站在台阶的高处，除了微微点头表示欢迎外，像雕塑一样一动不动。当两扇门单独为他们敞开时，安娜心想，或许幸福也需要仪式。

由于没有一丝风,他们最终选择在大露台上吃晚餐,刚好位于水面上。接着他们默默地等着有人给他们拿杯香槟来。然而往低处看,就在离他们不到五十米的地方,两个身材魁梧的警察正用手臂架着个不断反抗的年轻人。年轻人的脚在空中蹬来蹬去的——很明显,他们不是带他去电影院。

"这肯定是个共产党。"阿诺开玩笑说。

安娜不知道自己该一笑了之还是该感到愤怒,所以宁肯什么也不回答。

"咱们最近的一次爱情之约还是什么时候来着?"他转换了话题。

"有一年多了吧,如果我没记错的话。"

现在当他们两人单独在一起,面对面,安娜居然发现他们已经有些不习惯彼此了,两人甚至都觉得有点儿尴尬。阿诺尽了最大努力不像往常那样搓手、看表,然而徒劳。她感觉他不自在,迫不及待地喝自己的那杯香槟。

"我还没有给你讲我和雷米·梅泽尔相遇的事儿呢。"她对他说,想让他摆脱这尴尬场面。

"这之前你确实也没有再见过他。那,见面的情况怎么样?"

"还是客观地说吧。因为我一直对他还有感情。尽管过去觉得他很有吸引力,具体的理由如今对我来说根本站不住脚。事实上,他有些冷落我。好像他的婚姻还有他的父亲身份让他变得焦虑,也有点俗了。"

"你这么说就不太友好了。说到底,你还是后悔去了那里。"

"不,不是这样。那一天非常奇怪,也相当令人伤感,但在离开的时候,我感觉我摆脱了一个影子。"

"那就为我们的健康还有雷米·梅泽尔的影子干杯吧!"阿诺边说边把他的杯子举起来,"现在我可是饿了……你觉得日式烤鳗鱼怎么样?"

"随便你了。配上些冷米酒特别好。"

在这幽暗的环境中共进晚餐的时候,他们听着底下河水的哗哗声以及回荡在桥拱间的游泳者的叫喊声。可能是些学生在庆祝考试结束。应该有二十来个男生女生,愉快地互相泼水玩。

"简直疯了!夜晚这么亮,跟白天似的。"安娜说道。

"你也想跳水里玩吗?"

"多谢啦。我想还是让他们替我跳吧,我可不再是二十岁了。"

起身离开桌子时,安娜突然感到腿发软,走路都踉踉跄跄,还要扶着阿诺的胳膊。

"我应该是米酒喝太多了。"她解释了一句,禁不住大笑起来。

"我觉得咱们最好还是再叫辆出租车,你觉得呢?"

"最好是这样。要不然,我可要爬着回去了。"

27.

接下来的好几天，不管是在旅途中还是夜晚在酒店里，欧麦尔都回想着在希碧儿家里的那个夜晚。那个场景异样而静默，全然与时间无关，可能是因为发生在暗处，而他也是半梦半醒。奇怪的是，由于不断地回想，他愈发不确定是否瞥见了希碧儿在流泪。

因为他现在还能够记起的，就是她在身旁的姿态——默默无声，头垂向胸口——让人怀疑是在椅子上睡着了。不管怎样，在他的记忆里，那是一个非常美妙的时刻，像是第一个没有亲吻、没有拥抱、也没有言语的恋爱中的夜晚。

因为一个动作或是一个微笑而坠入爱河，欧麦尔倒是能够理解，然而只是因为一场缄默呢？

第二天一早，当希碧儿来到厨房时，他尽量只字不提，唯恐打破将他们悄然相连的魔力。

跟往常一样，两周后再见到她时，欧麦尔感觉到那晚沉默的气息仍然笼罩着他们，现在他们在城里转悠着寻找一家杂货店。但很显然，这片社区附近开门的杂货店连个影儿都没有。也许是对空荡荡的街道着了迷，他们一直走到集市的广场上，然后又朝着火车站走去，最后终于意识到：该去餐厅吃午饭了。

"每个星期天，一点一过，所有商店就关门了。"她提醒道，手滑入他的掌心，像是不经意间的动作，"人们不是正在家里吃午饭，就是已经到水边了。"

跟她相比，欧麦尔更难将动作从语言里分离开来，于是思忖着该如何回应。

走过了教堂，他们朝着下城区走去，一直走到桥头，好像整个城市都在这儿约会。完全无视河中的小船、看热闹的人群，一个渔夫在河中央冒险前行，水在脚边打着漩涡似乎要吸走他，他的身体也危险地晃来晃去——如果不是哪个力气大的人扔给他一条绳子，把他拉到河岸，他可能就被水冲走了。

看到他平安无事，他们在一家隐藏在树木后面的小餐厅的露台上吃了午餐，享受了正午的平和时光与和煦微风。紧挨着的邻座是一对温厚的中国夫妇，带着两个年幼的女儿和一只法国水猎犬。这很可能是只双语动物，他们一会儿对它说法语，一会儿对它说中文。远处有两个年轻的英国女孩儿，她们喝着潘诺①酒，手机就没有离开过耳朵。

"你有没有注意到，"希碧儿说，"所有在街上打电话的人说的话都一样，我们也是这样吗？"

"你是说他们是用一样的词？"

"一样的词、一样的句子，甚至是完全一样的语调。让人觉得每个人都是一模一样的，想到这儿我就头晕。"

---

① 潘诺：Pernod，一款法国茴香酒。

欧麦尔倾听着她说话,叉子悬在空中,给了她另一种解释:人们被手机奴役了,实际上是手机在替他们说话。其实不是"杰莱米问我明天有没有空",而是"杰莱米的手机在问我明天有没有空",他模仿着黑尔电脑的语调。

但是这太科幻了,她更喜欢自己的想法,更具普遍性的想法。对此欧麦尔并不是很惊讶,因为这个想法一看就是他的风格。

他们沿着飞满蜻蜓的河岸散了会儿步,然后不约而同地,冒险取道一条窄路——不得不一前一后地向前走,一路触碰着两边的灌木丛,里面不时传来一股股热气。

一直到丛林深处,他们才能并肩行走,头顶上是拱形交错的枝干和黑压压一片盘旋着的蚊虫。希碧儿小心翼翼地重新牵起他的手,此刻,彼此都能够清晰地感受到对方的脉搏,节奏就是情绪的起伏。几颗松果簌簌地落在他们脚边。

"这儿还不错。"欧麦尔说道,他觉得像是走进了一片小森林。

"我已经很长时间没有牵过男人的手了。"她觉得最好还是解释一下。

"我呢,也很久没有牵过女人的手了。"他回应道,一边侧身给一队骑自行车出游的人让行。

"只是,我昨晚还在想你和艾玛努埃尔之间故事的结局。我不懂,你怎能没有马上猜到你们根本不适合呢?"

"因为我缺乏直觉吧。但我要提醒你注意的是,在这方面,咱俩可是在一条船上。"

"我可不一样,我年轻,对男人又没有一点儿经验。"她否认道。

"我不确定这跟年龄有没有关系,但你我都同样缺少的,这种动物的直觉,也称作本能。实际想来,大家并没有本能地相爱,而是虚假地爱了。"

"可是,这一点都不虚假,"她甩开他的手反对道,"我爱这个男人,用尽了全力。"

他不想反驳,因为他们的谈话开始变得和这林子里的路一样,一直在兜着圈子。他就要跟她提议顺着去桥边的小路往回走时,希碧儿突然跪倒了。毫无征兆。

"我的脚在什么上面打滑了。"她说道,一边紧紧地挽住他的手想站起来。

欧麦尔这才意识到她在流血。根据她的体型,他应该能够背起她,或者是抱着——这样做好像更浪漫一点儿,但是他不想显得自己是趁虚而入,因为她还可以自己走路。于是他搀扶着她,一瘸一拐地,一直到家中。

一躺到沙发上,希碧儿就掀起裙摆,不情愿地把受伤的小腿伸过来,像是在推卸责任。

"可怜的膝盖可受苦了。"欧麦尔叹息道,惊讶地握住她的小腿,然后他又后悔在这种情况下这么做。

但是,这个念头一闪而过。迅速而果断地,他立即开始照顾她。一只手分开伤口的边缘,另一只手用浸了酒精的纱布仔细地给伤口消毒,然后是包扎——灵活的手法和专业的急救人员没什么两样。不过他倒是乐意借此机会向她证明自己的才华不仅仅局限在会计和钢琴上。

得到她的允许后,他盘腿坐在地板上,开始按摩她的腿上受伤的部位,轻轻地、小心翼翼地按压着,让她的肌肉放松。毫无疑问,要不是意识通过袖子提醒了他好多次,他的手可能会误入歧途。如果那样的话,那个动作将会比向她承认自己已经爱上她损失更大。

同时,他越是按摩着她的腿,越是觉得自己的表白看起来是那么不合时宜,甚至会变成令人震惊的愚蠢行为。

震撼于她接受自己服务时的那份沉静,欧麦尔将表白搁置脑后,以便保持那维系着他们幸福感的微妙平衡,因为他们今天很幸福,以他们自己的方式幸福着。

不管怎样,希碧儿有些好转了。她站起来在客厅里稍稍走了几步,虽然还有些一瘸一拐地,但已经丝毫不疼了——她向他确认。

意识到还未说道别的时候,他已经穿上了外套打算离开,希碧儿突然拉住他的手,手指与他紧扣,什么也没有说。仿佛是对端庄的保持、对命运的担忧,还有对违反伦理的恐惧禁止她比这个承诺走得更远。

她的姿态的确就像是一个承诺,但却是那样的含糊不清,那样的不同于寻常的承诺,以至于他自己都无法用言语描述。

到了火车站,欧麦尔还沉浸在困惑之中。先是搞错了站台,接着又是火车,然后重新坐上了反方向的车,仿佛是他想要回去一样。

28.

达蒙跟他说,以前当自己开始为胃口不好、失眠不断担忧时,还觉得这只是轻微焦虑症的表现,或者是因为老板的发号施令变态打压而出现了劳累过度、压力过大的迹象。

"你会注意到的,我一直都在被选择恐惧症折磨着。"

"说到上头的打压,"欧麦尔打断他,"你知道?戈玛有可能在下次的解雇名单上,接着就是比赛特。"

"知道。如果说老板是一盏灯,那比赛特……嗯……就是那只扑火的飞蛾。"达蒙说道,用餐巾揩了下汗。

比赛后,他们两人都气喘吁吁地坐在长凳上,脚边放着锥标和水,然后透过铁丝网漫不经心地观看着其他还在比赛的运动员。

达蒙接着说,他一点不明白的是:刚变严重的选择障碍这种怪癖,其实就是一种病。这种病把任何问题都分化成了两个选择,然后不停地做比较。当然这和他犹豫不决的性格有关系,所以问题就越来越严重。

"我自己也是个特别犹豫不决的人。"欧麦尔说道——为了做比较。

"对,但不是那种病态的犹豫,你又不是一个强迫症患者。

这完全不是一回事。"达蒙强调道。第一次意识到自己的行为完全反常,是个星期天,在巴黎东站的出站口。他站在火车站的小广场前,箱子靠在脚边,喃喃自语了好一会儿:"我是搭辆出租车呢,还是坐46路公交车呢?"最终还是没能定下决心。由于在两个固定点之间不断徘徊、摇摆不定,他的大脑犹如陷入一种催眠状态。

他说,继续在两种想法之间犹豫不决时,他就观察公交车和出租车的"表演":它们分别走法布尔·圣马丁街和玛让达大道,驶向共和广场。奇怪的是他异常清楚——身边来来往往的人群全都没有遇到这种问题。他稍稍往里面退了点儿,装作在等人的样子,生怕引起别人的注意。因为由于不停地机械重复:"我是打车呢,还是坐46路公交呢?"他觉得都不知道自己在说什么了。

"你不觉得这很荒谬吗?"

"当然荒谬了,可是最后你怎么办的呢?"

"我沿着大街走,让运气决定吧。"达蒙答道,"一辆出租车停在了跟前,我就上车了。"

然而糟糕的是,在接下来的几个星期,他的强迫症问题更加恶化了。如果说最初还只是一些简单的困扰,靠自己的方式解决(有时抽签决定),那么后来他意识到自己的社会生活变成了无尽的分岔路,需要不停地在对等的选项里抉择:先给这个人打电话还是那个人,走右边的人行道还是左边的,坐在头排还是最后……一切都变成了难题,不仅让他精疲力竭,拖延和犹豫还浪费了大量的时间。

尤其是为了能够正常工作，他承认道，每一次都不得不非常审慎地安排出差，避免任何的左右为难、不知所措——这些都能把他钉在原地，无法动弹。

"每次都只有两种可能？"

"只有两种可能。就像这个世界不停地在我面前分裂成两个。"

"那你弄明白这是怎么回事了吗？"

"听着，我不大懂心理学，也不懂什么神经学，"他一边说着一边解开网球鞋的鞋带，"但是可以推测，我十三岁时父母的离婚为后来得这个病埋下祸根。"

"你父母的离婚？"

绝对的。达蒙认为，父母糟糕的关系，他们的哭喊声、拳脚相向的画面，奇怪的是，这些并没有比之后离婚的流程对他的影响更大。最终的结果是当着法官的面，必须在两者之间做出一个选择（他最终选择了母亲）。

他进一步告诉欧麦尔：背叛父亲的负罪感马上又添加上了他持续的分裂的情感。夹在父母之间、两个国家之间——因为他的父亲回到了伦敦居住，他还因此又被夹在两种语言中间、两个家庭之间、两种生活方式和两种自己的行为举止之间……结果，他的心理障碍很有可能就是源于这些不幸的精神上的分裂。

"可是一旦原因水落石出了，"他提示说，"不难猜到这当然就是唯一的起因——你觉得我又能做什么？全都过去了，而且……嗯……什么都无法改变了。"达蒙说着，还不忘晾晾脚。

强迫症最恼火的时候，他连续几周在接受精神疗法和去精神科医生那儿咨询两个办法之间犹豫不决。这时，他母亲的一位医生朋友，姑且可以算作是个行为学家，成功说服了他，让他对待选择就当作是游戏，并以网球为例——因为他喜欢打网球。他对欧麦尔肯定地说，没过多久自己就感到复活了。

"这和网球有什么关系？"

"因为这是脑力运动。当对手站在你对面（比如说我），在底线站着准备要发球时，你就应该同时开始猜他的选择，也就是说……呃……猜想他的决定，这头还要想你自己该怎么接球，而且尽量表现得不明显。因为你还要考虑到他也在猜你（也就是说我也在猜你）。接着，你挥拍、击中、砰……看到了吧？一场比赛要来个上百次，看起来，就是这样让我从恐惧中解脱了吧。"

"我得说这个还是真有创意。"

"是哪部电影来着……呃……我忘了。有个女孩说总有那么一刻必须在选择中做出选择？绝对就是如此。我，这么多年了，一直都选择了不去做选择。"达蒙一边说，一边擦拭着眼镜。

还等着后续故事的欧麦尔，第一次注意到朋友深色的厚镜片下还藏了一副青春面庞——他可是五十好几了，患了昼盲症的眼睛在阳光下闪着光芒。

29.

  周六的下午一早希碧儿让人惊喜地给他打了个电话，告知他自己已经到了巴黎，还提议五六点钟的时候过来简单地看看他——当然，如果不会打扰到他的话。

  "当然不会。"他回答道，有些被她不寻常的说话方式和严肃的语调震惊到了。

  一反常态——平时都是整天穿着内衣待在家里对着电脑喝啤酒，挂了电话欧麦尔立马洗了个澡，并把胡子刮得干干净净。接着在几个衣橱里到处翻，想找一套适合如此高级别活动的衣服，因为这是第一次人家主动想来他这里。

  "我只求一点希望……希望你能到来……"他一边穿着浴袍哼着歌，一边找衣服，最终在衣帽间里选了深灰色的亚麻衬衫配黑色的靴子，"……回来约会吧……春天把你留在了我的魂儿……"他继续哼着歌，直到被门铃声打断。

  欧麦尔有时间好好思考了一番，作为开场白，他决定先亲切地问问她破皮的膝盖怎么样了。然而当她一脸愁容、满面憔悴的样子站在门厅里，出现在眼前的时候，他便立刻明白希碧儿心里还有其他忧心事。

  "我真的很需要来见你一面，"她说着话将行李放在了走廊上,"特蕾莎昨晚告诉我一些消息,太让人震惊了,我觉得应该给你说说。"

据乔瓦尼的姐姐所说,她讲道,那两个人似乎花钱如流水,现在都要被支付催告和催款函逼垮了,况且,他们还一直都无家可归。

乔瓦尼把看门人和勤杂工的差事都丢了,他们现在姑且暂住在城外那种活动房子里。关键的是,她最后总结道,那里还是个经济完全失控的国家,银行都在一家接着一家地破产。

对于欧麦尔来说,这两个流亡者的命运并不是很能打动他,不过当然还是摆出一副应景的表情。事实上,尽管他不想发表一些让她担心惶恐的评论,但是他早就预料到这对夫妻在那个岛国上应该处于多么不稳定的状态。

因为即使金钱能够使爱情增加好多倍,他提示她说,却很少有爱情能使金钱加倍。然而有一类情人,对此完全无动于衷,觉得贫困还更刺激呢。这正是自己祝福他们该有的苦难。

"况且,他们还是有工作的,"他又接着说,以便让话题谈得更理性一些,"乔瓦尼一直都可以写点音乐。"

"看起来,他也只能挣这么一点小钱,但是不管怎样没有什么订单要付了。至于艾玛努埃尔,她才丢了教师的职位,应该很乐于做服务生吧,一周才只用工作两晚上。"

欧麦尔当然忽略了造成难堪局面的原因,不过他太了解自己的前妻了,完全想得出来她起到了什么作用。

"艾玛努埃尔吧,"他心平气和地说道,"很瞧不起她那个教师职业,就像她看不上自己的学生和同事一样:这些都不是她想要的世界。自从开始频繁接触戏剧圈的人,她就有了要在那一行实现愿望的想法,想着自己总有一天会有演出机会。但是很显然,她支配欲太强了,以至于做不成女演员,更干不了服装设计师或者照明师。你明白吗?"

接下来的是一阵尴尬的沉默。希碧儿斜倚在窗户边,似乎在倾听街道上的喧闹,他则继续思索着,腿搭在沙发上。

"乔瓦尼自己也有些幼稚的梦想和计划,"她应了一句,开始在房间里走来走去,"他一会儿想给电影配乐,一会儿又想改行搞时装摄影。你知道,我们也可能是理解不了他们,因为你我都没有什么艺术天分。"

"的确有可能。"欧麦尔承认,因为他根本无法跟某些人分享这种矛盾视角。不过也不想在她眼中成为一个嫉妒或是记仇的人。"那两个人现在怎么样了?"他突然问道,还表现出很担心的样子。

"我也不知道。希望他们还相爱吧,但很可能不怎么开心吧。不难想象,几乎没什么社交生活了。蜷缩在他们的活动房间里,每次手机铃响都会被吓一跳。"

"对了,说到这个,你没有他的电话吗?"

"只有他姐姐才有。他和家里其他人都断了联系。"

"实际上,和我以前跟你说的恰恰相反,他俩现在就是两个幽灵。某种程度上讲,遭到我们的报应了。"

"我不喜欢你装一副玩世不恭的样子,欧麦尔·希尔曼,这不适合你,"她嘟囔道,"我在想,按照塞浦路斯的局势,他们很有可能收拾行李过几天就回法国了。你没想过这点吗?"

欧麦尔噌地一下子从沙发上站起来，说不出话，急急忙忙地整理着思绪。他绞尽脑汁强迫自己思考，但也都是徒劳，不知道该对希碧儿现在正在告诉他的话作何反应。他花费了那么多时间祛除艾玛这个恶魔，以至于只要一想到她可能回他那儿或者住在他家附近的街道上，自己还可能要再见到她、不得不跟她说话，就感觉是在做噩梦。

"所以，你就没想过他们会回来？"

"俗话说得好，只有死人才不会回来，"他耸了耸肩膀，说了一句，"但是，现在就我们两个人，我很想让你跟我说句真话：你真的还想乔瓦尼出现在你眼前吗？"

"有段时间，我是很想，但是现在，怎么说呢？我还能为他做些什么？除了尽量帮帮他或是他们两个——要是他们需要的话。"

欧麦尔可没有和她一样的道德觉悟，顿时又陷入了几秒的短暂沉默，被各种交织的情感折磨着，钦佩和烦恼相继出现，后者短暂地占了上风。

"你会觉得我自私和记仇，但是，坦白讲，我一点都不想在这里接待他们——管他们是幸还是不幸的——更不想接济他们。"他非常专注地申明自己的观点。

他努力跟她解释：这两个人无一例外——因为他将艾玛也包括进去——完全一事无成、幼稚无知、自以为是还言而无信，根本不值得为他们担心丝毫。

欧麦尔知道此刻他的表现，完全和他发誓绝不做的一模一样，但是他控制不住自己。让他随即感到担心的，如果不是希碧儿的严厉反应（她平时不是这种人），至少也是她那礼节性的、但是又发自内心的矫正。然而这一切都没有发生。

希碧儿站在他面前，背靠着窗子，一言不发，双手垂在身侧，因为此时此刻，她唯一能感到的是疲惫和无能为力。

他想请求她的原谅并且保证，不管发生什么，都会坚定地和她站在一边并且接他们回来——如果不得不接的话，但是争执已经偏离得那么远，沟通已经变得那么费力，以至于他们任何一个都没有勇气重拾话题。

陪她走到地铁时，欧麦尔突然回忆起上次她那承诺般的举动——紧紧抓住他的手。还回忆起自己随后走向火车站时感受到的那股异乎寻常的激情，几乎脱离了身体。

不幸的是，再想到这些已经有些晚了。

30.

当然,她有这种其他人都不具有的能力。但是脚踩着草,人坐在长凳上,安娜仍旧抱怨着上天没有赋予她别的天赋,她只是一直以来都特别地直观,甚至从很小的时候就是如此。从那时起她的感知器官就不发达。跟欧麦尔不同,她没有一丁点语言或者音乐方面的天赋。此外,她其余的感官也很一般。尤其是她的味觉,一直都很差,十分模糊(甚至越来越甚),以至于很容易就能明白为什么她的厨艺那么差。对于气味,香味,她能准确地闻出来,却总是无法储存在记忆中。然而,凡是看到过的东西她却能够过目不忘。

例如,她随时都能打赌自己已将对面仓库的样子刻在记忆的某个角落里——仓库的玻璃窗上积满灰尘,小型卡车在阳光下排成几条直线。无论她睁开眼睛还是闭上眼睛(哪怕是看完就立刻闭上),结果都完全一模一样,似乎一切都印在了她的视网膜上。

只需将手掌贴在眼皮上,稍微集中点注意力,仓库的红墙、通道上的白色砾石、投到楼梯台阶上的椴树树荫就能在脑海中回放一遍——而且她还能同时闻到椴树的花香。伴随着这些脑海中画面的还有远处的木质货盘和穿着蓝色连裤工作服的三个工人——他们坐在高处,耷拉着双腿。

稍有一点疑惑,安娜就再睁开眼睛、挪开手掌,验证一下那里是不是刚好三个工人。他们确实一直就待在那里,高高地坐在货盘上,一块抽着烟。这时下面的人已经装完了最后一车货。想象一下,便可知道:为了节省体力,他们在轮流工作。

远远地观察着这些工人,她发现他们坐在高处似乎很高兴。大概是因为院子里天气好,活儿又不多,而且不管怎么说,这一天马上就要过完了。到了五点钟,他们就会把衣物放到更衣室然后回家。那时候她就该去接欧麦尔放学了。

等着等着,由于还有点空闲时间,她很想享受这片刻的自由——去河边逛逛。于是她再次走向圣约翰路,然后折向汉威格街。这时安娜突然发现自己被一条大狗跟上了——是那种有点像守门犬和短毛垂耳猎犬的大狗。狗的一只眼上长了块黑斑,看上去像个海盗。此外,它的毛还都被打湿了,就像刚在水坑里打了个滚一样。

"滚开,你这臭东西!"她用德语喊道,带着威胁的语气。

狗没有走开,而是顿了顿,微笑着向她表示顺从,随即又开始跟着她,但是离得远远的。它那内疚的样子跟那些为自身体味羞愧的狗一模一样。

"滚,回你自己家去!"安娜重复道。然而她并不是完全确定它有没有家。

命令毫无效果,她只好决定继续走自己的路,不再管它。

"不是狗,而是狗这个*理念*。"他们的哲学老师布勒太太一边对他们说着,一边把一个神秘的纸盒——她还记得特别清楚——锁到教室的橱柜上层。纸盒好像关住了那个理念世界。

布勒太太还有另外一句最爱的引言——她告诉他们："思想最深刻者，热爱生机盎然。"① 安娜认为这句引言比"狗的理念"更漂亮，也明显更具有表现力。尽管她不太明白布勒太太想要通过"热爱生机盎然"这句话准确地表达什么，旁边的女孩儿们也不明白。

不管怎样，快到桥上时她发现狗消失不见了。

走累了，她便在水泥台阶上坐了下来。台阶向下通往莱茵河边，远处有一群学生，看起来热情洋溢的样子。

几个调皮点的女孩子任人搂住自己的脖子，只是每次都发出尖叫声。而她们的两三个女伴则只是与亲爱的人儿紧紧依偎着，文静地吃着冰激凌，波光照亮了脸庞。

独自待在自己角落的安娜，既没有感到羡慕也没有觉得特别不快。她没有唉声叹气地说"他们多好啊！"或诸如此类的话。其实她什么也不想，只是心满意足地听着他们说话，看着河对面的小艇。小艇平时穿梭于两岸之间，由于怕被水冲走，现在都用缆绳钩着。

"有点像我。"她沉浸在遐想中。

看着河水，她渐渐感觉自己的身体变大了，没有特征了，年龄、过去、忧伤统统消失……只剩下平静。这种平静她还第一次感觉到。

然而同时，这种感觉转瞬即逝，想去思考它时就已经失去

---

① 出自德国诗人荷尔德林。

了它。消失,无影无踪……再无法跟别人说起。

但不管怎样,她本来又能跟哪个"别人"说起呢?

31.

从浴室的镜子里看不出任何特别的被打击过的痕迹，也看不出任何面部的改变，除了她的脸略微有点拉长。那也不是因为气恼，只是她要弯腰寻找头上掉下的发夹而已。这让客人悬着的心悄悄放了下来，有了勇气约改天再见面。他们两个之间的不和已经拖太久了。

这天希碧儿穿了件非常合身的鼠灰色丝裙，通常只有在出席重要场合时她才会穿这件衣服。可是最近她做了个决定（在他的坚持下），今后场合不再分大小。

无所事事的欧麦尔继续在她身后走来走去。他再一次在镜子前停了下来，期待着她的回答。

"怎么样了？"他说道。

"怎么样了，正如你期望的那样，他们不大会回来了……至少今年不大可能。"

"特蕾莎能确定吗？"

"昨天早上她肯定地告诉我，用她凑到的钱，他们应该可以把眼前的债还上，然后在尼科西亚租一个小单间，盼着日子能越过越好吧。"她一边扎头发一边说道。

"姐妹有时候就是女圣徒啊。"

"如果你认识我姐姐,我保证你会收回这句话。"

"可是你又不是人家弟弟。"他打趣道。

不管怎样,警报总算解除了。多亏了特蕾莎的努力,他们的未来明显变明朗了,早上明媚的阳光似乎驱散了这对吃白食的情侣的影子。然而,从经验上看,他们的轻松取决于另外两个人的存在所带给他们的压力大小。不过欧麦尔不打算在这件事上再添加什么,尽管他想的一点都不少。

他们坐在露台上享受着夏日慷慨的阳光,吃着炸薯片和樱桃西红柿,而住在花园深处的那只猫儿莫里斯正在抓蝴蝶。远处的热浪在空气中抖动。

不知道什么时候,尽管懒得动,他们还是不得不起身把布帘子拉下来挡太阳。结果还是很热,于是他们就躲到了屋子里乘凉,还特意把门关上,把被晒得发烫的帘子放下来。

他坐在钢琴前开始弹自己最喜欢的舒伯特的奏鸣曲,这时希碧儿悄悄走到他身后,从他的肩膀上俯过身子像是要读琴谱,顺便帮他翻乐谱——如果有必要的话……欧麦尔这时感到她的身体轻轻地压在自己背上,当然,他无法确定(他不想打断自己的奏鸣曲)这种轻压到底是故意的还是无心的。

"这上面写的是活泼的快板。"她说了一句,还突然推了他一把——他从琴凳上滑了下来。

她赶紧道歉:"哎呀,真对不起。"说着像孩子一样扑嗤一声笑了出来。

躺在琴凳下的欧麦尔故意表现得很夸张,心里却想着自己到底被期望怎么做。不管怎么说,他体验到一种奇特的放松感和满足感,以至于没有站起来,而是闭上眼——似乎是在向眼前这个女人投降,她可以对他为所欲为。

"我向你保证,我不是故意的。"希碧儿再一次向他道歉,说着屈膝坐在了他身旁,"我没有弄疼你吧?"

欧麦尔示意说没有,却始终躺在地上不动。而她,正用下巴抵着膝盖,若有所思地看着他。

或许她是在思索,阻止他伸手将自己推倒在地毯上的,是什么样的迟疑,又是怎样一种难以名状的阻挠。她期待着对方做出反应,这种感觉奇怪地将她定住了。然后,他也感觉这种不同寻常的姿势很舒服,宁愿自断一臂也不想错过这一刻。

"你躺在地毯上显得更高大。"她说着话站了起来,"我在想,是不是所有巨人都跟你一样害羞?"

"我不认识什么巨人。"

"女巨人也不认识?"

"像我这么高的只有我自己,这应该是我有点吓人的原因。"他一边辩解一边举起杯子。

最终他们躲到了光线幽暗的厨房里,脚放到椅子上,一边喝着冰镇凉茶,一边互相微笑着看着对方。

"咱们九月份能去哪儿呢?"希碧儿突然问道,她已经想到了别的事情。

这已经不是她第一次提起共同度假的计划,但直到现在还被宾馆的问题困扰着的欧麦尔不想惹她生气,所以就一直小心翼翼地没有回答她,盼着她折腾累了就能放弃这个怪念头。

固执的希碧儿说她还在多洛米蒂山①和阿布鲁佐山②之间犹豫。她很小的时候跟父母去过阿布鲁佐山。

为了故意气她取乐,他回答说:"*我渴望南下*③……我更乐意去卢瓦尔河畔游玩。"

"卢瓦尔河畔?"她重复了一遍表示怀疑。

他坚持要去卢瓦尔河畔,她则唱反调。当她再一次吹嘘初秋时意大利阿尔卑斯山的美丽时,欧麦尔不由得看出来:自从用不着再为那两个的境况操心后(反过来他们只要考虑自己的情况即可),他们就本能地重新找回了聊天的快乐,而且再也离不开这种快乐了。

当他们和谐一致时,就起音唱一种二重唱。两个人先从吊嗓子开始,开始时声音难免有些犹豫,等到另一个人也进入了状态,两个人的声音就合起来,然后再一起变弱。

因为他们的谈话总是规律性地被沉默打断,每每这时两个人就喝一口茶,调整一下呼吸,直到希碧儿悦耳的低音再次响起。论据说完了,她最后开始向他列举全部山地植物的名字,藏红花,蓍草,龙胆草,耧斗菜……

"好嘛,我知道了。"他打断道,以此向她表示屈服。

又是一阵沉默,而接下来的微妙时刻他俩都很担心,这时候就只能起身离开餐桌然后亲切地跟对方分开。因为谈话结束

---

① 意大利阿尔卑斯山脉北部东段的山群。
② 位于意大利中部。
③ 原文为德语。

了，两个人也都累了，不得不下决心把去哪儿度假的决定推迟到下次。山可以等。

对欧麦尔来说，徒步远足算不上什么特别爱好，况且他还在头昏脑涨，把这些都考虑进去，又赢得了不少时间。

32.

她多大了？她一边喝咖啡一边思考着……乍一看人们可能觉得她还不到二十岁，但很可能她比实际年龄要显得年轻许多。如果是这样的话，加上那染成蓝色的头发和挺起的漂亮双乳，她过去应该还是很娇美的。此外，她还有个漂亮的名字，叫萝丝，萝丝·若瓦诺维克。

"做爱既然可以为了一堆愚蠢的理由，那为什么不能为了钱？"她盯着安娜的眼睛辩解说，"为什么不能赚老板们的钱？为什么不能开发下高官、高管们那一丁点儿的性生活？这可能是财富再分配最有创意的办法了。"

"的确，这样想的话，这事儿就显得太诱人了。"安娜打趣说道，同时示意她小点儿声。

其实安娜越看越相信她刚刚改做这一行没多久，不久前，可能也就一两年前，她还是个处女，跟父母住在一起。时不时地，在她身上安娜甚至还看到了自己当年的影子——头脑发热、信心满满（也许还有点无心造成的滑稽）。

"别跟我说你接受跟陌生人睡觉，这些人当中有些可能神经都不大正常。"

"客人有好也有坏，说不准。"萝丝很有学问地回答说。

"但是一般来说，跟陌生人干这事儿你不会觉得恶心吗？"

"就像您说的，一般来说，我其实更喜欢女人。"萝丝回答她说，语气有点像调情的样子，"可是社会糟糕呀，我很可怜，就靠男人生活算了。"

"这么说，最好是改变社会。"安娜下结论道，一边还把饮料钱结了——她意识到自己早该走了。

可问题是她不知道怎么离开，这种时候离开自己做不到，只好拖时间——她能像这样一直拖到傍晚，特别是当她坐在咖啡馆里，又碰巧遇到这号人的时候。好像萝丝身上有什么东西促使她做什么都要做到底，不计后果。

"无论如何我得走了。"说着她一下子站起来，因为心里突然产生了一个疑问：昨天晚上睡觉的时候，欧麦尔是不是说过他放学的时间跟往常不一样了？

安娜现在想起来这周的前几天自己在一张纸上签过字，大概是鉴于什么形势——内容已经忘得一干二净，学生们放学的时间将破例提前（可能是提前到四点？她也记不起来了）。然而她能回想起在客厅桌子上的那张纸上确实签过名。

快速浏览文件而且什么都不整理的习惯，终于成功地让她把儿子忘在了学校。因为现在已经五点多了。

到了斯坦纳博格，安娜跳进一辆出租车，祈祷着不要堵车。欧麦尔和大部分儿童一样讨厌在放学的时候互相拥抱，却不得不这么做。然而他只不过是个容易激动的小男孩，尽管已经过了一个小时，他还是得一肚子焦虑地等着她。

她一边数着红灯熄灭的时间，一边想象着儿子正在幼儿园大门前来回踱步，或者更糟，被关在专横的达沃斯女士的校长办公室里。他特害怕被人当场发现自己犯了什么错误。刚进学校的时候他就已经害怕了。

一下出租车安娜就被街道上的寂静打击到了。街道上看不到一个孩子，也看不到接学生的母亲。操场上空荡荡的，大门也关上了。她按了好几次门铃。终于，来了一个披头散发的女看门人，仿佛还没睡醒。她手里牵着脸色苍白的欧麦尔，像是把他从牢房里提出来一样。

"我们给您家里都打了一整天的电话了。"

"我不在家。"她毫不夸张地解释说。

"校长想见见您。"

她几乎来不及抱抱儿子，用手帕给他擦去泪痕，就带着他来到了二楼第二条通道左手边的校长办公室门口。

"我对刚刚发生的事情真的非常抱歉。"安娜解释说，"我愚蠢地搞错了日期。我向您保证不会再发生这种事了。"

年纪轻轻的达沃斯女士没有请她坐下，而是反驳道："听您这么说我很高兴。但借这件事我要提醒您两件小事，将来或许对您有用。首先您有心灵上的责任，这个责任很重大，想必您已经意识到了，尤其是孩子还这么敏感。"

"可怜的小家伙不停地嚷着要见您。"她的助理布里麦尔太太不忘添油加醋，好像罪恶感还不够把安娜压垮似的。

"很不幸，真的是这样。"达沃斯女士遗憾地说道，"我要跟您说的第二点与幼儿园的职员有关。她们几乎全都是有家庭生活的女人，不能任由他人劳役。如果每个人都像您今天这样做，她们就得牺牲自己陪孩子的时间，每天晚上花一部分时间在学校里。"

"我非常明白，以后绝不会再发生这种事。"安娜最后一次重复道。儿子背靠着门站着，一声不响。他的纤弱和这两个女人的粗暴，对比是那么明显，这让安娜很震惊。

安娜再也受不了了，她命令儿子说："过来，我们走。"说着把他拉出了办公室。

从学校出来，其他几条街道上的热闹景象几乎让她感到惊讶。

"你觉得我会被开除吗？"欧麦尔停下来问道。

"绝对不会。犯错的是我，不是你。"

为了让儿子原谅自己犯的错，安娜本打算提议一块步行去莱茵河畔买冰激凌，但看到他走路时脚拖在地面上的样子，她想他可能会拒绝——他已经对她没有信心了。

"如果达沃斯女士一直生气，我会给她写一封很好的道歉信，别担心了。尽量不要再怪我啦。"

"我不是记仇的人。"

"嗯，那太好了。这样的态度值得表扬。"她称赞儿子道，这时她又奇怪地想起了萝丝·若瓦诺维克。

"这次咱们可以坐出租车吗？"

33.

一架小型双人飞机越过小溪,影子投射在茂密的树叶上。此时,欧麦尔和头戴草帽的希碧儿,沿着一排电线杆漫步在田野间。由于电线杆经过防腐处理,空气中充满了木材和矿物杂酚油的味道。这时,两人都不约而同地想着:要是从上往下俯瞰,他们多么像混入草丛中的两只小树鼩。

傍水而坐的时候,欧麦尔终于鼓足勇气,轻声细气地对希碧儿解释道:出了些意外(尤其是他的一个同事因病休假)导致夏末的假期不得不取消。他非常气恼,因为知道希碧儿十分珍视此次计划,他感到很遗憾。

希碧儿打断道:"我完全能够理解。"她的目光在帽檐下变得很阴郁。

他并不清楚希碧儿是否真的明白,承诺说会竭力争取,毕竟这件事还未板上钉钉。他补充道,无论如何,不会因为所谓的已婚男士优先这类借口就把假期推迟到下个冬天。说着往水里掷出了土块。

"有时候,你真像个抑郁的鳏夫。"希碧儿突然说道,并带着一丝嘲讽的表情看着他。

"我没看到什么关联啊。"

"我看你还是太年轻,一旦日常习惯被打乱,就那么多状况。或许你该振作起来了,难道不是吗?"说着话突然抓住欧麦尔的肩膀,忘了他们根本不是一个重量级。

欧麦尔没怎么反抗,因为这只是个游戏,而且在他内心深处丝毫不抵触希碧儿的斥责,因为至少在希碧儿身上能看到启发他的力量,一种活力,一种纯粹的自发性,而不是如一潭死水般的生活。况且在这一点上,希碧儿说得也没错。欧麦尔只是提醒她有人在桥上窥视他们好一会儿了。

"没做什么坏事啊,我又不是不知道。这可是个自由民主的国家。"

"好吧。"他回答说。确实无法反驳。

脚下,波光粼粼的河水勾勒出河道拐弯的形状,睡莲、芦苇在这儿发芽生长。每当有小船或划艇经过,河面上就会泛起阵阵涟漪。

闲来无事,两个渔夫身着汗衫,在河对面靠坐着折椅漫不经心地聊天。一个渔夫讲了个梭鱼和抄网的趣闻,另一个问:"梭鱼还是梭鲈?"风把声音带到了彼岸——"梭鱼"。

"其实是我运气不好,来得不是时候。"希碧儿一边继续说着,一边扶欧麦尔站起来,接着说,"我该在之前就认识你,那时我敢肯定你跟今天不一样"。

"什么之前?"

"在你认识艾玛努埃尔之前。我知道这听起来很蠢。况且那时我已经在意大利结婚了,也没有机会遇见你,但我忍不住这样想。"

那一刻，欧麦尔沉默了。过去的一切对他来说已经很遥远了，他想得是如此的少。

他们绕过了桥就沿着砂石路朝树林的方向走去，路两旁长满了蕨类灌木丛。不管他多么厌恶重提梦魇般的过去，那也已经和他再无瓜葛，欧麦尔觉得自己无论如何也应该回答希碧儿的问题。不难看出希碧儿的问题并非出于嫉妒或冒失，仅仅是源于一个爱慕他的人的好奇心，想要去了解他，分享他的回忆。可问题是他没有值得一提的事跟她讲。从他初到巴黎到与艾玛相遇，那几年的光阴似乎被他俩的分离撞击得烟消云散。

"你肯定有一些记忆的。"希碧儿鼓励他，认为欧麦尔要么是在摆出男性典型的故作姿态的伎俩（诸如此类偏头痛者、健忘者、受打击者），要么就是隐藏了一个天大的秘密。

"你会觉得我在狡辩。可是我向你保证，我真的什么都想不起来了。那段时间我的生活是什么样子呢？出门、相遇、被旅行打断的学习，基本上就这些了。"欧麦尔断言道，同时仿佛打开了尘封的记忆。

确实如此，这些年留给他的只有无足轻重的细节：位于丹东路拉丁区的酒吧，酒吧里昏暗的灯光，或是车里令人作呕的猎獾犬的气味（但是当时是谁在开车呢？）……欧麦尔自己都怀疑这些破碎的记忆会不会是某种疾病的先兆。

"你肯定有过一两段爱情关系吧？"

"关系？"欧麦尔认为这有些夸大其词了。在他的记忆里，无非就是费劲地追女孩和错过的机缘。

"没有例外的吗？"她显得十分诧异，食指在其手臂内侧轻轻挠几下，似乎想要把他的例外故事吸出来。

"基本上没有。"欧麦尔坦白道，差点就要告诉希碧儿他很痒。

尽管欧麦尔清楚希碧儿的举动没有任何暗示或挑逗的意味，仅仅是单纯的爱抚，别无他意，但他内心的躁动可并不少。由于他克制着自己的反应——通常总是冒冒失失或者不合时宜——就选择故作镇定，假装什么都没有发生。

所以他们就继续悠闲地向前走，漫步在树荫下，驼着背——似乎为了抓住从枝叶间倾洒下来的最后的光线，然后，干脆驻足聆听树枝上喜鹊的鸣叫声。一出树林，欧麦尔就察觉到希碧儿松开了他的手，但是他什么都没说。

没走多久，就来到了一条运河边，不远处还设有水阀。河边有一座白灰粉刷过的小屋，天气晴好的时候可作为咖啡店营业。屋门口趴着一只无精打采的狗——就像是塞了稻草制成的标本。由于他们是咖啡店仅有的客人，所以两个人都可以坐到庭院中唯一的太阳伞下，还把腿跷到了椅子上。看到老板端着托盘把饮料送过来时，两人的满足感真是到了极点。

"本来想听你讲几段刺激的艳遇，或是和某些已婚妇女的风流情史，看来我是白费劲了。"沉默了一会儿后，希碧儿试图再次抛出这个话题。

这时候，欧麦尔正在慢慢享受着午后啤酒的余味，坦白地承认自己感到抱歉，而且，不幸的是严酷的事实就是如此：他从来没有早熟过。

"这可能就是你能保持这么年轻的原因吧。"

随便她说吧……相反，欧麦尔之所以不想跟她说那些——又不是在做忏悔，是因为所有失败的打击和显得有些可笑的挫折都伤害了他的自信心，而且也可能长久地（总之，直到现在）给他的行为做了定义：在女人眼里，他的行为就像患有某种障碍的残疾人。

当希碧儿随后点燃第一支烟的时候，欧麦尔高兴地颤抖起来，因为突然发现了她正狡黠地噘着嘴角，他差点给忘了。他更加专注地盯着希碧儿，似乎在等着接下来发生些什么——可能希碧儿自己也在期待接下来的事情。但是什么都没有发生，他和她都没有。

"待在这儿真好。"希碧儿向他吐了口烟圈说道。

34.

又是一幕重新开始……

阿诺像往常一样八点到家,但是一言不发,铁青着脸(想必已经知道了学校发生的事)。先放下他的东西,把外套和领带挂进壁橱,然后消失在浴室中,开始在镜子前喋喋不休。安娜当然希望自己弄错一回,但是某些迹象表明她是逃避不了的。

饭桌旁,安娜竭力保持镇定,没有流露出一丝恐惧。阿诺坐得笔直,默默喝下一大杯白酒,双臂平行地放在桌上。尽管努力克制,但他的愤怒已被他抖动的右腿出卖。看得出他在一次又一次地推迟他不得不跟她说的话。

在阿诺开始说话之前,在局势一发不可收拾之前,安娜本来可以解释前天所发生的事情,承认这一切完全都是她的错,但是她并非出自故意和狠心,很明显也不是不在乎,而是恰恰相反。

她想让阿诺知道,她真的很想做好,想要尽可能地做事有分寸,尽可能地融入到所有人当中。如果她有时没做到,偶尔没达到标准,那可能是生活超过了她的能力范围,她感到力不从心。

安娜也本该对他说自己爱他——因为她从未说过，并且告诉他自己想要他幸福，尤其想要欧麦尔幸福。但是考虑许久后，她觉得说这些都显得不合时宜。

"我可以看会儿电视吗？"欧米穿着睡衣突然出现并问道。

"这么晚了，当然不行。"她尽量用自然的语气回答道，"去看几页书吧，然后关灯睡觉。"

"我已经都看完啦。"他怯怯地嘟囔着，在感受到餐桌旁紧张的气氛之后，他没再提其他要求，赶紧溜了。

"晚安。"她过了一会儿才反应过来。

随之而来的是长时间压抑的沉默，在此期间安娜什么都吃不下，她突然发现可以听见自己的心跳声。阿诺坐在她对面，嘴里慢慢咀嚼着冷肉，时不时地翻一下他的记事本，似乎延长这种惩罚性的沉默能够让他感到恶毒的愉悦。

"你为什么一句话都不说？"在耗尽耐心之后，安娜终于问。

"因为我没什么可说的。"

"或者，不如说你要指责我的事情太多，不知道从哪儿开始吧。"

"那我们就不要开始好了。"

"我知道有，你说吧。"她挑衅道，"开始上课吧。我猜你肯定是怪我去学校迟到的事。你会跟我说虽然很遗憾，但是也不是什么重大事情。我真怀念以前啊，你总会对我的冒失一笑了之，要不是为了好玩儿，绝不会重提。看吧，现在你已经变了。"

"你想说你改变了我多少,但是不要转移话题。我生你的气,是因为你忘了你儿子,让他下午在学校哭了那么久,而你呢?我猜,正被你的某个男性爱慕者陪着,在散步,在某个露天咖啡馆聊天吧。"

"确切地说,只是个女性爱慕者。可是,关于这个你已经骂过我了啊。"

阿诺若有所思地把眼镜戴到鼻梁上,同时感情也有了微妙的变化。他努力让安娜明白,尽管斥责了她,但他还是很通情达理的,从没有处心积虑地伤害安娜,或是以一家之主的名义来管制她的行为,尽管这些念头不止一次地冒出来——他什么都没有对她隐瞒,全说了。

"阿诺,"她打断道,"你就是喜欢做我的法官,喜欢折磨我的良心。那就再自然不过了,你总是摆出一副严谨公正的法官样子,不偏不倚,完美无缺,顺便说一句:这就是你的一种自我满足。"

"我真不是那样想的。不过,我想我们又偏离话题了。"

"一点儿都没有。"

"安娜,你听我说,我想告诉你的是我有权利而且有义务这么做。现在你越来越不可理喻,你不可能,也不能再这么继续下去了。你甚至都让你儿子感到害怕,他再也不想你去接他放学了。你大概在想是不是我太夸张或者是在撒谎。"

"不,阿诺,我知道你不会撒谎,我也知道他确实跟你这么说过,对此我一点都不怀疑。我只是在想你是不是应该先说服欧麦尔,告诉他没有任何理由害怕我,而不是来跟我重复他说过的话——这只会让我更难受。"

"是吗？我可不敢肯定。"阿诺站起来，背着手，围着桌子来回踱步。

"所以在你眼里，我是个坏母亲咯。这真是喜见乐闻的事啊。要不要我提醒你，我有多少个夜晚因为担心欧麦尔，而去房间看他，又有多少个夜晚我抱着欧麦尔，为了让他入睡，我只睡了两三个小时？告诉我，你，这时候你在做什么？"

"我不知道你到底要说什么。相反，我只知道和你没办法正常交流了。你知道你真的让人不可思议，安娜，不可思议！"他重复吼道，在安娜身边转来转去，双手却还是背在身后，似乎怕自己做出什么傻事来。

几天呢？她真的很想让对方告诉自己一整年又有多少天给了欧麦尔。也许是三天？还是四天？

但是她很快便发现阿诺已经背朝着她，不再听她讲话。他赢了，这一幕结束。

安娜从餐桌边站了起来，他们俩就像是突然开始在无边的沉默之海上浮沉。安娜独自收拾完餐具，然后在厨房里默默流泪。因为她明白，别人总是有理的，逆流而上的结果最终还是被冲下来。

35.

欧麦尔白白绕着屋子走了好几圈,在花园里喊希碧儿的名字也没有用。况且,门是锁着的。猜想她可能去购物了吧,他最后只好在屋前的台阶上坐了下来,吹着凉风等她回来。

"我以为你周五晚上过来,"希碧儿下车时说,"你等了很久吗?"

"我跟你说的是周五吗?"他惊讶道,一边帮她从后车厢里拿大包小包,"真不明白我怎么会自己搞错。"

"不管怎样,我今天有点不舒服,想早点休息。你能帮我关一下门吗?"

把包裹搬到厨房之前,欧麦尔觉得希碧儿有点异常,但是他装作什么都没发生然后关上了门。

"现在你先好好坐下认真听我说,"希碧儿和他面对面郑重地说,"我想,我可以给你说一些非常私人的事。"

"当然可以。"他回答道,察觉到希碧儿说话的语速有点让人担心。

"我刚才得知我负债两千欧元,从今年年初以来已经是第三次了。银行即将吊销我的支票簿。我不知道该怎么办……"她接着说,"甚至都不知道该怎么支付水电费。"为了抑制情绪，她一字一句地说着。

她颤动的声音似乎是在求救，欧麦尔刚起身准备安慰她，发现希碧儿早已泪流满面。

"可是，不该为这个哭啊。"他恳求道，顺便把希碧儿拉入怀抱，就像把身处火海中的一个女人拉了回来，"你需要多少钱，我都可以借给你，如果不够，我可以再找别人借。"

"我哭是因为我真的要崩溃了，我向你发誓以后再也不会这样了。"希碧儿呜咽地说道，"我真的受不了我的担惊受怕，还有那烦人的贫穷。"她因抽泣而显得更加美丽。

欧麦尔一直以为她是一个行事大胆、特立独行的女人，现在这突然的脆弱让他特别惊讶。由于希碧儿比他矮两个头，他身体向前倾，笨拙地将希碧儿拥入怀里，他可以明显感受到她被泪水浸湿的脸庞。

"没事儿，绝对没事儿。"他重复着说，想要让希碧儿恢复平静。他们俩脸颊相贴，慢慢地摇动着，就像是一对被命运考验的舞者。

随后，待她痉挛开始减轻，抽噎变缓，乃至平静，欧麦尔最后说服希碧儿坐到沙发上他的身旁，让她听自己说话，不要打断。他想让希碧儿明白两千欧元对他来说并不是什么问题，他可以马上给她开支票。

"不。"她用手捂着欧麦尔的嘴，"我不想这种事发生在我们之间。"

"那好，这个问题我们等下再说，不过现在你得告诉我到底发生了什么？"

她一边擦眼泪,一边告诉他来龙去脉:一切都是乔瓦尼的错:由于夫妻之间不存在盗取钱财这一概念,他去塞浦路斯的时候就取空了他们账户里所有的钱,而且没有冒任何风险。之后他还每隔一段时间就想办法套她一点钱,跟向他姐姐套钱一样。他总是给她俩写那种深情款款又充满忏悔的信,信的末尾万变不离其宗都是为了要钱,还尽可能地用一种十分抱歉的语气。

为了安慰希碧儿,欧麦尔讲了艾玛努埃尔的事——真是物以类聚、人以群分:当年还野心勃勃搞戏剧的时候,艾玛努埃尔就从他手上"借"了好几笔大钱。至于现在那两位的做法他早就不再惊讶了。

"他还在这么干吗?"他问道。

希碧儿表示圣诞节之后就没有了。无论如何,她账户里已经没有一分钱了,自上个月以来,她不得不缩减开支勉强度日。

至于乔瓦尼的其他做法:吹嘘自己靠音乐挣了大笔大笔的钱,但是却从未给过本的母亲抚养费,家里房屋的维护当然也从没出过一个子儿。欧麦尔毫不意外。

"这种情况,你最好还是跟他离婚。"他注视着希碧儿说,无意间还感到自己的腿碰到了她的腿。

"但是他不愿离婚,也完全拒绝卖掉房子,根本没办法让他改变主意。而我,我也是一分钱都不想再花在这个破房子上。所有的一切都破烂不堪,所有的一切都让人难以忍受。"

"他兴许一回到法国就会补偿你吧。"

"不管怎样,他都不会补偿我的。刚开始我试图说服自己他只是爱乱花钱,为人轻率,但是现在,我越想越觉得他一直在欺骗我。他贪得无厌,喜欢操控欺骗,归根到底就是个十足的混蛋!"她终于下了这么一个结论,就像猛然挣开了所谓良好教育的束缚。

希碧儿如此声色俱厉的诉苦并没有让欧麦尔多么震惊。出于谨慎和对已经被打倒在地的情敌的宽宏大量,他决定不再添油加醋。

可能在他心底也保留着一种隐蔽而复杂的情感。尽管和情敌完全不同,但是又有一种秘而不宣的共性:跟这个男人一样,他们俩都爱着相同的女人,而且这些年来彼此都在践踏对方那颗破碎的心。

想到这里,欧麦尔感到有些不舒服,有点受迫害妄想症那样觉得自己被一个骗子跟上了。

不仅仅是乔瓦尼一个人的问题,他对希碧儿说,他们应该赶紧和那两位彻底撇清关系——艾玛努埃尔和乔瓦尼。这对男女不断地折磨着他们,以至于他有时怀疑自己也成了邪恶家庭的一员了。

最后欧麦尔平静地跟她解释说,他很感激特蕾莎给予他们的莫大帮助,并认为他们应该跟那两位彻底断绝关系,以便能够自由自在地生活。

说完这些,他打开音乐,一边品尝着红酒一边吃着水果和点心,似乎在为他们的自由而庆祝。直到欧麦尔意识到希碧儿的默默倾听、从不打断与跟他碰杯的动作根本不能说明她是赞同的，而是恰恰相反。

她回答说，即使和乔瓦尼完全断绝关系，她也无法面对哪怕一秒没有乔瓦尼消息的生活。这个选项几乎可以完全排除。

"你可能觉得这很蠢，但我就是觉得应该对他负责，还特别害怕别人为我做出决定。"她一边说着，一边用自己的小拳头，捶了一下他的胸膛。

他还没来得及躲避第二下的时候，希碧儿已经哭成了泪人儿。不过这次却是为他而哭。

36.

总之，如果她真懂了，今晚就不会出门，她跟他总结说。然而索尼娅什么课也没有，于是提出叫上欧麦尔一起去剧院然后顺便吃晚饭。

"我知道了。"他应了一句。

为了让她感到这个活动不那么重要，减轻她不能到场的失望程度，阿诺向她保证说今晚的活动确切地说就不是个聚会，不过是七到九个人的冷餐会而已，没几个客人。

"那你呢，阿诺·希尔曼，你被邀请了，你老婆却没有，而且你那堆朋友把我隔离又不是第一次了——应该也不会是最后一次。尤其是那个克拉拉，很明显更喜欢小圈子聚会。"

"好了，别把事情搞成私人恩怨，实际上到场的人大部分你都不认识。"

"又是一条理由。什么事都总要有个开始。再说了，克拉拉和她丈夫我可是很熟。"

看到他焦躁的脚步，看到他不断地去开关窗户，光手表都看了三十六次，安娜猜得出来阿诺非常局促不安，但他也并没有到一反常态的地步。出于个人自尊的问题，安娜很愿意看到阿诺由于老婆不在身边而显得完全不自在，一直都受影响。

对于他，一切皆有可能——如果不是考虑到欧麦尔被忘在学校那件事自己无法接受，还有他不在妈妈身边也并没有不高兴这个事实。

"好吧，既然你已经准备好了，那就去享受你的聚会吧，顺便代我问候下迷人的克拉拉·特尔尼，人家可是已经让我吃了两三次哑巴亏了。"

"说实话，我觉得你变得烦人了，"阿诺回答她说，"越来越疑心重。"（克拉拉·特尔尼是个敏感话题。）

"找钥匙的话，它们就挂在走廊的墙上。"

"谢谢你。"他边说边往外溜。

实际上，安娜并不是特别想跟克拉拉·特尔尼有来往，更不想与她的朋友一起待在聚会里。自从结婚以后，她一直都害怕这些高档聚会，感觉自己是多余的，注定只是在她丈夫身边跑龙套，似乎自己层次不够，好像前脚刚从大学食堂出来，后脚就来参加扶轮社①的晚宴。

所以她一点都不像这些人。这更是一个事关原则性和自我意象的问题。这种被孤立的方式除了让她难堪，还会让她产生一种非常糟糕的感觉，即：自己被一个严谨、理智的人群所组成的圈子给排除在外了，也就意味着她被视为不理智的人。如果说阿诺的熟人选择躲着她的话，并不是因为她配不上她的丈

---

① 即 Rotary Club，依循国际扶轮的规章制度所成立的地区性社会团体，以增进职业交流及提供社会服务为宗旨。其特色是每个扶轮社的成员须来自不同的职业，并且在固定的时间及地点每周召开一次例行聚会。参加扶轮社的社友以中年和富裕人群为主。

夫——确实有些女人是这样，而是因为他们觉得——从来没公开说过——安娜奇怪的言谈和夸张的笑声可能会搞砸他们的聚会。

确实是这样。有些时候，在酒精的作用下，安娜说话会有点口无遮拦，乐于抢白别人，让人既惊讶又摇头，无言以对。比如那晚，完全可以赌上一把跟大家一起讨论下法国大选中左派联盟大获全胜的事情，可她非要跟去年在朗曼家一样，喋喋不休地大谈自己的共产主义信念。大家想忘都忘不了。

事后，安娜当然会后悔。独自一人的时候还会进行长时间的自我批评，并决定停止自己这些古怪的行为，试图做一个模范妻子。但她受不了阿诺的唠叨，好像自己是一个调皮的小孩，这个不能做，那个不能说，似乎稍有偏差就会出状况。她讨厌这种贬低自己的做法，哪怕以为了自己好为借口。

每当这时候，安娜听着楼上儿子的钢琴声，多么渴望那位比自己年长许多的丈夫能够心平气和地跟她谈谈，告诉她如何正确社交，告诉她如何在不刻意的情况下表现自如，并得到他人的尊重——而不是现在这样，每天叫她管好自己的嘴。

她真愿意付出一切，只为哪怕仅仅一次丈夫能为自己感到满意，能在人们面前因为有她这样的妻子而感到自豪，而不是一个人在角落里叹了口气，转而兀自跟其他人攀谈。

正是因为这些事情，加上夫妻之间持续的小摩擦，他们的圈子越来越窄，很长时间家里都没有人做客：他们被孤立了。偶尔有访客——这种情况非常少见，也只不过证明他们还没有完全离群索居，尤其对她而言。

欧米在自己的卧室里弹奏着《平均律》，安娜一下子就听了出来。她推门进去，儿子背对自己坐在板凳上，身材看起来比实际年龄大得多，正在专心致志地弹琴。安娜此刻真想一把将他抱在怀里，希望能跟他温柔地聊聊天，甚至希望他不要再长大。但她知道这并不可能。

退出去的时候，安娜还是支着耳朵仔细听那首小赋格曲。伴随着这首曲子，她继续在房子里走来走去，轻轻地，几乎没有声音，好像她一点儿都不痛苦。

37.

房门一开,就闻到了客厅内弥漫着的薰衣草和夏日灰尘的味道,宽大的窗帘几乎不动,被阳光染成了黄色。外面,草坪已经被晒干了,树木在酷热当中也是有气无力。莫里斯这只猫睡在台阶下面的一个鞋盒里面,仿佛这个鞋盒成了睡美人城堡,周围还飞舞着离群的苍蝇、蝴蝶和蜜蜂。

希碧儿躺在沙发上,似乎不知道该醒还是该睡,身上盖着一条毛毯,面庞有一点点消瘦。她旁边的茶几上,放着一杯水和一些药片,还有一束野花插在花瓶里。

"你怎么了?"他低声问她,似乎害怕把她完全叫醒。

"我现在感觉好点了。"她一边哑着嗓子回答,一边为自己没想到他要过来感到抱歉。由于头疼和可怕的咳嗽,她被折腾得筋疲力尽,已经在床上躺了整整一周,没法跟人说一句话。

"你去看医生了没?"他拿起她的手问道。

欧麦尔并不确定是不是自己有预感,不过今天早上在想到她的时候,便非常想见到她,这种想法是如此急切和焦虑,以至于还没有想清楚怎么回事就洗完澡穿好衣服了。

"医生已经来过两次了……"她跟他交代说。祸不单行的是,除了咳嗽,她还饱受右侧身体关节僵硬还是阻滞的痛苦,有时候连胳膊都抬不起来。可医生没有检测出任何异常,说是病毒感染,过段时间可能就会好,要她耐心一点,多等等看。

对这些异常情况开始担心的欧麦尔,却表示完全赞同医生的意见,目的虽然是为了让希碧儿宽心,其实也是为了让自己放心。

同时,由于最近的那次希碧儿哭泣崩溃的场景还如此清晰地浮现在眼前,以至于他无法不怀疑这病也可能是出于过激的情感反应。希碧儿当然非常清楚,冲突导致的紧张关系在威胁到两人的相互融入时,疾病是能找到的最好的排解方式。而欧麦尔,试图把希碧儿的症状怪罪于乔瓦尼的卑劣行为——趁此机会也想将功补过,尽自己应尽的责任。

因为他忘不了每次盯着希碧儿的时候,自己能够猜出来的她脸上闪过的莫名悲伤和刻意隐藏的郁郁寡欢——他害怕原因正是自己。

"我想起之前答应你的事。"说完,他便拿起了之前放在桌上的一张好好填写的支票,似乎是在弥补自己的错误。

"你这不是占我生病的便宜吗?"女人虚弱地反问道,"这要到什么时候我才能把这笔钱还上呀!"

"什么时候都可以,复活节?圣三一主日?随你便。"他开玩笑道,顺便替她披一下毛毯。

接下来,他给花换了水,擦拭了下家具,然后开始给她准备小吃,包括一碗瘦肉汤、一份果泥和一杯热牛奶。

欧麦尔发现,虽然自己在房子里做这个干那个,仿佛一个护工,但这丝毫没有让他感到不快,反而成了一种消遣。他们之间的这种突如其来的不对称——她，动弹不得，他，则在屋里忙前忙后——已经足够转变两人的关系了。之前两人面对面的争执，时不时还爆发争吵的情况一下子就消失了。

在房子里忙活的时候，他话不多，这是为了不让她感到厌烦。忙活的间隙，时不时地走过来坐在她身边，他就特别满足。当然，这也是为了看看她还缺不缺什么。

她总是看着他的双眼，带着信任的微笑回答："一切都很好。"听到这句话后，欧麦尔便立刻继续忙活起来，内心充满了平静的喜悦。这一切不免证明：尽管欧麦尔平时呆板乏味，僵化沉闷，但内心深处依然有一处温柔的地方，如今终于有机会用得着。

"我去城里给你买点儿东西，"欧麦尔说着便出了门，不想听她的反对，"两分钟就回来。"

出于一种顽皮的冲动，他跨上了车库里的一辆黑色自行车（很有可能就是乔瓦尼的那辆），全速冲向小镇。食品店，药店，面包店，他像快递员一样，买完这家又去另一家，然后在桥上歇一下脚，看了眼垂钓者，还像度假者一样享受了下阳光和微风。

重新跨上自行车的时候，他听见了六点的钟声。一群椋鸟随着钟声开始在城市红色的屋顶上盘旋，欧麦尔内心忽然感到一阵久违的平静。

回到房子里之后，暑气已经降了下去，他把希碧儿从床上移到了花园的露台中，让她躺在一张躺椅里面，头在阴凉处。而他自己则坐在希碧儿身旁的石板地上，手里捧着她的双脚。

"依你看,他们现在正在干吗呢?"她突然开口问他,因为这是她最喜欢的游戏。

"他们?现在应该正是他们开始夜生活的时候吧。我猜他们两个正在一家便宜的小餐馆露台上吃晚饭,这餐馆他们肯定光顾多次了。"

"跟我想的一样,我也觉得他们现在也是两个人,就跟我们现在一模一样。不过你有注意过我们两个已经多么远离他们吗?"她嘶哑着嗓子问道。

"你是说,现在吗?"

"不,是一直。一直就只有我们两个人,不过这不是批评。我的意思是,我现在已经确信没人想跟我们在一起,哪怕是一起过一个周末。"

"是有这种可能。"欧麦尔承认道,然后站起来舒展了一下双腿。

希碧儿咳了一大声,然后说:"不管怎样,我很高兴单独跟你在一起,在这个花园里面,在这些树木和花草中间。有时候我听你说话,会有一种平静的感觉,特别镇定,应该就是吸了鸦片的感觉。"

"那是因为我让你无聊呗。"

"一点儿都不,你很清楚的。相反,这种感觉,怎么说呢,我觉得既奇怪又开心,不知道该怎么形容。"

出于本能,欧麦尔希望她说的这种感觉继续保持它的无法形容,然后向她承认说其实她也有这种让自己安静下来的能力,而且每次见到她之后,那种积极的感觉都会保持很久。

"哦？那真是太好了。"希碧儿认真地说，还抓住欧麦尔的手，闭上了眼睛。

希碧儿睡着之后，他坐到了对面紧挨着的一张椅子上面，右手搭在她身上的毛毯上，静静地看着她。欧麦尔突然很遗憾自己没能配备微型传感器，好听听希碧儿的内心。

因为他完全不知道她大脑里现在想什么，她会在想乔瓦尼吗？如果是的话，有多想？希碧儿睡梦中轻轻的摆头动作，还有手指的收缩，无疑表现出感情起伏，但是却没有办法知道具体是哪种感情。

希碧儿的呼吸，一开始有点喘，然后变得安静、平缓，不过一直都有微鼾听得到。欧麦尔一边观察她，一边把自己的呼吸频率调得跟她同步，然后自己也睡了过去。

38.

为了庆祝这次重聚，他们到了一家咖啡馆的露台上面，正对着凯勒曼码头。他们在上面一边抽雪茄，一边喝白葡萄酒，朗格便是在此时开始讲述他的故事。

"我还没问你是不是一直跟艾玛努埃尔在一起？"

"两年前就不是了。"

朗格的故事要追溯到差不多五年以前。"真是不详的预兆。"他说道，他们两人当初见面的方式是在一位心理治疗师的等候室里面（实际上，有两位心理治疗师，费什医生和萨洛蒙医生）。当时朗格正在结束持续了二十多个月的心理分析，而阿涅丝则刚开始。

由于她之前来过几次，朗格虽然假装若无其事，但是已经注意到了她。一个是因为她那不常见的年轻——看上去也就二十三四岁，另一个则是她等待的时候总是咬着指甲，而且总是看同一本书，样子特别吸引人。一般情况下，朗格就这样在正对她的角落里默默坐着，不动声响地观察她。可是那天，一不小心不合时宜地多看了她一秒，刚好她抬起头来，于是他立刻心里想着完蛋了，小把戏被人家发现了。

接下来的一次，朗格想着既然已经被她发现了，便大着胆子问了几个有关她的问题，有关她跟萨洛蒙医生的关系（他向她证实自己跟的是费什医生）的问题，然后顺便问了她平时是做什么的。看来，她正在接受自然疗法的培训，或者是类似的什么东西，还乖乖地跟父母住在斯特拉斯堡比较偏远的一个区。

"你知道，"朗格提前告诉他，一边斟满酒杯，"如果你对这故事没什么兴趣，可以直接告诉我。你可能有过类似的糟糕经历，在餐馆里刚要讲个故事便立刻又被打断，因为根本没人听。这就尴尬了，你就不得不吃点蔬菜来掩饰一下。"

"我向你保证，我洗耳恭听。"欧麦尔说道。

于是他继续讲了起来。其实最让朗格感到惊讶的并不是阿涅丝在学习自然疗法（尽管他嗅出了其中的小花招），而是她在讲话时那种既平静又谨慎的态度。比如她在描述萨洛蒙医生诸多优点，如体贴和善解人意时，能够非常巧妙地避免讲自己频繁拜访这位医生的原因。

有一次在外面，也是阿涅丝和他第一次在街头散步的时候，他发现对方居然比自己高：一方面是因为她那双明显出众的长腿，另一方面是因为她那简直有点假的微驼的背部。

"跟你说也没用，其实跟这么一位有点奇特的人走在一起，我没什么不自信的。"朗格对欧麦尔说。

不知道出于什么原因，他忘掉了自己既不是自由身，也不年轻，还没魅力，居然开始急切地想跟阿涅丝约会，然后是第二次。渐渐地，他们就习惯了每周去一两次餐馆或电影院，宛然一对合法夫妻。

幸运的是，朗格本能地压低声音继续说，由于跟老婆芭芭拉十六年的婚姻生活当中，没有过任何冲突不快，甚至从来没有互相摆过脸色，他的老婆一直非常信任他，鲜少怀疑，把他那些一次又一次不得不编的谎言全部信以为真。

"不过，这个话题听起来很沉重啊。"欧麦尔插话道，因为他毕竟认识芭芭拉，朗格的妻子。

"等等，说起来真是既可笑又可怜，这个故事最讽刺的地方在于，"他向欧麦尔承认，"从阿涅丝的角度来看，她并不觉得有什么不对的地方，因为她就是一个毫无经验的女人，对那种事也不怎么感兴趣。而我却被迫跟妻子撒谎，编些诸如开会或者跟客户吃饭之类的借口。秘密中的秘密是：我其实根本就没有什么好隐藏的，或者很少。"

"那就明天见？"他总是这么缠着她，而她每次总是用又镇静又软绵绵的嗓音回答"不，明天不行"，似乎她需要些时间来思考这个问题。

"思考！她的认知能力恐怕只有十五岁的小女孩那么点儿吧。"

有天晚上从电影院出来后，由于朗格一直催促她去喝一杯，然后再陪自己去酒店，她猛地脱掉了T恤衫，用非常恼怒的口吻（他一直都记得）说："来吧，下手吧，我猜你就是想要这个！"而当然，朗格的双手只是晃悠着，不知道该干吗。

如果不是他这样要求的话，平时在阿涅丝为数不多的"放纵时刻"——她自己称其为亲热时间，她接受亲朗格的嘴唇，同时还轻轻地不断抚摸他的耳朵，似乎这已经是他身上最私密的部位。至于剩下的,做梦吧。

"你们从来没开过房?"

"听着,说起来这个真有点开不了口,但我和她在一起的十八个月,我们一次这种事都没有做过,相信我,这可不是一般的难熬。"

于是在这种既沮丧又悲哀的"近抑郁"心情下,他越发感觉整个世界都在狂欢纵欲,唯有自己却被排除在外。晚上,一个人开车在城里转的时候,他有种感觉,甚至连周围窗户里的灯光用的都是性能量,这能量几乎充塞宇宙。以至于这片灯光刚暗下去——他猜测是快感被满足了一次——转瞬间另一片灯光又亮了起来,此起彼伏仿佛一场巨大的焰火秀。

"我知道,这些推测都太躁狂了,不过我真的就是这么过来的。"

当然了,他也想过十几次要放弃她,因为他实在看不清这段婚外情的意义何在:跟一个病态自恋又狭隘的小资产阶级共度一生,耳边每天都是她对她母亲烦心事的唠叨,还不断要求他跟原配离婚,与她建立一个新家庭(这是她的最后一个想法)。

然而,这种愚蠢却让她的美貌显得更加让人心碎。每次他回家之后,面对妻子芭芭拉,映入眼帘的只有灰白的头发,粗糙的皮肤,还有那双可怜的大手。毕竟,美貌跟力量或种族一样,都可以成为一种法西斯主义,朗格强调说。

于是,他又无法自控地回到阿涅丝身边,就像一个迷了方向的人,不知道躲避危险,反而迎头迎接恐惧。

直到后来有一天,她不再主动过来。朗格最开始安慰自己说可能是萨洛蒙医生要给她上课。但不管怎样,他也不强求,于是这段关系就此结束了。

几天过后,他恢复了些精神,感觉有必要向妻子芭芭拉忏悔,但是她马上阻止了他——他妻子早知道了。有人在街上看见了他们。

"有人?"他重复道,同时也明白,此时没有什么编理由的必要了,还不如准备迎接一段夫妻生活中偶尔异常冷静的争吵。毕竟,面对背叛,谁都不会好受。不过他转而又想,这又不是什么世界末日。再说了,他还再三强调这是唯一一次约会,并且他们之间什么都没发生。

不幸的是,在他说着这些试图挽回两人残存关系的话时,芭芭拉背过了身去,没有讲一句话,只是在浴室镜子前一遍一遍地梳着头发。她实在是伤透了心。

过了一小会儿,也许是出于某种强烈的情感,他开口问她是否还愿意信任自己,或者干脆希望自己离开。芭芭拉随即伸手指了一下门,他完全没有料到妻子的这一出。半小时后,他手提着行李箱,站在了人行道上。

"所以你再也没见过你妻子?"

"只在办离婚手续的时候见过。现在我住新村,住我母亲家里。我甚至不敢回去把自己的车开回来,现在那车肯定还在芭芭拉的院子里生锈呢,就像一个纪念'下半身战争'的雕像。"

"好可怕的故事。"

朗格说:"生活中,总是有人幸运,有人却被抛弃。而我呢,朋友,就是那些被抛弃的人之一。"

欧麦尔忙着重新点雪茄,不知道该怎么回答他。

39.

她更倾向于等待与被遗忘。阿诺一言不发地开着车,也没有什么表情变化,眼睛直直地盯着前方的道路,带着一种愤怒——至少她心里是这样觉得的,因为他闭着嘴巴咬着牙,时不时地让车发出轰鸣,就像一个在阴影中不断积怨的人,强忍住自己拳打脚踢的冲动。车窗外面,正下着猛烈的暴雨,大量的水积在路边的低洼处,甚至形成了漩涡。

为了缓和一下紧张的气氛,安娜很想跟他说毕竟欧麦尔只是单纯的身体检查,他只是被吓到了,绝对没有大问题。可是看到上车以后阿诺的态度,她便决定干脆只是目视前方,嘴巴张着,像一个想说话的动物。

有几次在内心深处,她怀疑是不是自己故意搞出了这次额外的不幸事件,因为她私下里需要一场大灾难好结束他们的婚姻。

但她又强忍住眼泪告诉自己,如果真的是这样,她便再也没有机会弥补自己的错误,除非打开车门跳下去,钻到其他汽车底下。

"你看到今天我们都到哪一步了吗?"阿诺突然问道,好像看穿了自己的想法一样,"你总是对自己不负责任这个缺点的危险性视而不见。现在,你自己该衡量一下这样做的后果吧。"

鉴于现在的情形,安娜不敢反驳他,尽管他没有权利跟自己这么说,这么说既低级又不公平。而且,自己是相当有责任感的一个人,有时候责任感甚至过分。但不幸的是,出于某些不可名状的原因,大部分的时间里,她没有办法做到言行合一。

"希望你待会儿不会硬着头皮说自己没错。"

"没有,当然是我错了。但是我也真的认为,即使换作你,当时坐在公园里也改变不了什么。"安娜回答道。此时,雨刷依旧在挡风玻璃上继续刮着或红或白的光线。

"那可不一定。好像如果我是你,看到一个陌生的大个子跟一堆十岁小孩玩会很惊讶。不过看起来你对这个根本无所谓。"

"阿诺,今天下午发生的事情我很后悔。我向你保证,跟你说这些不是为了让你原谅或者宽恕,但是你当时确实不在场,所以我求求你,就这一次,别带情绪,好好听我讲一下事情到底是怎样的吧。"

"好啊,讲吧。"

于是安娜便向他一五一十地讲述了事情经过,从她去校门口接欧麦尔开始,当时大概是五点一刻左右。她准备带着欧麦尔还有他的几个小同学一起去公园。由于天气很热,欧麦尔没什么胃口吃东西,安娜便让他跟其他人一起玩球(这还是他第一次跟同班的男生玩),自己则坐到旁边的长椅上跟彼得·布什的妈妈聊天——他们刚过来。她记得很清楚,跟这位妈妈聊天的时候,她前倾着身子,大概 75 度角的样子——她还探身演示给他看,以便自己能看到玩耍的孩子们。

"那个陌生人,肯定一直徘徊在他们周围,你的视野里居然从来没有看到过他?"

"这一点我记不清了,但你让我接着说。过了一会儿,我忽然发现孩子们不见了。这时我和那位妈妈都说,可能他们趁我们看得不严,溜到公园深处去了。没多大关系。一直到后来他的同学过来跟我们说欧麦尔在跟一个大人争吵,这时我才觉得不对劲。为了打消疑虑,就起身去公园里找他,当然是先从公园最里面开始,可是一个人都没看见。我便跑到公园管理员那里,这管理员真是太蠢了,一直跟我强调欧麦尔不可能离开花园,浪费了好多时间。"

"那他之后必须出来作证。"

"即使他过来,证词也可能相当模糊。不管怎么样,后来我终于在公园外面找到了欧麦尔,他那个时候半边身子躲在一棵大树后面,哭得撕心裂肺,还吓得不停地打嗝,都没有办法跟我讲他到底怎么了。无论如何,那个混蛋应该已经跑了很久了。"

"那你现在知道到底发生什么了吗?"

"是的,知道一些。"

"你知道吗,根据最初的调查,那个家伙拉着欧麦尔的手,把他拽进一个小木屋或者工具间里面,然后在他面前脱光了衣服,故意仔细给欧麦尔看他想要给他看的东西,我想你明白我说的是什么。"

"对不起，阿诺，真的对不起。"她哀求道。

"你该去跟你的儿子道歉。不过首先，我还是想知道，你到底是怎么做的，居然没有看到这个混蛋，你就在他旁边几米远的地方聊天啊。"

"当时公园里有很多学生在散步，我完全没有想到这种事情会发生。"

"没有想到这种事情会发生。"他重复了一遍，好像在跟自己对话。

接着他便闭上了嘴巴，没有要原谅的意思。安娜蜷成一团，头靠在他肩膀上，开始抽泣流泪，似乎要把全身的泪水都哭干。

外面，天色暗了下来。由于大雨滂沱，汽车都小心翼翼地慢慢开着，所有车灯都是打开的。周围车里的人透过雨中的车窗玻璃看，脸有点变形，似乎也都在睁着大大的眼睛泪流满面地看着他们，就像已经知道了一切。

"我想他们应该已经结束了检查。"阿诺一边说着，一边将车停在了诊所外面。

"阿诺，我的腿抖得厉害。"她打开车门时说道。

40.

在火车站的出站口,欧麦尔推开了一间杂货店的门,买了一瓶水和一支防晒霜,把它们收在包里,然后沿着一条大路往入城的方向走去。当他终于走到了和希碧儿约好见面的停车场时,却感到一阵不知自己在何处的尴尬。

他努力伸长脖子,四处眺望,却没瞧见一个人影。几辆停放着的小汽车的挡风玻璃在树荫下反着光,树枝高处的叶子微微颤动着,树下却感受不到一丝风。

欧麦尔把包扛在肩膀上,坚忍地等待着,一边避免看手表,一边靠看风景来估计时间。在停车场的一边,排着一小片住宅区,有几栋一模一样都带有草坪的房屋。不知为何,其中左侧有一栋吸引了他的注意力,可能是因为它的窗户都大开着,也可能是因为那栋房子从这头到那头都一目了然,甚至能够看到最后面一个洒满阳光的小院子。

除了一个小型的儿童滑梯和倒在树下的一辆自行车,院子本身没什么十分特别的,然而他却意识到自己再也无法移开视线,仿佛发现了生命之光一样。

不知道什么时候,他的注意力被分散了,视野里出现了一位坐在车里的年老的女人,车子就停放在一栋房屋前。很显然他之前没有注意到她。可能有人帮她系好安全带之后就把她忘在车里了,而她显然也就那么逆来顺受了,仅仅透过车窗望着外面一动不动,可能和他一样,忍受着令人目眩的阳光。

欧麦尔把视线重新拉回到屋后面的小院子,试图重新集中注意力,然而却是徒劳,当下他既渴望自己朋友的到来又希望现在自己沉思的状态可以多延续几分钟。

"你在睁着眼睛睡觉吗?"希碧儿按着喇叭打断了他的思绪。

"没有,我在停车场晒日光浴呢。"

他坐进了车里,由于花了点时间稍稍调整了下坐姿,还没来得及给他的女司机一个饱含温柔以及敬意的贴面吻,她就因为他的穿着错愕不已。他甚至觉得对方要请他下车了。

"你怎么会穿着西装去游泳池啊!你会热死的。"她教训他道,一边试图脱下他的外套、摘下他的领带,"你应该是我认识的人中唯一一个这么热的天还打着领带的人。"

他抬了抬下巴——好让她更顺手些,还镇定地解释说他刚从斯特拉斯堡赶回来。他在那儿待了三天,其实非常想换身衣服但确实没有时间。他本来还想说穿着西装时感觉没那么热,但是放弃了。

"我起码记得在包里装了一件泳衣。"他宽慰她道。

汽车行驶在乡间,午后的天气十分闷热,他们便把车窗全都摇了下来,希碧儿亲切地要他承认:不管怎样,他还有机会这样出门,可以免费地去法兰克福或是斯特拉斯堡。而她,从来没有出差到比马斯·巴莱柔更远的地方。

"你要知道,会计出差的生活很单调,我们白天审查文件,晚上也只是无聊地待在宾馆为第二天的会议做准备。这不是特别地让人开心,不过,我倒是很喜欢住酒店的生活。"

　　"我也是。"她转头应答到,并且眼睛盯着他好长时间,仿佛这条路上没有别人,只有他们,"我觉得要是能在酒店里面度过余生就太好了。"

　　她并没有加上"和你一起",不过他却莫名其妙地听到了。

　　后来,当他提着泳衣一关上游泳池小隔间的门,记忆中的更衣室遇到的恐惧便突然向他袭来,那种感觉就像是要当着全班同学的面换衣服。他一边想着这种不祥的感觉,一边把衣物挂在挂钩上。

　　他下游泳池时便发现希碧儿已经在泳池里了。她穿着黑白格子的泳衣正在独自游泳,慢慢地、悠然地,修长的双腿剪着水。欧麦尔将手遮眼上,出神地看着,像个教练一样想完全客观地评价她的泳姿,然而并没有什么用,因为她的动作已然不可思议的好。

　　"你下来吗?"她向他摆手招呼道,"水一点儿都不冷。"

　　水中的温度计显示确实已二十八度。欧麦尔决定从浅水区过去,等水没过腰后,才轻轻地划入水中,像海狸鼠一样没有一点声音。他们一起足足游了十二个来回的蛙泳,然后等希碧儿提出休息一下时,他就一个人继续游着。他自由泳和蛙泳交替着,身体在水里打得笔直,刚好游在一位胖女士的后面——对方有点焦虑,不时地回头看。

　　当他们几乎肌肤相触地躺在沙滩毛巾上面时,他意识到了自己对希碧儿那不够诚信的藏了又藏的欲念，而这个欲念一直都在，还那么强烈，而且他确信希碧儿对他的欲念并不是一无所知。他的直觉告诉自己就在当下，被书挡住的她在等着他迈出第一步。

欧麦尔突然确信自己的延时策略持续得太久了，而这一次，他不应该错过机会。因为面对像希碧儿这样的女人，失去了便追不回，也没有第二次机会。他应该行动，并且立刻行动——他已经听见自己内心催促的声音，要不然就只能错过之后再苦涩地后悔。

只是，一想到自己将不得不毫无保留地公开所有的情感，没有退路，也无法再用语言掩饰、保护自己，立刻又打退堂鼓。于是当他转过身来，准备环住她的肩膀时，突然有了那种对于接下来要做什么还有点含糊不清的感觉，一下子失去了把握。于是他小心翼翼地收回手臂，紧贴着自己的身体，一动不动。

"听着，这太搞笑了。"希碧儿对他说，显然她这么说是因为戴维·洛奇①。

当她读着《大英博物馆在倒塌》中的一个片段时，欧麦尔一直处在自己的世界里，心不在焉地听着，他不停地逼问自己对于眼前这个女人的举动到底是出于自我抑制还是自我惩罚。他无论如何都不得不承认自己哪方面出了问题，不得不承认一周又一周过去他们两人的身体之间始终横亘着一段距离，而且

---

① 戴维·洛奇，著有下文提到的《大英博物馆在倒塌》一书。

这段距离似乎永远都不应该减少。

真想抽自己几耳光！他转身又回到了泳池，重新游了十二个来回。接着他迈着坚定的脚步朝跳水台走去，仿佛是要去报仇。

到达了最高点，他立刻惊讶于能够看那么远，那么辽阔，正是夕阳斜着落入地平线的时候。他走到跳台的尽头，在跳板上弹跳了几次，张开双臂，感觉自己像是从地心引力中被释放了出来，悬浮在周围的屋顶和花园之上。接着他停顿了一下，为了看一眼希碧儿，然后纵身一跳。

41.

她以为欧麦尔的困扰已经结束。可是今天又出了点儿小事故。她发现他在卧室里哭泣,手里拿着湿透了的内裤,床单被扔在了地上。她尽可能温柔地哄着他一直到浴室。"我能自己一个人洗澡!"他愤怒地推开她吼道,然后重重摔上了门。克莱恩医生一直安慰她,说遗尿症只是一个轻微的症状,在欧麦尔的这种精神刺激下比较常见。

问题在于,她有时觉得她儿子的生活已经变成了一连串的症状,失禁、焦虑、睡眠困难,如今又加上学校恐惧症:欧麦尔自从那次公园事件之后就再也不愿意回到教室了。

当然,他也拒绝邀请其他孩子到家里来。可能是因为惧怕成为众人的焦点而且还要回答一些尴尬的问题。他的小伙伴们也确实不是什么辅祭儿童,据她所知,他们从来没有给他送过礼物。

即使欧米有天大的理由现在不想与别人接触,安娜也忍不住去想他和同龄孩子的关系:现在就已经非常困难了,将来有可能变得更加困难,并且他自我隔绝的趋势也会加重……她多么希望他茁壮成长,能自我解脱变得轻松自在,赢得更广阔的天地,完全无法想象他不接触任何男孩子或者女孩子而独自成长。

"我觉得你应该回到学校，"她在吃中午饭时建议道，"只去几个小时，慢慢适应班上的同学。"

"我做不到。"他闷声闷气地回答。

"你自己决定吧。"她让步了，同时看着他那眼神深处的空洞，那次事情的阴云还没有散去。

安娜没再管他了。自从他爸爸留在了汉堡，她就要整日和他待在一起，不知道说些什么，也不知道怎么陪他玩儿。他可以持续安静地待上几个小时，完全忽略她，独自看着电视或者连环画。

欧麦尔在孩童时期就和别的小孩不一样，三岁前几乎不说话，但突然之间，他就开始不停地讲话，而且没人能让他停下来。然而时不时地又会回到沉默期——可能是出于同学的粗暴对待抑或是老师对他不满意。在他七八岁时，安娜试过一次带他去苏黎世的一位儿科医生那儿做检查，后果让她后悔不已：他气得好多天都一言不发。

至于在公园发生了什么，他当然绝口不提。他既没有抱怨，也从不提小屋里发生的事情，对于自己的感受连暗示都没有。安娜应该意识到这种情况她也应该负一些责任，因为她总是致力于淡化那次事件，希望能够保持哪怕最少的精神稳定。

当她竭力让他诉说时，虽然他仍顽固地保持沉默，但她察觉到一丝似有似无的笑容仿佛在说：你看吧，我像个大人一样，我不会哭。她几乎想要跪下来紧紧抱着他，哀求他醒过来，变回他自己。

"欧米，我亲爱的宝贝，你不想和我去散散步，买点东西吗？"她忽然说到，为了讨好他，允诺给他买樱桃小馅饼。

"如果你愿意，你可以自己去买你的东西，顺道买些小馅饼。反正我是不想出门。"他用德语回答，为了惹怒她。

"欧米，告诉我你为什么要这样跟我说话？为什么躲着我？"她一边问他一边想抱住他。

"我没有躲……我就在这儿啊。"他满不在乎地说着，却向旁边迈了一步要躲开她。

对于留住他，安娜越来越感到无能为力，她清楚地认识到自己的亲吻和爱抚跟后悔没什么两样，根本没有作用。她从来找不到最合适的方式来和他相处。要么是弃之不顾，把他扔在学校里不闻不问，要么完全相反，非常笨拙地过度保护他，却又让他压抑，不仅没有起到安抚的作用，反而徒增了他的焦虑。

她的过错并不是一朝一夕形成的。早在他刚出生，她就让他睡在自己胸口上，只为了证明那种强烈的专属感——安慰自己其他方面的缺失，那时她就已经被斥责为一个自私、不成熟的母亲。

"欧米？"她呼喊着，"欧米？"

他应该是把自己关在了房间里来躲避她的拥抱。安娜还没习惯他这什么话也不说，悄无声息的消失方式。

她完全不知道他在房间里做什么，因为她不被允许进去。可以确定的是，他不再弹钢琴，不再弹奏鸣曲和赋格曲，而她也因此不再上楼来。以前每当他弹奏时，她总可以感受到门背后在歌唱的小小心灵。然而现在，什么都听不到。

42.

欧麦尔一心想要保密他们之间的特殊关系以及自己爱慕者的身份，执意让希碧儿在姐姐面前做介绍时把他称作普通朋友，甚至是朋友的朋友——如果她接受的话。于是这个介绍变得既适度又不乏热情，让他们能够在楼上说说话，又没有那种时时被别人窥视的感觉。

玛德莱娜和丈夫的房子在勃艮第乡下，以前是个废弃的农场，现在已经进行了非常精心地修缮，尽管有些地方不大适宜，譬如说吊顶和淡紫色的百叶窗。

"我们几天前才收拾好。"希碧儿的姐姐有些抱歉地带着他们参观，她意识到房间里的温度还很低，而且还能闻到空气不流通的味道以及木头的霉味。

玛德莱娜是个高大的红发女人，初次见到她，可能除了微翘的鼻头以及时不时从嘴里发出的笑声，看不到她和妹妹有什么共同点。欧麦尔趁这次机会才知道自己一直觉得独一无二的神秘笑容，其实是两个姐妹都拥有的家族财富。至于玛德莱娜的丈夫——别人喊他布鲁诺，在来的路上欧麦尔就被反复提醒最好不要提关于他的话题，以免让他妻子伤心。他被派到一家非洲的银行出公差了：就是这样。

"女孩儿们，我们在等你们呢！"她们的母亲喊道，但是没人肯上楼来。

两姐妹的谈话有些无趣，而且谈的都是些他连名字都不知道的人，于是欧麦尔走到了窗户边静静抽着烟。楼下有两个小女孩——一看就知道是对双胞胎，在草坪上打羽毛球，年纪大点的姐姐倚坐在院子的矮墙上，仿佛是一位沉浸在乐声中庄严的圣女。他猜想她们应该就是这家的孩子，于是努力回忆着希碧儿过去谈到的关于她们的话题（他记得女孩子们一个叫茱迪特一个叫玫兰妮）。他的目光偶然和年纪大的那个女孩子交汇了。这次眼神的接触，没有任何意图，也没有饱含任何意义，却给他一种犯了错误的古怪的感觉。

"你是茱迪特还是玫兰妮呢？"等稍晚些大家都聚到了院子里时，他问道。

"都不是，我是艾丽西亚。"她回答，脸微微发红，"茱迪特和玫兰妮是双胞胎。"

当她站在他面前时，眼睛漆黑，身材修长，让人分不清是位少女还是成年人，欧麦尔不知道该如何安放自己的目光，这时注意到她T恤上印着的一行字：LOVE ME OR KILL ME[①]。他有些惊讶地反复读着，像是在读着加密的编码……她怎么会选这么一句话呢？

不管怎样，这次他违心答应的勃艮第之行——只是不想惹希碧儿生气，未曾料到，忽然之间变得这么有吸引力。

[①] 即爱上我或者杀了我的意思。

"我还没给你讲布鲁诺最近的事儿。"在女孩子们身后的他听见玛德莱娜对她的妹妹说。

估计她在含沙射影地说丈夫出轨的事,于是欧麦尔决定回避,他宁愿和想带自己去看他们的动物的孩子们待在一起。马厩旁边有个小羊圈,里面养着三只绵羊和两只小山羊。小山羊就像被关起来的小独角兽一样,狡黠而纤弱。为了讨好双胞胎姐妹,他摸了摸它们,还说了些好话。这时一匹白马把头探出了马厩的栅栏。

"这是波吕克斯。"艾丽西亚说到,一边抓住马颈上的鬃毛,用自己的额头轻轻蹭马的额头。

"它是你的马吗?"

"可以这么说。不过,我们在巴黎时基本上只是邻居在照料它。我很为它担心,因为它再也不能跑了,也不能上其他母马。"她一本正经地说着,还喂了块糖给它。

双胞胎姐妹转身进到了关小山羊的圈,欧麦尔则坐在草地上看着"她"给马刷毛刷鬃,此时的他如果能够具有童话中让时间停止的超能力多好。

他不禁想,看她如此单纯、如此率真,人们估计会认为她显然还没有意识到自己的魅力——因为还没有人向她提起过或者她根本就不在意。她是那样的与众不同。

"你多大了?"他问道,"十九岁?"

答案错误,是十七岁半。

"十七岁半。"欧麦尔重复道,同时不露任何声色,以免外泄自己的内心纠结。

此外，总有一天，他要找个人跟他解释一下——最好是专家——究竟是怎样的本能，怎样的生物流质操纵着这样的情感关联，当事人居然总是不知晓。当然，相关的人确切地知道彼此之间什么都不会发生，各自的人生轨迹仅仅只是偶然地交会了片刻。

然而这是怎样的片刻哦，他正想着，听到她扑嗤一笑。有那么一瞬间，他自问自己一直以来的欲望是不是没有错，尽管想这个问题已经有点晚了。

不管怎样，艾丽西亚和他，属于两个不同的世界，他清楚地明白他们不能过多地进入彼此的世界。相反的是，他可以正当地奢望进入希碧儿的世界，反之亦然。

当她牵着缰绳把马领到草地上时，欧麦尔一直走在她旁边，觉得他们此刻的无言与亲近几乎就是爱抚。但当然不可忽视的是，他应当保持审慎，如果不想毁了这一天的话。

希碧儿和姐姐出现在草地边上（她们看起来已经结束了密谈），恰好证明了他的猜想。他还没权衡好接下来要做什么，不知道是该离开一个女人去寻找另一个女人，还是就地保持现状，那样子就像是个思想被分裂的人——徘徊在青春或者正义这个抉择之间。

更让他感到不适的是，他应该注意到了希碧儿在假装不理他们，因为她今天已经受够了。

"艾丽西亚，等等我！"一个高大的鬈发男孩儿不知道从哪儿跑了出来，搂住了她的腰。

"这是我的邻居，热罗姆·卡约尔。"她解释道，仿佛在说明什么。

到了分别的时刻（他们路上要开很久的车才能到巴黎），艾丽西亚最后一次看向他并暗暗挥了挥手，欧麦尔则十分小心地回应了一下。

他们在路上良久都没有对话。希碧儿眼睛直直地盯着正前方，而他手臂搭在车门上，看着窗外起伏的草地和树林。尽管是阴天他还是感到很热，路上几乎空无一人。欧麦尔清楚地感到希碧儿正濒临爆发，而他宁愿暂时装死。

不幸的是，过了收费站，她没有预兆地在休息区停了下来，并且牵起了他的手。欧麦尔对于接下来要发生什么感到惶恐不安，他用有些颤抖的声音问她怎么了。

"你整个下午都在追逐一个幻影，如果能让你好受点儿的话，告诉你，欧麦尔·希尔曼，你不是第一个这么做的人。"

"什么意思？"他看着希碧儿说道。她没有流泪，也没笑。

"艾丽西亚的确很漂亮，但是这个女孩子比你想象的要复杂得多。我不知道对于一个十七岁的年轻女孩来说，这是不是一种玩世不恭，或者这仅仅是一种青少年的临时诱惑，就像玛德莱娜说的那样。总之，她在一年里不断换着男朋友，尤其喜欢那些年纪明显比她大，又有车的男人。"

"可我不会开车，问题马上解决了啊。"欧麦尔开着玩笑，他极力想活跃下车内的气氛。

"看到你和她在一起，我的心确实有点被刺痛。不过同时，"她握紧他的手继续说，"我得承认，我更高兴看到你像个恋爱的孩子一样。你那样子真的既可爱又可怜。"

"我呢,我确信她是个很好的女孩。"他表示道,其实并不想反驳她的评论。

有时,在他看来希碧儿的母性关怀有点过于沉重和执拗,几乎让他有点不安。

"可以重新上路了吗?"他问道。

43.

不,不是他的错,是自己同意当他不太舒服时,可以不去上学。她一边摆餐具,一边护着他。况且课程基本上都已经结束了,老师从上个星期开始就只是负责看管罢了。

"他在卧室里吗?"

"他待会儿就下来,说是更喜欢一个人吃午饭。"

她本来有些担心阿诺的反应,但当她观察到他举止踌躇和眼神闪烁时,她便觉得不那么可怕了。他坐在她对面,双手贴着头,反而看起来有些迷茫和犹豫不决。

"你觉得我们这个夏天哪儿都不去吗?"他低声问。

她没了主意。度假对于目前来说是那么的不现实,但同时她又意识到不能再继续闭门不出了,他们也许需要离开家,去旅行一趟,才能停止反复想他们遇到的难题。

"你想想,安娜,除了他遭遇到的一切,我也讨厌他的学校、他那些同学,还有他们的恶行,可恶的墨守成规,"他突然说道,"这些也正是欧麦尔不想回到学校的原因。"

"我同意你说的,但是你又能做什么呢?"

"我们只需要在开学前让他换所学校。他会去一个私立学校,天主教的或者新教的,这都不重要,只要是教会办的就行。管理更严一点,风气也不一样。"

安娜一开始觉得他遭遇的不幸改变了他,让他更温柔了,然而事实显然并非如此,他的坚决从神情上就可以看出。就自己而言,她看不到任何的改善,也看不到他说的那些天主教或新教小同学们会拥有别处没有的包容心和慈悲可爱。这是明摆着的事情。

"我还觉得心理治疗可以让他变得更坚强。"阿诺接着说,他一旦抛出一个建议就很少会放弃咄咄逼人。

为了避免误解,她执意地立刻提醒他:即使她承认去新学校和新同学见面可以让欧麦尔平静一点——尽管这一点她也是谨慎认同——但是,她认为心理医生或精神科医生的咨询(尤其是反复的咨询)完全没有必要。这些人可能都只是匆忙给他塞一把药而已。

"我早就料到了。欧麦尔几乎不说话、不再去学校、三天两头地尿床,你想眼睁睁就这样看着无动于衷吗?我觉得,鉴于你在那件事中扮演的角色,你应该时不时质疑下自己的决定是否精明。"

这些话都是用德语说的,带着他那最偏爱的断然而专制的语气。仿佛一次又一次的失败,她已经丧失了合法性,从此以后都只有他才既是父母之爱的唯一代表,也是父母之权利的唯一权威。

"我当然知道欧米面临什么困难,因为我们每天都一起待在家里。我必须要说的是:夸大发生在他身上的一切来吓唬他是没有用的。尤其不能把这变成悲剧。"

"变成悲剧?"他喘着粗气重复道,"你要做什么才能把这变成悲剧:勒死他吗?"

"就由着他去吧,阿诺。"她耐心地说,"孩子们都遗忘得很快。我觉得慢慢地这些事情的残片会沉淀在他的内心,然后会分解,最终烟消云散……那时,你的儿子就会像重生一样。"

"这完全和心理医生说得不一样。"

"我很欣赏你信任他们说的,亲爱的阿诺,我也想分享这种信任。你应该同样希望我也借此机会跟他一起去咨询吧。就这么办吧,我们两人一起去咨询,还省一半的钱呢。"

"为什么不?为什么你老是高高在上?我呢,我从没觉得自己比别人高明过,完全没有!"他吼道,一边推开椅子,离开了餐桌。

安娜此刻才注意到他碰都没碰盘子里的食物。他到窗子边喘了口气,撑在窗台上的身子快要成九十度了,仿佛有什么东西,像是一团忧郁的铅球压得他喘不过气来。

"阿诺?"她喊了他好几次。没用。

看着他的背影,安娜开始感到罪恶感,很后悔说出那些伤人的话。不幸的是,她无法将它们收回。她知道夫妻共同生活的内部有些准则存在,绝不能跨过底线,但是阿诺应该在她每次失控的时候提醒她,要做到比她更强才行。

"阿诺?"她重复道,不敢靠近他。

44.

转过身时，欧麦尔突然看见她站在走廊中间，戴着帽子，身穿一件白色的裙子。他甚至没有听见她是怎么走进来的。她在车上曾给他打过电话，说马上就到，于是他在穿衣服的时候半开着门。

"好像吓到你了。"

"不，不。"他一边找外套一边保证道。

"你知道吗，我觉得我们今天去不了博物馆了，因为特蕾莎刚刚告诉我一条该死的消息，是关于别人的。"

"说来听听。"他说。

"听着：艾玛努埃尔走了，你明白吗？一个星期前她偷偷离家出走了，可乔瓦尼对她去了哪儿，要干什么一无所知。今天早上特蕾莎通知我，说艾玛努埃尔跟一个路过的英国人跑了。但特蕾莎毕竟是特蕾莎，所以对她的话我也是半信半疑。"她用惊慌失措的眼神盯着他说道。

"艾玛走了？"欧麦尔重复道。他开始在房间里来回踱步，似乎突然需要空间来思考一下。

不过，他还是示意她坐下。希碧儿摘下帽子，待在那儿一句话也不说，指尖的香烟颤抖着。

他十分清楚希碧儿的各种沉默方式，有的是因为怀疑、生气而沉默，有的是出于嘲讽或者惊讶而沉默。所以他意识到这次是出其他事了，这次的沉默也是出于其他原因。这种沉默表明她很失望，不想说话，不过，其实她自己根本不知道还有什么可说的。

出于最基本的礼貌，他才如此克制，没有把听说这条消息后的高兴劲儿公开表现出来。

很显然，等他从惊讶中恢复平静，再思考这事儿，如果还能感到如释重负，就不太合理了（如果是其他情况，他早就拍手称快了）。他们的前任结合在一起给他们带来了太多不幸。他甚至在心里想，这次分手未必不是一种解脱，因为一旦艾玛努埃尔和乔瓦尼分手，也就无法再伤害到他们，等于艾玛努埃尔和乔瓦尼从此以后就不存在了。

至于他们自己呢，他开始幻想，就不用继续做那两位的忧郁复制品而待在巴黎忍受痛苦。既然不用再担心他们，那他和希碧儿的关系就再也不是他们两个人的可怜翻版。艾玛努埃尔倒是有可能在塞浦路斯或别的地方，跟喜欢的人一起继续循环她的经历（从照片上就足以看出她曾经多么迷人），而他和希碧儿就永远懒得理了。

他想对她说："我们的噩梦结束了。"然而看到对方那焦虑的表情，又忍住了。只是为了安慰她，他建议换个更大的角度来思考：对于相关的人来说，某些分手反而具有修补的价值，甚至还有解脱的价值。不管怎样，刚刚在塞浦路斯发生的事情，无论是对于他，还是对于她来说都肯定不是毫无益处，因为他们终于自由了。

"可我们之前也一直都是自由的。"这时有人敲门，她示意他过去看看。

"一定是艾玛努埃尔。"他一边去开门，一边独自打趣道。

一个年轻的工人出现在眼前，说是要找个插座给接线板通电。由于他住的楼层正在施工，走廊里整天都有工人来往，这段时间欧麦尔感觉自己像是住进了集体公寓。尽管如此，他也并没有表现出丝毫异议，还给对方指了指门口旁的插座。

"我觉得无论从哪个角度看，都没有比这更糟的事儿了。"年轻人走后，希碧儿接着说道。

她说这话时，即坦诚又坚决，以至于让他打消了继续评论下去的念头。她的声音十分忧伤，让他觉得此刻她的内心仍是一团乱麻，听不进去他的任何观点。他更应该做的是安慰一下她，让她不要把那两位的分手太放在心上，没准儿这只是人家恋爱中的一场小意外呢。

"五年内，我跟艾玛努埃尔分开过十多次。"说着他在她对面坐了下来。

他记得，有一次还是他先离开。那是休假前一天，夫妻俩吵了一架，后来情况像往常一样变得很严重。他消失了几天，一点儿消息也没留，一天晚上，他又回来了。结果，他就像优秀的士兵一样，又回到了夫妻战争的前线。几个月后，他们又分开了，这次是她先离开了他……后来，这成了他们的一个习惯。

"恐怕你也不是清白无辜的。"

"也许吧。"欧麦尔承认道。他不太明白她在暗示什么。

他继续说着。由于天天吵架,又不想一直吵下去——因为吵架的回忆跟吵架一样都让人痛苦,所以总得有一个人做出决定——停止争吵然后甩门离开。但是由于他们俩都是心地宽容、意志薄弱的人,所以到第二周,一切又理所应当地重新开始,然而夫妻之间的感情已经到了无法修复的地步了。

每次重新开始夫妻生活,他所抱的期望值都要比上一次低,然而还是期望过高了。他送再多珠宝,花费再多耐心,态度再谦虚也是枉然,因为艾玛从不会改变。所以一切形势继续恶化下去,仿佛他们俩就是同一个惩罚机制下的两个囚犯。

"你终究还是成功跟她分手了。"

"你知道我努力了多少次吗?"他说道,"你丈夫出现在她的生活中后,我就利用这个机会让他接替了我的位置。无论如何,艾玛努埃尔称得上是一位分手大师。无论何地,无论何时,她都能神不知鬼不觉地突然消失,又能够同样出其不意地出现。"

"你知道吗,最让我伤心的并不是因为艾玛努埃尔,而是如果她不回来,我们可能就再也无法像从前那样了。而我打心底相信她不会再回来了。"她回答说。

欧麦尔吃惊得说不出话来。他突然觉得,刚刚的兴奋劲儿消失了,身上的某个部位变得忧郁,希碧儿的担忧也感染了他。

尽管由于不堪忍受他们带来的痛苦,希碧儿和他曾经抱怨过,也曾联合起来反对过他们。但是他也不能否认,其实从一开始那两位就扮演了他和希碧儿的中间人——尽管并不情愿,所以他们也并不只是起到了消极作用。

此外,由于这种完全无法预料的对调关系,每一对夫妻都可能会成为另一对的倒影。从艾玛努埃尔和乔瓦尼的分手推断出他和希碧儿的分手,也许并没有那么荒唐。

"只要没有相反证据,应该说我们就是独立的人,具有自由的意志,绝不是克隆人或者谁的复制品。他们有他们的经历,我们也有我们的故事,我一点儿也不羡慕他们。"他接着说道。

"真希望事情能像你说的那么简单。但我还是想到了乔瓦尼,他又要孤零零一个人了,到时候又一定会想办法回法国。"她又一次把头朝向他,温柔地说道。

欧麦尔没有考虑到这种可能性,他很想告诉她,乔瓦尼在打算回法国之前,最起码可以先在他家等艾玛努埃尔回来,或者,如果他真的那么爱她,他可以立马去找她。但他又一次忍住了。

她背靠着窗户,微笑地看着他。每当她筋疲力尽的时候,就会微笑,这种微笑久远,充满沉思,闪烁着微光。外面天气晴朗,林荫大道上挤满了避暑的人。他惊讶地发现现在才到下午,却已经想不起来希碧儿是几点钟到的了。

"不管怎样,我们会看到接下来要发生什么。"她一边找她的手提包,一边用一种听天由命的口吻说道。

犹豫了一会儿后,欧麦尔才最终明白:"会议"取消了。

45.

一般情况下,她不喜欢盯着男人看,也不喜欢对他们的外貌评头论足,一方面这让她感到为难,另一方面她也怕引起误会。她更欣赏他们和女人在一起时那多多少少的自然不做作,无论是言谈举止,还是处事方式。她旁边的这位坐在软垫长椅上,跟她一样,也是阿尔萨斯人,出生在米卢斯。一开始他就表现得像个开朗健谈的人,为了表现出自己十足的真诚,甚至都有点儿烦人。

他已经跟她详细地聊了一些话题,比如他的家庭,他的化学研究,还有他对巴塞尔大学和斯特拉斯堡大学的看法——对两校的成就比较评论了一大通,听得她感觉自己都要变成化学家了。紧接着便是让人尴尬的长时间的沉默:还能聊点儿什么呢?

他应该是发现她的注意力分散了,才突然建议道:"我来给您表演个戏法,保准让您大吃一惊。"

"是魔术表演吗?"

"您看好了,我手里什么也没有,袖子里也什么都没有。您可以检查。"

尽管觉得很可笑(毕竟他们周围还有十几位客人),安娜出于迎合,还是从桌子上俯过身去观察他的袖子,里面什么也没有。

"您数20个数。"他一边用白色的手帕裹住右手一边说道。

"1,2,3,4……16,17,18,19,20!"她数道,就像以前玩捉迷藏的时候那样。

"看,这是送给您的!"他骄傲地说道,同时他从手帕底下变出两块骰子般大小的红石子,"现在请您专心观察这两块石子以及它们的形状和光泽。它们马上就会消失。我将用两只手用力按压,接下来……嗬!石头、手帕全都消失了!哦,对了,我差点忘了:这是您的钥匙扣吗?"

"就是我的钥匙扣!"她为他鼓掌。这时她意识到,这些物体的出现和消失激起了她情欲上模糊的快感,但她无法解释这种现象。

"我想您可能更喜欢刚才的石头。不过,老实告诉您,没准儿让您宽慰一下——那可不是红宝石哦。"

"我特别喜欢看魔术,这让我感觉自己重新变成了孩子。除了是魔术师,您应该还懂占卜吧,帮我预测下未来吧。"

"这我可帮不了您。我只是有一点儿当魔术师的天赋。您想知道什么?"

犹豫了一会后,安娜突然严肃起来,逼着自己向他坦白说:与其说是她自己的将来,不如说她更关心的是儿子的未来。由于某些事情的缘故,她跟儿子的所有联系都正在消失,至于是什么事,她不太想透露。她说,有时儿子早上醒来后看上去很呆板,很失落,就像被盔甲或外壳包裹着,开口的地方只能看到他那双忧郁的眼睛。"

"您找人给他看过吗?"

"丈夫每天都让我找个专家给他看看。可是让一个还不满十岁的孩子任凭那些差劲的精神治疗专家瞎折腾,跟施巫术一样,我真下不了这决心。他又那么容易冲动。"

"结果你们就天天吵架。"

"差不多就是这样。我觉得事情有点麻烦。有时候甚至担心会同时失去他们两个,我丈夫和我儿子。"她坦白道。这时,她意识到,要是阿诺知道她把夫妻生活擅自告诉陌生人,一定会大发雷霆。

眼前这位陌生人也找不到什么更好的办法,过了两分钟,恬不知耻地向她建议:如果心情不好,还不如跟他出去一晚上。

"我有车,也熟悉德国的一些夜总会,那儿我们可以好好玩一玩。这可以让您换换脑子。"

出于不想冒犯,安娜没有直白地告诉他那没有收获的结果,而是恭维他说:"您说的应该是吧……不过,不管怎么说,您是个很有才的小伙子。"

她因为自己的怪癖而引起这样的误会也不是一次两次了,就像阿诺说的,她喜欢见了人就迎上去,即使不认识也要跟人家聊两句。

他似乎并没有觉察到她的不安,继续说道:"其实我还有其他才能。要是您哪天需要钱的话,我可以给您推荐几个不错的投资机会。"他用那乐观得让人腻烦的态度跟她解释说,"例如，要是您多买些制药厂的股票,未来几周就有可能赚上一大笔。"

"可惜我对股票不怎么了解,现在的心思也完全不在这上面。"

"可是,亲爱的太太,这并不重要,没人会在乎您什么心态的。重要的是要找准目标,及时下手。"他用一种自命不凡又讨人厌的语调说道,这种语调让安娜突然想起《爱丽丝梦游仙境》①里的动物。

她不知道怎么结束这场谈话,于是问道:"您愿不愿意再为我表演一个戏法?"。

"您一定想不到,跟您说话的时候我就在想着变什么戏法。您数到3,然后看我从袖子里变出了什么:这不是您的护照吗?"

"太不可思议了,您太让人震惊了。"她站起来对他说道,"无论如何我得走了。希望您至少不要生我的气。"

他好像听不明白,还打算继续陪她走一会儿,以至于安娜不得不在他起身之前明确告诉他:自己哪儿也不会去的,无论如何别再跟着她了。

"那就下次见喽,"他回答道,并未表现出局促不安的样子,"没准儿是在米卢斯呢。"

"没准儿是在米卢斯。"

---

① 英国作家刘易斯·卡罗尔于1865年出版的儿童文学作品。

46.

他孤零零地站在一条有一点点陡的街道中央（在梦里他几乎总是孤身一人），街道上有轨电车来回穿梭着，他却不知道是驶向哪里。他想起去巴黎的火车十一点左右出发，可是到火车站还有很长一段路要走。

他走到一处高地，从那儿可以看到勒阿弗尔①这座城市的全貌。隐约感觉自己走错了路，因为他对周围一点也不熟悉（可是这座城市已经来过好多次了）。慢慢地转头看了下四周，但还是一无所获，他告诉她。既看不到港口，也看不到大海，同样看不到佩雷设计的那些笔直的林荫大道。大多数街道都有些坡度，两边是地中海植被，还有一坛一坛的多肉植物和柠檬树。然而，他对这种异样的感觉一点也不惊讶，只是继续用目光搜寻着勒阿弗尔火车站——要乘坐的火车可能已经到站了。

"你到底在哪儿了？"躺在其中一把折叠帆布椅上的希碧儿放下了书，听他讲着，禁不住问道。

"我也不清楚，只是觉得勒阿弗尔这个名字恰好跟我的梦相吻合，然后这个名字又变成了常理：我就在勒阿弗尔，我要

---

① 即 Le Havre，法国北部海滨城市。

回到巴黎。句号。"

"我可不确定这是不是巧合。"

"我也不确定。两年前还是三年前的一天晚上,我梦到自己在马来西亚。这个国家我可能在地图上都找不着。当时我正在一个有点像法国专区的城市里走着,还不停地想着:在这儿再也没有人能抓到我了,这是我最后一次来马来西亚。花了几个月的时间我才弄明白,马来西亚很可能是我内心悲伤的代号,是我和艾玛一起生活过的国家的名字。"

"你在马来西亚生活过五年。"

"如果你乐意的话,也可以这么说。"他随口表示赞同,因为还急着讲关于勒阿弗尔的那个梦。

他肩上挎着包,正在这些一直都起伏不平的街道上游荡,心里还反复念叨着:火车不会等他,那就只好乘坐下一班喽(这也顺便证明即使在梦里,他也找到了迟到的方法)。情节一转,画面混乱了。

他突然坐到了一辆有轨电车里,额头靠在车窗上……当然有轨电车并不到火车站,把他放在了郊区和农村的交界地。

这次他决定不再忧心忡忡,凡事顺其自然吧。于是就坐在一个露天咖啡座上,安静地喝着啤酒。与此同时,周围的人都在默默地注视着一个砖砌的烟囱,好像是个焚化炉一样的东西,还在向空中喷着烟。

他确信自己曾经历过这样的场景,但是无法在头脑中回忆出来。他也开始像周围的人那样盯着这根烟囱和这辽阔的蓝天,似乎在等候一件事情,或者是一阵微风,抑或什么消息……但什么也没发生。只有一件事让他感到奇怪，那就是他的身体蜷缩成一团，变得又硬又结实，以至于他快要窒息了。

"憋得难受，我就醒了。"

"那你一定也根本没坐上火车。"

"绝对没有。我觉得这就像一个推销员的病态梦，受不了火车时刻表的困扰引起的。"

"有道理，但这无法解释勒阿弗尔和你的呼吸困难。你没有试试解释下这两件事是怎么回事？我个人好像觉得，梦一旦被解释清楚了，也就能一劳永逸，不再受干扰了。"

"大概是我不想摆脱这个梦吧。"他微笑着说。

希碧儿平躺在他身边，轻薄的衬衣显得她那么纤瘦，阳光照耀在草地上，午后的景色如此优美。然而，欧麦尔依然感觉梦境的影响挥之不去，他担心自己并没有完全如实地讲出来，似乎什么东西在悄悄对他说："不要再提这个梦，更不要试着弄明白它。"

"我呢，前几天也做了一个梦，梦到乔瓦尼从窗户爬进来，背上还背着本杰明。你得说这个梦比你那个要开心点吧。"

"我只是希望你这个开心克制一点吧，迎接你那后悔的丈夫尽量少投入点精力。"说着他从椅子上站了起来。他越来越怀疑她想确保丈夫安全回国，因为在这座岛上根本没有未来。

"我不喜欢你这样开玩笑。你知道我担心他的事，也知道我习惯做最坏的打算。"

希碧儿显然没有意识到，正是这种担心让他开始感到不安。这比另外两个人的命运对他的影响还要严重……当然，他们之间的误解源于各自处境的不对等,两年前他就重新变成了单身汉,了无牵挂;而她呢,不管愿不愿意承认,却是个一直在被丈夫欺骗的忠诚妻子。

在心魔的驱使下,欧麦尔对她说道:"他们已经耗费了我们太多的精力,没必要再去自讨苦吃,也用不着再惦记特蕾莎会告诉我们什么消息。"她和他要一起独立想办法解决问题。至于那两位,祝他们一切顺利吧。

她一直没有说话,只是朝他看了一眼——那眼神很奇怪,似乎在思考他到底是认真的呢,还是就像他表现出来的那样,不怀好意、玩世不恭。她想不出答案来,只是蜷缩在长椅上,双手抱着膝盖,两脚缩到裙子底下。至于欧麦尔,他一直站在那儿,犹豫不决地注视着她。

"你这么高大,挡到我阳光了。"她抱怨道。

他并没有往旁边挪一下,而是傻呵呵地弯下腰,俯身将她遮住,身体像被风推动似的前后摇一摇。他一边做着这个跳水姿势,一边心无旁骛地看着她的眼睛,不过最后还是往后退了退。

他直起腰来的时候特别狼狈,一边扮着怪相,一边用手扶着腰,好像刚才做了个什么失误动作。

"你哪里不舒服吗?"希碧儿问道,说着起开身子让他坐到自己身边。

"不不,没什么,我想大概是太阳晒得有点头晕。"

尽管她善解人意,不想说什么,但从她愉快的微笑中,他还是能猜到,人家才一点儿都不信他的话呢。

"这一切断然不可能改变她对我的信任。"他正像往常一样不自信地想着,就在这时,她用那通电般的手指划过他的脖子,打断了他的思绪。

他把刚才的沮丧抛之脑后,闭着眼,头向后仰着,懒散地靠在她身上。此刻,他又找回了内心的宁静,一种完全意想不到的信心出现在了他的意识之域中:现在,他渴望事物全都静止,全都保持它们应有的样子。

他很想就这样单纯地持续下去,停留在这种安宁的境界,两个人好不容易才达到的境界,时间再久也不离开……直到某天一种突然的刺激让他们重新恢复活力,说不定由此通往下一个境界。

"你在想什么?"她戳一戳他的头发问道,"如果你想坐七点钟那班火车,我建议你赶紧准备好。"

"我这就收拾东西。"他答应了一句,跳起来,站在地上,就像那场梦又赶过来了一样。

47.

房间里只有他们两个人。出于让花园的新鲜空气进到屋子里,窗户是开着的。将近十一点了。安娜看着穿着睡衣的阿诺来回踱着步子,他一边说着下次的分别,一边不耐烦地抽着烟。

他已经有五六年没抽烟了,只是那天去诊所看欧麦尔的时候偷偷买了些,在那之后不久就又开始无所顾忌地抽了起来。

"我真的觉得离远一点对我们来说不是什么坏事。"阿诺用一种争辩的语气对安娜说。

"三个月不是小事,又不是两三天。"

"很抱歉,不过情况真是这样。这次去加拿大出差,我要一直待到九月份,除非发生什么意外情况,应该会在20号到30号之间回来。"

他心平气和地说着,那样子就像是一刻也没想过自己正在挑起多大的冲突,会给大家带来多大的损失。唯一一次提到的九月份让安娜感觉的焦虑,不亚于对于两人不再相互依靠这一将来的担心。

就像是还嫌不够似的,他又加了一句:"可能还有一件差事,时间要短一点儿,这样一来我就要留到明年春天再回来了。不过一切都还没定。"

"越来越好了。"她说道。

事实上,她之前什么都没注意到,什么都没有。上一次和魔术师说起他们夫妻俩相处不和时,她也不过是说说而已。当时她根本没有想到,事态已经这么严重了。

其实已经有很多模糊的迹象和坏征兆本来足以让她警觉了。像是那次——在公园那件事情过后,阿诺在荷兰待了整整一个星期,却没有给她捎过一个消息,也没给她打过一个电话。她却不记得自己是否为此担心过。

与此相反,她自己所做的一切好像都是为了把丈夫拒之于外。在他抱怨妻子的迎接态度时,她甚至还曾半开玩笑地向他解释说因为这已经是他们结婚的第十二年了,也不过是他们婚姻危机的第十个年头而已。这话说得倒也不假。

现在她已经是没有退路可走了,眼看着终曲已经开始奏响,她突然感到自己有种被火烧的感觉,却哭不出来。

"你还在为那次公园里发生的事怨恨我吗?"她轻声问,"你还觉得那是我的错?"

"听着,我要说的都已经说完了,说多了也没意思。"他一面说着,一面朝花园吐出一口烟,"今后,你爱怎么想就怎么想吧。"

安娜自己也将胳膊支在窗户上,就像是要攥住这静夜中的某样东西,好拿来保护自己。

"你真的觉得,"她鼓起勇气说道,"你应该现在离开,把我和欧米孤零零地留在这里吗?你觉得这样做公平吗?"

"欧麦尔已经好多了，这是你自己亲口跟我说的。你们还去过两次游泳池，他还游过泳，你们还在汉威格一起走过路。他也同意去看望他的外公外婆了。我看不出问题在哪里。"

"问题在于你就要抛弃你的妻子和孩子了。"

"别再这么要挟我了，安娜，你快把我逼疯了。"他突然大声叫起来，还一边摇晃着安娜的肩膀，"你难道没发觉你正一点一点地折磨我？我快疯了！"

她后退了几步，看到他呼吸急促，手臂颤动着，便走出房间，确认欧麦尔没听到刚才的动静。

她小心翼翼地关上房门，说道："我知道你脾气很差，但我想不管是爱情，还是礼貌，甚至是简单的人道尊重都不允许你对我这么粗鲁，侮辱我。很明显，你已经失去理智了，完全疯了，你甚至想要动手打我吧。"

"对不起，你很明白我绝不会这么做的。"

"不，我不明白。要是你再也受不了家里的生活了，想收拾行李，那你现在就走吧。你这差事来得正好。但等你逃到加拿大，你恐怕会发现除了几个被你抛弃的人之外，再没有人把你当回事了：首先是你的儿子，因为他需要父亲，还有你的妻子，因为就算你这么对她，她还爱着你。"

"别再夸大其词了，我求你了。"阿诺说着，靠着窗户的支撑，身子往后仰，像是要栽倒下去。

但到了一个点上，他不再动了，同时也不再说话。半明半暗间，他只是燃起了一根烟，不知道在想什么。

"阿诺，说话啊，我需要你跟我认真谈谈。"

没有回答。面对这一阵沉默组成的枪林弹雨,安娜没有别的办法,只能用动作示意自己感觉不大好,想要去休息一会儿。

躲进浴室,坐在马桶上,她唯有放声大哭一场。

48.

因为怕马路那边的人看到自己,欧麦尔冒险回头看了一眼,随后就悄声靠近窗户,藏身于阴影中。希碧儿坐在房间靠里的地方,正打着电话,她那件宽大的蓝色衬衫盖过了下身的短裤。

在他这个观察点显然听不到希碧儿说了些什么。她不时地扑哧笑出声,身子朝后仰,双脚离地,看来和她打电话的应该是个很有意思的人。欧麦尔从没看到过她如此开怀大笑,此时未免感到一些失落。

他想不到希碧儿此时正在背后嘲笑他。然而会猜想:她之所以笑得这么欢,更多的是因为她是一个人在家,感到自己还年轻,心情很愉快。等她挂断电话,站了起来,欧麦尔轻轻敲了一下窗户。

"不好意思,我刚才在给杰拉尔丁打电话。"

"我刚买了瓶香槟带过来。"他摇了摇酒瓶,说道,"为我们的假期庆祝一下。"

"我们的假期?"她问了一句,似乎这事儿已经忘了。

欧麦尔跟着她进了厨房,边走边对她说了事情的原委:自己总算成功得到了十月初十几天的假期,尽管和老板的谈判进行得有些紧张。一方面是因为内尔瓦·培龙——外号内龙的狗脾气，另一方面是由于目前人与人之间的竞争气氛所致，好在自己瑞士人的身份让他获得了一定的豁免权。

"我猜你一定不喊他 Néron。"

"没错，我称呼他让-菲利普，不过，是以'你'相称①。跟所有事务所的人一样，每个人都要显得轻松，保持微笑，表现出团队精神来嘛。"

阳光照进宽敞的厨房，花园里飞进了一只蝴蝶，晕染开一丝夏末的哀愁。桌子上的碗碟里装着小三明治，还有一些糕点，上头点缀着切成片的柑橘和杧果。

"我这儿还有你喜欢的夹蛋吐司。"她用手指了指，又让他启开香槟的瓶塞。

在她说着自己和那些老顽固银行家斡旋遇到的困难时，饿极了的欧麦尔向每个碟子里的食物都"一一致敬"，却没想到为一段时间以来夫妻般的生活迹象出现得越来越频繁而感到不快。

希碧儿顺带提到特蕾莎一直没有塞浦路斯那边的消息——乔瓦尼已经联系不上了。但她没有就这个话题展开更多，欧麦尔也暗暗感激她这么做，因为这些事情会使他们陷入不安，毁掉他们白天的时光。两三杯酒过后，他们完全镇静了下来，透过打开的窗户，孩子的嬉闹声和割草机的轰鸣传到他们耳边。

"那，为我们遥远的假期干杯！"她说着，喝干了杯中剩下

---

① 法语中，以"你"相称意味着关系紧密。

的酒。

欧麦尔坐在钢琴前，敲了几下琴键活动活动手指，接着便以小行板的速度弹起了舒伯特的大调小奏鸣曲。不过，琴声才持续了不到两分钟，因为希碧儿从厨房跑过来，用手蒙住了欧麦尔的双眼。

"我们来玩捉猫猫吧。"她小声说。

尴尬了片刻之后，他明白自己要是不想扫她的兴，就非得有所表示才行。他从身后伸出一只手，来抓她的腰（几乎是和自己的意愿相背离）。在他碰到希碧儿衬衫下的光滑肌肤时，希碧儿突然退了几步，"哎呀"一声叫了出来。

"是我的表链。"他解释道，为自己的笨拙感到难堪。

"我只是有点儿被吓着了。"希碧儿回答，似乎跟他一样觉得难为情。

他们找不到合适的过渡手段想象自己正处于卧室里，以继续这场游戏，于是欧麦尔亲了一下她的手指，并向她保证以后再也不会发生这样的情况了。

幸运的是，她并没有显出被冒犯的样子，看起来甚至不怎么生气，可能她还为自己的糟糕举动而自责，他知道她是可以做到如此宽容的。这让他对自己有点更加恼怒了。现在，他可以确定和肯定：如果还有一次机会摆在他们面前，她再不会像之前那样信任他了。

换成是他，他也会这么做的。每次，他都让希碧儿自我表现，然后不止一次地出乖露丑，到了最后他却溜之大吉，或者把一切都搞砸。

由于自己总是性格使然地做出糟糕的选择，愤怒中的欧麦尔甚至想直接和她告别，赶第一班火车回到巴黎。他满脑子想着自己的心事，以至于没有听到希碧儿对他说了什么。

"我很想咱们出去散散步。"她回答道，似乎在向他提议一切已经过去了。

他们出去了。沿着河岸走了一会儿，两个人都各怀忧虑，甚至有点像垂头丧气地沉默着。之后出于习惯，在路过网球场之后，他们朝灌木丛的方向走去，一直走到那片矮树林和蕨丛当中。

"看你紧张不自在的样子，有时候我都会想你是不是觉得我有些太外向了。"希碧儿一边说着，一边拨开身前的一根树枝。

"完全不会，我从来没这么想过。"他辩解道，惊讶于她竟提起了这个话题，"是我自己太拘谨，太笨了。"

他们停下了片刻，听着他们的声音在沉寂的树林间回响。天气似乎有点儿冷了。在一条夹在峭壁间的小路尽头，他们发现了一座空房子，四周被松树和白桦树包围着。窗页是合上的，花园已经废弃了。地下室布满灰尘的玻璃窗已经被打碎。

"我还记得你对我说过的关于艾玛努埃尔的事儿。"她挨着欧麦尔坐在台阶上，又开口道。

"都给你说了些什么？"

"你自己一清二楚，现在你肯定因为我好说话而后悔吧。你一定更想要一个强势的女朋友，对你拿着指挥棒发号施令的那种。"她讥笑着说。

这敢情好。他力图心平气和地跟她解释——但明知最为重要的东西还是说不明白——直到现在自己还会想起被艾玛所支配的那五年，那段将自己毁掉的日子他一点都不怀念。

"别这么说，你想得太阴暗了！"希碧儿说着，踢了他一下，"现在这样就很好，我们什么也不缺。巧的是我们两个都是单身，而且又都那么消沉，那么郁郁寡欢。不过，忘掉这些吧。我们正在一起呢，一个挨着另一个，就在这片林子里，还有一只夜莺，那应该是上帝派来的信使吧。你听不见它叫吗？"

欧麦尔很清楚地听到了，他得承认希碧儿说的有道理，也得同意此刻就连行星的排布都奇怪地顺应着他们的心意。她当然也有道理说这有点让人费解，但是还是什么都没多说。

起身时，他们两个交换了一下眼神，这让他预感到他们之间已经建立起一种默契。这种默契他也说不清确切的程度，但是可以猜得到这意味着什么。

回去的路上，他们在桥头伫立了一会儿，看着撒满阳光的水面，随后两人便一起赶到了车站。

广播里正在播报开往巴黎的列车。

"快点儿吧。"她说着，暗示他亲一下自己的头。

他照做了。于是她踮起脚尖，吻在他的唇上，那么自然，以至于他以为这是个误会，直到她笑出声来。

这显然是一个有预谋的吻，直到最后才实施，为的是在他还没有明白这是什么意思之前把他送回巴黎。她的算计并没有落空，因为一个小时后，他在自己住的街区里都差点迷路。

49.

如今,很多年过去了,那些事情却依然清晰地浮现在眼前。她告诉他其实自己过去一直都在害怕。害怕出车祸,害怕怀孕,害怕分手,害怕被辞退、被侵犯。她是如此的胆小怯懦、不喜外出,以至别人都取笑说真的看不到她会遇到什么事儿——鉴于预防措施做得那么到位。

只是她自己依然无法排除恐惧,依然执意相信所发生的那件事就是恐惧感自然而然的结果——既然她一生都在等待一场灾难。

"是哪位教皇曾经说过:'不要害怕'?"她问他。

"让·保罗二世吧,我想。"

"谢谢,你总是什么都知道。这样一句话出自一位教皇之口太让人惊讶了。看,我觉得车好像终于要开了。"

"不是的,是对面那列。"

拉塞尔记得那件事发生在 2004 年,二月还是三月自己不是很清楚了。总之那天她一个人待在家里——那是座现代风格的豪宅,四面是围墙——晚上正从酒窖里上来,还抱着一小筐水果。正在这时,那两个人突然出现在楼梯上部。

其中一个是混血,戴着个耳环,另一个是金发小个子,一脸的精瘦。拉塞尔一看就知道——他们就是那种打娘胎里就该被警察盯上的恶棍。

"你明白吗?"

"我明白。"欧麦尔一边说,一边调了调座椅,因为火车正在出站。

她回想着,最为离奇的是:当她在家里发现这两个家伙时,由于太愤怒了,以至并没有立即感到害怕。她盯着两人的眼睛,说给他们两分钟赶紧滚,要不然她就报警了。

"摸摸电话试试,看看你会是什么下场。"金发小个子一字一顿地回答她,顺手把烟头弹进厨房水槽。然后他还叫拉塞尔赶紧把车钥匙交给他。

他说的车是停在房前的那辆阿尔法·罗密欧。平日里一贯小心谨慎的杰罗姆这次应该是忘记在离开前把它开进来了。除此以外没有别的解释。

拉塞尔告诉欧麦尔,那一刻,意识到自己并没有钥匙,她才真真切切地感觉到了恐惧,冰冷的恐惧。她的两腿发软,腋下全是汗。她一直都没有那辆车的钥匙,那是她丈夫的车,她结结巴巴地解释着,哀求两人相信自己。而丈夫要到明天中午才能回来。

"钥匙!"金发小个子重复了一遍。看她只是止不住地哭,发誓说自己没有那辆车的钥匙——他们可以拿走车库里那辆菲亚特的钥匙,小个子突然狠命地扇了她一耳光,扇得她原地打转。她仰面摔倒在地上,小个子又一脚踩下去,碾着她的手臂。

"我们这就去找钥匙,你的钥匙,不过我要是你的话,会赶紧回想一下。"他一边威胁着,一边示意同伙把拉塞尔的手脚绑起来。随后,两个人一起把她拖到客厅,卷到了一张地毯里面。

"地毯里面?"欧麦尔插了一句,他还不能想象自己的女同事拉塞尔·佩齐尼会落入这样的境地。

然而就是这样的境地,丝毫不差。脚从一边露出来,头从另一边露出来。然而要是有好心的过路人被灯光或是声音吸引过来,按一下门铃,她在这张地毯里便不会付出更大代价。不幸的是,这没发生。

"不知道你听说过肖蒙市①没有:那里晚上七点过后就是宵禁时间了。"她说话时压低了声音,因为很显然他们的女邻座虽躲在报纸后面,却没有漏掉他们聊天的一丁点儿细节。

另一个家伙在房子里翻来翻去找钥匙(也可能是在找钱)时,混血儿哑巴似的,默默地拿着一把勺子和打火机,在玩什么小把戏。然而,不知道为什么,她觉得这个人看起来没有他同伙那么可怕,自己也许还能从他那里得到点同情心,好让他给自己松绑。

问题是——她告诉欧麦尔——那个金发小个子警觉得很,每隔两分钟就要回来一趟,像条多疑的母狗似的,看看他们在干什么。有他在,什么同情心也别指望了。

"有时候我就在想,就算对那些纳粹分子来说,也可能还

---

① 肖蒙:法国城市。东北部上马恩省首府。

有一只猫啊,一个童年好友啊,或者一位慈爱的母亲能让他们心软。但他不是。我向你保证。他太害怕让步,太害怕被别人说动了……只消看一下他的眼神,"她很确定地告诉欧麦尔,"就能读懂他那种变态心理。"

还有,就因为发现了拉塞尔跟他的同伙说了两句话(当时她想上厕所),这个猜忌成病的小个子混蛋就拿起一张手帕塞进她嘴里。还一面亮出刀子,一面说她现在就可以开始为自己念临终祷词了。

"真是疯了。"欧麦尔打量着她说了一句。这时火车停进了克雷伊①站。

她继续讲着。那一刻,她在想这下肯定全完了:很快就会有人发现地毯里的她——身上的血已经被放干了。然而与此同时,她又听见了另一个声音,也许是渴望求生的声音。这个声音命令她不要屈服于恐惧,要保持警觉,不要紧张,意志必须坚定。

于是——拉塞尔继续压低着嗓音说——她想到了一条权宜之计:她开始记住所看到的周遭的一切——就像记住一切就能让自己活下去一样,比如院子里的雨声,地毯上的气味,以便让自己摆脱身体,摆脱具体的恐惧。

直到后来,意志里软弱的那部分让她注意到想记住所有这些不会有任何结果,因为另一部分意识就正在清除这些记忆。

不可思议的是,拉塞尔发现尽管是这样,她的意识还是在

----

① 克雷伊:法国北部的一个市镇。位于巴黎北部。

机械地"录制"周围的一切。虽然她也知道,这样做没有任何意义,没有任何人会知道她在生命最后一刻的所见与所想。

"可能到了最后一刻,意识也还是不会停止运转吧。"欧麦尔说。

"是的,有可能。现在我得赶紧把结尾告诉你,因为已经快到巴黎了。"

她之后再也没看到那个金发小个子。他溜了。一阵声音,街上出现什么情况让他们警惕起来。最后,那个混血儿来给她松了绑,而她是那么地茫然不知所措——不过动作很明显倒都利索,以至不知道该跟他说些什么。

"他的眼神里完全没有任何表情,就像是空商店的橱窗。"拉塞尔说。

往回推想一下,可能性最大的假设就是他们一直在跑路,因为她再没有听说过这两人的消息。她的起诉也就一直再无下文。

"你还时常想到他们吗?"

拉塞尔向他承认说自己还是不时地会想到他们。尽管事情已经过去七八年了,但这给她造成的一种焦虑感却根深蒂固,经久不去,尤其是在夜幕降临的时候。她本应学着与这种焦虑感和解的。

"可是不瞒你说,有时候我会觉得自己实际上已经死了,化为灰烬,现在是一个鬼魂在替我说话。"

50.

当火车在斯特拉斯堡和南锡之间的旷野上一动不动时,欧麦尔突然陷入了沉思。他想到自己的幸福永远不会纯粹如单质,无论如何都不会完整。当然,他仍对印在唇上的吻激情难抑,然而却已发现:在距离的催化下,自己越来越倾向于低估那种激情的影响,同时把思绪集中到了之前发生的那段别扭的插曲上。那是一段捉迷藏式的插曲——最终的结果是她的失望和他的屈辱在其中不断地重复。

当别的乘客都开始为他们的晚到而不安时,欧麦尔此刻却只想弄明白——究竟是怎样的心理活动,怎样的逻辑链条,才能导致自己被禁锢在这样的失败行为中。

由于对内省的偏好,欧麦尔一段时间以来终于明白:他可悲的举动和惯常的犹豫不决显然不是出自某一说得清、道得明的原因,而应该是出自多重原因。这些原因又交互组合成十几种可能的结果(有时这些原因组合时相互加强,有时又相互抵制)。然而在理想的人生当中,在纯粹的思辨性人生当中,这些原因都值得明察。

首先要明察的是,某些心理和道德因素阻碍了他去发挥哪怕一点点主动性(尤其是对女性)。这些因素在他身上形成一股巨大的力量，排斥他做出任何决定。

这完全不是动机或者意愿的问题，尽管有几天他也发现了自己的懦弱，但是这应该另当别论。这种情况在他每次将想法付诸行动时总是会让他退缩不前。

为了避免这样的心理折磨，在他们交往的初期，他就非常克制，以免两人的关系"透支"，还在内心希望希碧儿可以发号施令，而自己只需要听从即可，无须主动提出什么问题。这样做的后果就是他们之间很快便产生了误会。极少的几次她自己表现得很主动，那是因为她感觉明明两人的感情已经到了哪一步，继续玩这样的捉迷藏游戏很是傻气。然而她表达的方式如此快速又出人意料，却让欧麦尔来不及明白眼前发生了什么。

于是这几次都是还未来得及思考，他便立即调动起自己的那套"刹车机制"，一动也不动了。

就在希碧儿默默等待着他的回应时，他却呆呆地立着，任由这股抑制力将自己的混乱展露一览无余，却只能袖手旁观。这时的他似乎受到电影《L'homme qui rétrécit》①的启发，既是一部荒诞的凌辱默片中的演员，同时又是这部电影的观众。

一般这时，希碧儿也就不再坚持，而是对着他微笑来让他安心。他呢，为了摆脱尴尬，多半便会歇斯底里地胡乱说一通话。不着调的样子跟一些人唱歌跑调没有什么区别。

---

① 即《不可思议的收缩人》(*The Incredible Shrinking Man*)（1957），一部 1957 年上映的美国电影，导演是杰克·阿诺德（Jack Arnold）。

未能立刻回应她时，欧麦尔本可以像其他人一样，只需简单地说声爱她，或是将她的动作再重复给她以代替自己说不出来的话。不，不行。这对于他来说要求太高了。如果她想不到吻上他的嘴——这个好办法，他们就会一直凝固在那里，"维持现状"。

火车终于又开动了，欧麦尔可以任由目光掠过外面被暑气染黄的牧场和山丘。这些景色让他的眼睛得以休息，他的心却仍在思考着如何给自己的行为找一个解释。

显然，教育和道德上也找不到什么借口，他并没有接受过什么专横的教育，亦没有受过类似的道德教诲。他从没有轻视过肉体、裸体和爱的欢愉。而且，除非说假话，他爱希碧儿绝非只是出于一种温柔亲切的爱，同时也是出于欲望之爱。只是，由于自己也不清楚的原因，他的欲望和欲望的满足似乎分道扬镳了，各自分属到两个无法兼容的世界。结果就是，所有本应当让他想到欢愉的，最终却只是增加他的内疚。

考虑到这一层，他又回到了一直以来的信念：自己无休无止的隐忍与退缩将会不可思议到不知道何时，除非将它们与自己在艾玛身上所遭受的一切联系在一起。因为正是艾玛让他将欲望与灾难混淆，自己触底反弹式的过度敏感也是拜她所赐，那挥之不去的囚徒心态也正是因为她对自己的心理防线不断刺激的缘故。

于是他"如愿以偿"，逐渐变成现在这个畏葸不前、谨小慎微而又平庸乏味的小男孩——希碧儿非常清楚。因为从此以后他的内心中已经不再有诸如爱情这样棘手的情感状态的存在位置了。即使知道希碧儿与艾玛完全相反——温柔、热情，还善解人意——也不行，他不由自主、无法自控地在自己身上保留着一种矜持。在这矜持之后，还隐藏着自己早已被封冻的欲望。

火车到达兰斯火车站时已经将近八点，正是落日时分，太阳却毫不吝啬地散发出不可思议的暖意，余晖居然将节节车厢都照亮。他右边邻座的胖女士好像正在用腹部的褶子孵一个蛋一样，身子一会儿朝左一会儿朝右，好让自己更好地晒到太阳。就在这时，欧麦尔隐约感觉自己应该换一个视角看待和艾玛的感情经历，与其把这段感情的失败看作原因，倒不如说这是他深埋于过去的疾病与恐惧所致的必然结果（其中自然包括对这种恐惧本身的畏惧）。

但是每次他的思绪到达这个关键点时，总会有一段停滞的时间，而后这些头绪就又流走了，被冲散了。于是他无法再进一步地想清楚。

时而他也隐约感到自己内心深处有一片惰性区域，犹如在沉睡。这片区域应该对应着他的不成熟，甚至可能是尚未到青春期，让人不免猜想：他身上有什么东西从未发育成长，而他也不懂。这东西永远达不到成人应有的状态，于是毋庸置疑，在阻碍着他和同龄女人和男人相处，简言之，就像有人是冰激凌的囚徒一样，他是自己童年的囚徒。

他想，正是因为如此，自己才不停地在尝试着争取时间。不过事实上，尽管他不会拒绝别人给自己的建议，然而却总是一拖再拖。

最为奇怪的是，希碧儿并未因此而不快，似乎对每次的拖延都默许了，因为她可能知道欧麦尔还没有准备好，强求事态的发展也于事无补。她总是耐心地听他讲着，带着某种愉悦的期待，从不向他提任何唐突的问题，也懒得去弄清楚他这些举动背后的原因。然而欧麦尔却越发焦虑了，因为他开始意识到自己的信用并非是无限的。

观望策略总是最难设防的。除此之外，他也无法要求人家爱他，亦不能强求人家倾听自己的人生、自己的思想，毕竟自己的付出作为交换显得那么微不足道。她没有义务永远做一个有求必应的朋友，或者是善良知心的姐姐。她值得拥有更好的，远非当下可比。

"而且，今天，还有哪个明智的女人会接受靠承诺而活呢？"他一边自忖，一边看着低处那些成排的小房子——巴黎将近了，夕阳映照着这些房子的小花园，小屋和空荡荡的秋千，"一个都没有，肯定的。"

51

随后，轮到欧麦尔离开。一年过去，又一年过去，再一年过去……渐渐地，她失去时间概念，记混日子，偶尔甚至会记错月份。无论如何，冬天会回来的，对此她很确信。

由于大雪覆盖了博特明根的道路，她不敢冒险进城，也不敢开车去周围逛逛，她已经许久没开车了，只好不再出门。

她的人际关系逐渐变得特别简单，只有杂货店的送货员和邮递员会来。她不时还会收到一张越来越远的丈夫或儿子寄来的明信片，她会反反复复地看好几天，然后再将它们挂在卧室的墙上。

若没有人来，她就一整天一整天地窝在扶手椅上，无动于衷，软塌塌地像没了脊椎似的，由于不看报纸，她也不了解外面发生了什么。电话空寂寂地响着。有时候，她左一下，右一下，晃晃脑袋，如同动物园里被关起来的百无聊赖的大象。

当她厌倦了窝在椅子里，就会在屋子里转转，一个房间接着一个房间地看。她给自己的卧室通风，参观下欧米的卧室，翻翻他的书，闻闻他的衣服，轻轻地敲几下他的钢琴。

然后到楼下，为自己准备一杯牛奶咖啡，然后抓点蘸着黄油的面包和谷粒喂鸟。她站在窗户旁看着鸟儿们打架。她会抽两三支烟来打发时间,然后去洗个澡。

"嘿,"镜子对她说道,"你现在看起来有些憔悴,发生什么事了?"

她仔细观察镜子里的自己,肤色暗淡,头发凌乱,脸颊日益凹陷,眼睛肿胀,这一切让她感到沮丧,于是关了灯……她沉迷于记忆当中,一边又想着剃个光头彻底地放弃自己的女性特征。

然后,这一天不可避免地会到来,厌倦了等待,厌倦了咀嚼那虚无渺茫的期望,她会给一切画上句号。她会告诉自己已经仔细思考过这个问题,自己爱过了,结过婚了,有过一个孩子,一切都想通了,到此为止吧。

"来吧,让我们拉下帷幕,不再谈论这个话题。"她自言自语地自我鼓励着。

她不知道该怎么办。她只知道在某一时刻,她会躺在床上,周围的一切变得越来越清晰,然后越来越模糊,继而又越来越清晰,接着一切都将结束。

人们将会把她连同她的共产主义梦想一起埋葬。那天的雾会一直漂浮在山腰周围。

禁止进入墓地的动物们,沿着道路聚集在一起。有社区的动物们,狗、猫和松鼠,也有野生的兽类,森林里出来的狐狸和母鹿,以及鸟儿,胆小的麻雀和悲伤地站在电线上的小嘴乌鸦。

阿诺肯定会走在丧葬队的前面,表情严肃,没有什么变化,而他旁边的欧麦尔会长得更高大,像个小巨人。他会低着头向前走,背着手,一言不发,可能在恋爱中,也可能孤身一人。

站在阿诺和欧麦尔后面的是她的父母,阿诺的父母,以及叔叔阿姨们,尤其是亚当叔叔和诺埃米阿姨,如果他们还在世的话,肯定会来的。紧接着是阿诺的同事和朋友以及她自己难得的几个朋友。雷米·梅泽尔会站得离大家远一点,因为他不认识任何人,正如索尼娅和她将来的丈夫一样——因为她肯定会结婚的。踩在脚底下的积雪会不停地发出咔哧咔哧的声响。

由于天气太冷,将没有什么演说。神父吟诵《圣母经》和《荣耀归主颂》中的祷告词,间隙,有两个儿童颂唱。雪又下了起来。一些人边跺着脚边咳嗽,急着回家,而另一些亲戚则坚持在墓碑前放上玫瑰花并默哀一会儿。随后他们各自走向自己的汽车。

之后就是寂静,冬夏一样。

52.

　　大片大片的乌云压顶而来，向海边悬崖那边飘去，预示着一场大雨，甚至可能是雷雨或者暴风雨。他们不得不承认选错了去海边的日子，自我嘲解着他们的霉运；空荡荡的街上飘来潮水的香气，海水浩荡的咆哮声也随之入耳。

　　"在雨下起来之前，告诉我，特蕾莎跟你说了什么。"他催促着她，因为她已经让他等了半个小时了。

　　"她说乔瓦尼已经陷入绝境了，还有可能得不惜任何代价制定一个B计划。"

　　"B计划？什么样的B计划？"欧麦尔问道，他开始怀疑自己的戏能否持续很久。

　　从她脸上的不悦和回答问题的不情愿来看，他怀疑对方不得不说的话肯定不会令他开心，但她又一次避而不答。海浪的咆哮声打断了他们的谈话。

　　远处，两只小渔船在黑色的地平线上摇晃着，它们如此单薄，如此脆弱，几乎要消失在大海上。另一端的地平线上，笼罩着一道令人费解的白色光束，强烈吸引着他们的目光。

　　由于一场细雨开始下起来，沙滩上几乎没有什么人，除了一对被浪花吸引的德国夫妇，一位在追赶自己帽子的寂寞女士，还有一群聚在一台架好的摄像机前的中国人。喜欢与人交谈的希碧儿用英语问他们在拍什么。

"风。"其中一个中国人摆动着麦克风答道，并"呼呼"吹着试音。

实际上风很大，风声震耳欲聋，他们不得不退回海滩入口处。他们弯着腰逆风走着，风吹乱了头发。直到最后在一栋别墅后面找到了避风处，他们才得以继续他们的谈话。希碧儿承认自己已经两晚没睡了，乔瓦尼的事情令她担忧不已。

他越听越感到担心，于是不耐烦地说道："但据我所知，你既不是他的母亲，也不是他的姐妹。"

可能吧。尽管如此，把乔瓦尼交由命运支配在道德上似乎并不可行。他没有责任心但又是那么脆弱，她甚至不敢想象找到他的时候对方会是什么样。

"找到他？你想再次见到他吗？"欧麦尔吃惊地问道，他感觉脑袋在嗡嗡作响。

"我认为趁着还不晚，最好买一张去尼科西亚的机票。"她边解释边看着他的眼睛，似乎在寻求意见，寻求赞同。

她想让他怎么回答？他不会告诉她自己很开心，也不会恳求她放弃这个决定，取消机票。她已经成年了，知道该做什么了。他只是宁愿较早地被告知，而不是像这样被逼得没有退路，因为他发现她还是有点让人受不了——就在他认为一切都被画上句号时，一切却都崩溃了。

雨越下越大，有倾盆之势，生意人纷纷拉上遮帘，搬回展柜，他们快速跑进最近的一家饭店躲雨。饭店的大厅很深，光线又很昏暗,因此他们决定要一个橱窗后面的包厢。这样至少可以享受到面朝大海的开阔视野。

"刚才就开始了,你一直绷着脸,像上了发条似的。试着耐心一点,理解我一点。"她盯着他劝告道,"我做的一切也是为了本杰明,让他知道一点他父亲的消息,让他放心。"

"那我呢?你把我当成什么了?"他想要站起来抗议,说出自己的心里话,但立马又坐回椅子上。

在他们吃着那实在难以下咽的游客套餐时,他最后终于说:"我确定乔瓦尼根本配不上你。"

"可能吧,但你根本就不懂我为什么想给他一点帮助,因为你总是表现得像个充满嫉妒和占有欲的小男孩。"像是为了防止烫伤一样,她边回答边把两根手指放在他的手腕上。

欧麦尔决定让她说下去,尤其注意不要表现出自己的反对,他心不在焉地听她罗列各种为这次行程辩护的理由。跟往常一样,理由一个比一个值得尊重,但她的这种热情和内心忧虑对他来说是那么陌生了,似乎为了让他内心更加沉重沮丧。海面上波涛汹涌,大雨一直如瓢泼一般,阵阵狂风似乎从哥特式舞台上传来,吹得门窗砰砰作响。

"我知道你在害怕什么,我向你保证,我绝不会留在那儿,也绝不会劝乔瓦尼回法国。很少有人愿意重蹈覆辙,很少,很少。"她神情果断,笃定地说道。但她试图忍住的那点泪水出卖了她。

这无疑会让欧麦尔坚定自己的看法:担心并非毫无根据。与此同时,这种嫉妒使他奇怪地想起了过去的日子,那是他再也不想过的日子。

他只是尽量保持分寸地提醒她,让她提防谎言和善变——她丈夫可是精于此道。

他喝了口酒,提醒道:"别忘了,你自己曾跟我说过,他很会摆布人。"

希碧儿似乎真的很惊讶,嘲讽他说,他好像有好几次机会来搞明白她早就换话题了。

"对于你的行为准则,我要给你讲个故事,佛教还是道教故事,我忘了,不过这并不重要……"她开始讲了,"两个和尚沿着河边默不作声地走着,突然遇到个年轻女子,那女子乞求他们帮忙过河。小一点的那个和尚毫不犹豫地把年轻女子抱在怀里,蹚水过河,直到把她送到对岸。接着,两个和尚继续在野外赶路。另外一个和尚琢磨了很久,最后终于憋不住了,对同伴说:'男女授受不亲,你刚刚抱那女子过河,犯戒了。'小一点那个和尚吃了一惊,反驳他说:'我向你保证,一过河就已经把她放下了,倒是你,似乎还念念不忘。'另一个和尚无言以对,他们就继续上路了。"

"讲完了?"

"讲完了。但是,你看,我应该就像小和尚一样,没有任何其他想法。"

这个故事至少让他露出了笑容。欧麦尔的想法像海浪一样摇摆不定,但或许是受了她的影响,他开始矫正自己的判断,开始反思:归根结底她有权利关心那个同她一起生活过那么多年的男人，她还一直用着对方的姓①。虽然后者的行为让她擦亮了双眼，并打消了再次尝试帮他摆脱困境的勇气——那个困境他在独自面对，而艾玛的离开并不是出于偶然。

不仅这些跟他毫不相关，他也不清楚该以何种名义来指责希碧儿救助丈夫的尝试，她的丈夫在等她，就像个抱着木筏不放的海上遇难者。无论如何，她是不会妥协的，最好还是由于乔瓦尼的事两人暂时结盟，好保护仍然可以保护的东西。这样决定了以后，他瞬间就感觉好多了。

从饭店出来的时候，乌云正在慢慢地消散，他们并肩漫步在海滨大道上，一个个水洼如玻璃似的闪闪发光。

她在风中大声说道："我向你保证，我不仅要回来，而且还要回来得一身轻松。"。

"但愿如此！"欧麦尔也大声回应。

到了车上，他们就几乎不再说话了，各自望着车外千篇一律的风景，低矮的草丛，一望无际的白垩高原，被狂风吹得东倒西歪的树丛……雨又下起来了。这时，欧麦尔不知道他们开到哪儿了，但是车还在开就是一种安慰。

由于之前过于激动，在专属女司机的看护下，欧麦尔最后头靠在车窗上睡着了，醒来的时候已经到了蓬图瓦兹火车站。

"告诉你，更好的就要来了。"希碧儿说着再次亲吻了他的嘴唇。因为有她在坚持并保证。

到了火车上，欧麦尔才发觉她还没有告诉自己什么时候出发。

---

① 法国人结婚后，妻子用丈夫的姓。

53

他们从摩洛哥回来后，门刚打开，行李刚放在门厅，安娜就决定要把房间翻个底朝天。她意识到，他们不能再继续住在这种令人压抑的地方，无论如何都要把房间布置得清爽、悦目些，比如换换家具的位置，重新粉刷一下：这一切都好过待在这套布满灰尘，如同陵墓般的老房子里。这套房子自从1907就已经是希尔曼家的财产。

于是她开始彻底地打扫屋子，重新布置房里的家具，顺便扔掉了一些老旧家具，其中包括扔在顶楼的两把瘸腿椅子和一个开了大口子的长沙发。

对于粉刷客厅和卧室，安娜有一种前所未有的信心，觉得无须工匠，自己就能单独完成。

事实上，安娜发现体力活具有神奇效果，不仅可以使她平静下来，还能让自己忘记那些对弃妇命运翻来覆去的思考。她在摩洛哥已经自责得够多了，自责自己哀声叹气的软弱，自责自己把一切都看得那么黑暗，不想在瑞士重新来过。

同许多迷信之人一样，安娜相信，期望的事情总是会在你不再去想它的时候才会突然到来。她越是苦苦等待阿诺的归来，对方按预期时间出现的可能性也就越低。

话又说回来，如果好好想想，她也不是很确定是否愿意看到他回家，然后像什么也没发生一样重新一起生活。

不管怎样，他都不会很快回来的。另外，她还摆脱了家庭的烦恼和大部分的社会义务。终于有机会如空气般自由，可以自由地想粉刷墙壁就粉刷墙壁，大半夜想洗澡了也就能马上洗澡，想什么时候看电影了就什么时候看电影，所有诸如此类的自由都不在话下。

欧麦尔在八月中旬之前都不用去上课，因此安娜不仅可以避免学校里的杂事，也不用再在别人面前扮演别人希望她扮演的样子：一位规规矩矩、受人尊敬的贤妻良母，一切都以丈夫、公婆甚至是孩子的老师为重。

等到九月份时，阿诺有可能会发现安娜变得有些古怪，但这也都将是拜他所赐。然而同时，尽管想法不是很确切，安娜对他回来以后的反应也有点担忧——他会发现家里已经大变样，他的房间居然被粉刷成了红色。

这个问题顺便也让她想到，欧米的房间到底用什么颜色，自己一直都没有决定好。

"过来看看，"安娜叫了一下欧米，因为他一上午都在埋头看那套《三个火枪手》，"能不能告诉我，你到底想把你房间的墙刷成什么颜色？"

"窗户周围要浅蓝色，其他地方深蓝色。"欧米看着书头也不抬地回答说。

至少他又开口了，而且讲的还是法语。

"那明天记得提醒我去克鲁格买几罐墙漆。"

"如果爸爸待在加拿大不回来,你觉得我们会不会变穷?"他突然问道。

显然,他表面上虽然漠不关心,但这个问题在他脑海里已经萦绕许久了。

"肯定不会的。我不是说过了吗,这只是暂时性的,爸爸的差事几周后就结束了。"她很肯定地回答道。

然而,安娜只要一上床,就会在黑夜中睁大双眼,又惊恐又怀疑地设想,阿诺会不会把她彻底忘了,会不会遇到其他女人——鉴于他们现在的关系,没有什么是不可能的。如果那样,她将看到自己被人抛弃的下半生。

"我的下半生……"她念叨着,顺便打开了灯,似乎要确认一下这几个字的含义。

54.

就时间上来说,他们在机场的分别并没有持续很久,但要是放到他们一生中,这段时间的含义却远远大于他们在一起的这四十多分钟。

托运完行李后,希碧儿同意再待一会儿,她坐在欧麦尔旁边,把包放到腿上,看起来不是很自在,有点尴尬,好像是害怕他会在大庭广众之下跟她再来一出什么似的。

欧麦尔说:"我当然很希望你能跟我保持联系,不过也不是每天都必须这样。"好让她安心,同时摆出一脸从容男人的样子。

"我跟你说过了,要看情况,要么给你打电话,要么我到了以后给你发信息。"

"我会很耐心的。"他向她承诺,脸上挤出来一丝笑容。

她似乎马上就变轻松了,两人也能够冷静地低声讨论了,像是两个决定体面、友好分别的人,不会因此而闹得让别的乘客侧目注视。

鉴于他们的感情,两人已经没有什么话能聊的了,就这样也很好,话说到一半他们就能互相理解,丝毫不费力。他们很享受这天,尤其是两人还能待在一起,默默地观察着周围拥挤的人群，就像两个坐在同一张长椅上看热闹的无名氏。

突然，希碧儿抱住欧麦尔说道："我该走了，相信一切都会顺利的。"

"我也相信。"欧麦尔说完闭上了眼，示意让希碧儿在他看不到的时候离开。

她走了。

从那以后，数着日子等她几乎成为欧麦尔的一项全天候的任务。正如之前承诺的一样，希碧儿从尼科西亚给欧麦尔打了电话，告诉他旅途一切顺利，还说以后会再发短信跟他联系。但欧麦尔没有收到短信，于是就给希碧儿发了一条短信，然后是两条……再后来开始在不同的时间段给她打电话，不分昼夜。

起初，他总是毫无例外地收到留言提示，直到后来发现留言提示无缘无故地失灵了，取而代之的是一阵轻微的声响，就像在虚空中颤抖。尽管如此，欧麦尔还是坐在椅子上，在挂断电话之前听完了那几秒声响，那声音就像心脏病患者心跳的节奏一样。

电话跟其他用来掌控无法控制的东西的科技一样，让他越来越害怕。尽管他一直很清楚：开心到极点与悲伤到歇斯底里很可能是缠绕在一起的。然而，原本他井井有条、波澜不惊的世界，随时都有可能完全被打破。

在这手足无措的情景下，他开始怀疑希碧儿对他撒了谎，怀疑她从一开始就在玩脚踩两条船的游戏，然而他搞不清楚这游戏的来龙去脉。不管怎么说，从另一面重新翻看他们的这段感情史，欧麦尔仿佛察觉到，乔瓦尼其实一直都隐藏在每一扇门的后面。一天，备感孤独的欧麦尔甚至认为希碧儿已经和乔瓦尼偷偷地回来了，还差点儿去乡下当场逮他们。

幸运的是，在这些妄想症般的插曲过后，他终究还是回归到平静的自我，尽管还带着那么一丝怀旧的感伤。这一回归的过程中，还伴随着希碧儿那起到慰藉作用的影响。尽管他们相隔三千公里，她对欧麦尔的影响还是很大，以至于有时他觉得自己依然生活在她的目光注视下。当他把所有的感官都高度集中后，仿佛依然能够从她那里得到启示和指引，从而体会到些许的温暖。

第七天，还是第八天的时候，他一边在科隆市中心走着，一边查看到手机在他工作期间没有收到任何来电，欧麦尔蓦然坚信：希碧儿再也不会给自己打电话了。

对他来说，这很清楚，很明显，明显到让人目眩。因此他没有跟同事一起去吃晚餐，以免自己出丑，而是跑到酒店的房间里躲了起来，关上窗，瘫躺在床上，努力整理着思绪。

他尤其想到了希碧儿在谈到某个人的时候说过的一句话："我特别喜欢那些知道自己想要什么的人。"当时他并没有注意到这个暗示，但希碧儿确实轻轻地为他指引了一条路。于是就在这天晚上，就在酒店房间里，他明白惩罚来了：他被判了刑，因为不知道自己想要的是什么。

正如几周以来他一直都是的这样：他的缺乏勇气、他的小算盘、他的一切借口托词所产生的延迟效应最终都让希碧儿泄气，使她失去了信心。一旦远离之后，她可能就会想：他永远都不会改变，最好是停止这段感情。

在内心的法庭面前，欧麦尔不得不承认他的确罪有应得，因为是他自己导致了失败。这当然不是爱上希碧儿的错，而是他应该承认，他的软弱、不坚定和与生俱来的焦虑造成了他的一成不变，导致了这种结局。对他来说，时间是静止的，自己可以什么决定都不做，从不表明自己的态度，只需要安静地等待着事情自然而然地发生。因为他认为所有事情总会自己到来的。当然这只是他本人的观念。

也有可能（此刻他已准备好面对所有的假设，甚至是最糟糕的那种）他对希碧儿的感情和她对他的压迫，都导致他无力去爱——身体上的无力去爱。这并非没有先例。

不管怎么样，欧麦尔都不能指责她任何地方，因为希碧儿已经不动声色地耐心等待过，也给过他许多暗示。然而他俩的情况一直都没有改变，所以希碧儿不得不这么想：他从未有过再前进一步的想法，他的爱从某种程度上来说已经被事先的想法给永久困住了。而她，看清后厌倦了。

晚上当他很晚才再次出门，在火车站广场附近找小餐馆时，他边走边继续整理着思绪，突然想起了两件事：首先，他认识艾玛太早，遇到希碧儿却太晚，似乎自己总是错过时间。虽然有人觉得这只是幻觉，没有什么比重新洗牌能获得更好的结果了，但他还是认为她们在他生命中出现的顺序决定了他的失败。

其次，他觉得从现在起就应该开始为没有希碧儿的未来做打算，并做好继续单身的心理准备。也许在他浑浑噩噩的生活中，某一天还会遇到另一个女人——这其实只是一种仓促替代品——与之相爱并共度一生，然而这个想法对他来说已经毫无意义。

　　此外他还想：以后当自己无聊时，会有大把大把的时间来怀念那些不曾抓住的机会，继续重演屡次经历的失败。他甚至都能把演出需要的对话写下来。因为归根结底，他俩在一起的生活就是一段长长的对话。对话不停地重新开始，直到其中一个不再回应，而另一个人——也就是他——又变成孤身一人，装着一肚子没有成功对她说出的话。

55.

一次，在把欧麦尔安顿到祖父母家之后，安娜心不在焉地踱着步前往集市广场。由于燥热的天气，她难以忍受再继续这样走下去，便乘上一辆有轨电车。车窗外，似乎是热气将街道上吹得空无一人。

在寻找地方排遣孤独的时候，她最终选择了桥边一家大咖啡馆，就在彼得格拉本街角。咖啡馆大厅里面光线昏暗，空气也显得清新，几乎没有什么人——除了老板、女侍者和一个看不出年龄的胖男孩。男孩正坐在吧台旁的凳子上，斜着眼睛瞟了她一眼。

安娜不敢望向他，更不敢与他说话（心里盘算着如若真的和他说话要说些什么好），然而，她却在仔细猜想着他的生活图景：有个折磨人的母亲，一个任人摆布的父亲，还有几个令人厌恶的小伙伴，以及由此引发的种种错综复杂的后果。

根据以往的经验，安娜尽可能地避开这种大男孩，因为她清楚地预感到对方缺乏温情，还会随之产生某些意图。于是，她尽量不待在他的视线内。

她躲到了位于大厅中央的冷柜后面，那里面陈列着黑森林蛋糕和巨大的奶油泡芙，她突然发现自己很喜欢这些甜品，但这种喜欢也仅仅局限于思想上，因为此时此刻她丝毫没有进食糕点的真正欲望，更不要说，她还有其他忧虑的事情。

她把阿诺的来信放在桌子上，再一次阅读时发觉阿诺书写的法语如同讲出的德语一般精准无误。他以一种浮夸又十分拘谨的方式写就，仿佛仔细揣摩过每个词语的用意，以免造成疏忽。她之前从来都没有注意到这些。如果说从他们结婚以来，他给她寄过十多封信，那这应该是最后一封了。

他向她翔实描述了自己在蒙特利尔的日常生活，包括舒适的旅馆，地下城的所见所闻，港口上的骑着单车游览，以及自己对于植物园和自然历史博物馆愈发浓厚的兴趣，这与他对科学的好奇心特别吻合。

对于工作状况，阿诺则谈得较少，只提及了他的那些加拿大合作伙伴。这些人尽管和蔼可亲，而且讨人喜欢，但是比起事务所的业绩，显然更关心每周末组织的钓鱼活动。说到工作，他向她宣布：不幸的是，自己的工作任务要延长到十月份，因为还要在多伦多额外待上三个星期。

如果说安娜在等待歉意或是同情，那么她就是在自寻苦恼，因为只有冷漠。眼下，既然阿诺与她相隔千里，对于所做出的承诺显然不再那么敏感。

当然他担心欧麦尔可能会感到失望，他告诉安娜自己没有忘记欧麦尔的脆弱。同时安娜这边，他也在担心她如何支配自己的时间。

由此证明，阿诺把她花在陪他儿子阅读和玩耍上的时间看得无足轻重。

一番权衡与考量过后，他建议她利用自己不在的这段时间，重拾之前放弃的学业。开学以后，她可以到法学院注册报到，或者去学习政治学，因为她对政治生活抱有兴趣——他认真地写着这些内容（她仿佛亲耳听到了这些话），但却忘记她已经不在高中毕业班了。

令人费解的是，信里面表述的口吻既不容置疑，在她看来又带着一丝慈父般的温和。但那是一种有点漫不经心的温和，因为在他专注于书面表达的同时，显然情不自禁地想起了其他事情。

这本来并不会让安娜心灰意冷，然而她在信中没有发现任何一个表达爱意的字眼，似乎作为夫妻，他们已经彼此死心了。

信中没有任何眼神上的互动，没有任何说笑，甚至连一个能够表达默契的小符号都没有，而且，显然信的结尾没有任何亲吻的表示。

阿诺更倾向于使用"回头见"一词作为信的收尾。这句话本来就没有多少实际意义，而且她还怀疑这还仅仅是一句客套话而已。

把信放回口袋后（她已经读了三次这封信），安娜的目光空洞了好一阵子，出神地望着坐在凳子上的胖男孩，还有她对面的那台红色风扇——风将她的头发拂起。咖啡馆外，布鲁曼兰街一直都是如此的冷清。她只看到一位年老的女士牵着一只患有风湿病、脾气很坏的大狗——似乎丈夫应该也就是这个样子。

"我如果哭的话，会烦到您吗？"安娜突然对女侍者说道，"我实在忍不住了。"

"不会的。哭又没什么要羞愧的。我给您拿些吃的。"

"不必了。我确定什么都不需要……只是这会儿情绪太低落了。"

"我理解。"女侍者对她微微一笑。

56.

第十一天恰好是星期天，欧麦尔早晨最后一次拨她的号码（为了与在塞浦路斯的她联系，每次他都迷信地认为这是最后一次），既没有电话录音，也没有一贯会响起的轻轻的铃声。他什么都没有听到。希碧儿突然变得失联了，就像被关在了一座被水淹没的岛上。他随即挂掉电话，被自己的孤独冰封了。

正常状态下，人体的恒温是三十七度，他在心里盘算着。只要下降三度，人的精神就很可能趋于紊乱，他就得需要专门照看了。显然，他要适应忧郁的日子。

另外，他还发觉身体很不舒服。此时一半的精力用来招架侵入体内的昏沉感，另一半则用来在椅子上瑟瑟发抖。

这种虚弱的状态，身体的不适，在他回到科隆时就已开始。他在家里熬了两天，卧床不起，几乎濒临虚脱，宛若一个失去理智的家伙，狂躁地在心里盘点着失去希碧儿的同时，还将失去的一切。

以前，当他还是学生的时候，恋爱中的些许伤感忘得很快，以至于没有时间发酵。但是现在，却是另一个故事。每每想到他们将不能再一起散步，不能再相互说话，她也不会再踮起脚尖亲吻他的嘴唇，便足以让他预感到虚无。

有时候他会努力说服自己，一切都不曾丢失，电话会很快响起。于是就开始在公寓里原地徘徊打转，打开窗户，又将它关上，之后再重新打开，他已经没有力气呼吸了。

他思忖着，如若希碧儿并非这样匪夷所思地消失掉，自己原本是想要问她一件事情的，仅仅是一件小事：为什么没有其他的指控，她就这样把他抛弃了？她本可以做出解释的。

况且这样的惩罚是有失偏颇的，在此之前，无论何种情况下，她都表现出了未曾料到的宽容。许多次，在做出非常低级的蠢事之后，他都会担心她情绪突然爆发，说出一些决绝的话，顺带摧毁艾玛残留给他的少许自尊心，然而，她总是很有分寸。所以，他有理由质问她为什么会表现出如今的态度。

片刻之后，他的抗争便宣告结束。由于自责的病态心理让他总是感到自己有罪，欧麦尔又变得屈服忍耐、无能为力了。希碧儿可以自由自在地做自己随心所欲的事情了。他没有什么异议，也没有什么要求了。从周四起，他便四十三岁了，也是从周四起，他被迫孤独生活，蜷缩在椅子上，下颌耷拉着像个白痴。

由于食欲不振，他晚餐只吃了一个番茄和一串葡萄，便浑浑噩噩地倒在沙发上看战争电影。他意外地发现自己的游离状态可以让他既是投掷炸弹的美国飞行员，同时又是一个头裹缠巾的恐怖分子，躲在简陋的隐蔽处，周围尽是瓦砾和残肢。

当他关掉电影的时候，已经过了午夜。此时，隐隐听到巴黎上空暴风雨的雷声。他点燃一支香烟，在窗边伫立了一会儿，经受着人格分裂带来的让他几乎昏厥的情感折磨。随后，他便去睡觉了。

躲进被单，他便平躺在黑暗中，眼睛盯着闹钟上的液晶数字。这时，隔板后面的叹息声表明：他的新邻居显然计划一直这么下去。作为衬托，这使他这个正在走向衰亡的单身汉感到愧疚。

欧麦尔决定与其长时间焦虑不安，还不如闭上双眼，寻找一点愉快的回忆，直到入眠。然而，他白找了，任何清晰的记忆都没有出现，或者是，刚出现便又迅速消失殆尽。

就这样折腾着自己记忆的时候，他感觉自己像是在下楼梯，一段台阶接一段台阶，而后被广播里的音乐引导着，沿着黑暗的走廊摸索着向前走……后来，由于担心迷路，他停止了脚步。终究没有辨认出当时演奏的是什么曲目。

然而，他真的愿意付出一切来换取一段往日的轻松时光。

午夜时分，就在他确信自己要么是毫无睡意，要么是毫无所获地睡着时，回忆的思绪倏而涌上心头，如此繁多，如此急促，留住它们是天大的困难。这成千上万的图像和虚幻回忆，大部分都不会重现在生活当中——因为生活不需要它们了。然而，希碧儿在游泳池中的那一幕突然清晰地浮现在眼前。

由于凝缩作用的影响，这一段记忆被减少至几张图像，几个瞬间。然而欧麦尔郑重地开始将它们一秒一秒地还原、复活，同时意识到他的这一夜有救了。

希碧儿身着白格子泳衣，在他一旁蛙泳，很纤瘦，大概是被记忆的距离缩小了。而后她又继续游了一会儿便坐在泳池边，递给他防晒霜，让他帮自己涂抹肩部。他照办不误，丝毫没有拿腔做势，同时还在深嗅着她的体香。

让他困惑的是，每一次希碧儿同他讲话都声如细丝让他难以听清……不过，他熟悉她的声音，他完完全全记得她变化的声调和低哑的音色。可是当她说话的时候，即便他竖起耳朵倾听，还是一无所获，仿佛他骤然失聪了，或者是那幕场景的原声带坏了——可能被他的伤感酸蚀了。

欧麦尔一下子睡了过去，当他醒来的时候，天已经亮了，他想起了这一天是周一，应该坐火车去蒙巴纳斯。他的头特别疼。一片狼藉的床榻和被单上的圆形汗渍，见证了他这心神不安的一夜。

他挣扎着起了床，在步入浴室的时候，又向后倒退了一步，在对面的镜子上，瞥见了一个形销骨立的大个子，红棕色的头发，皱缩的生殖器——似乎是快死时候的样子。

这个冲击之后，欧麦尔洗了澡，然后在清晨宜人的光线下细致地穿好衣服，一边竭力收集散落的各个意识片段（领带系了四次才系好）。

外面，在他找地方好迅速吃个早餐时，听到了一只鸟儿如笛声般的啼叫，大概是栖息在树枝上或者墙上的乌鸫，那啼叫穿越了街上的嘈杂声。另一只藏匿于庭院里的乌鸫，听到声音后长久地呼应它，此起彼伏，无休无止。沉浸在这婉转悦耳的歌声里，欧麦尔轻晃着脑袋突然停了下来，仿佛捕捉到了一种完美神妙的感觉。

57.

安娜犹豫着，一会儿看着信纸，一会儿又隔着打开的窗户看院子里的松树，最终她决定向阿诺说心里话：当听到他还得继续待在加拿大时，她和欧麦尔都感到了无比的失望；自从知道他十月底之前不会回来，这个房子对于他们来说显得那么空旷。

但是她向他保证——她绝对没有一丝怨恨他的意思。她可以在每天早晨自省，冷静地在镜子前面整理自己的情感，然而并没有发现一点儿悲伤或生气的痕迹。不，最令她遗憾的是，她写道，是这个时候他不能和儿子在一起。她希望他能看到儿子正在草坪上奔跑，正在骑自行车，那迎风的头发、非洲阳光照射下的皮肤——他真的很令人着迷。

还有，她向他表明，儿子也在假期中成长了不少，似乎突然间变得更成熟、更开朗了。

想到这一点，安娜停下了手中书写的动作，笔也在空中停留了一会儿，眼睛又重新望着院子，因为她预感到现在写到了一个关键的地方。

她必须向阿诺解释欧麦尔的事情：实际上，欧麦尔仍然有几次很消沉，当然，频率越来越小，然而也并非完全微不足道。比如，从摩洛哥回来以后的最初几周，儿子在家里不停地转来转去，一副心烦意乱的样子。于是她就和他一起做了个重大决定：他们去了一趟牟罗兹，还在一个别人介绍的动物收容所里领养了两只特逗人开心的狗。一条红棕色大狗，有点凶，一条黑白色小狗，胆子很小。他们给这两只狗顺理成章地起了名字，分别为落黑儿和哈迪。

当然，她可能永远都不会知道，哪个是落黑儿，哪个是哈迪。

她自己非常清楚，她跟他说，狗和猫她都受不了。所以她完全意识到了自己又一次打破了禁忌——其实很多次打破禁忌了。然而，有些事情他还是必须要清楚，另一件事情也必须心里有数——她提醒他——眼下儿子的精神健康和幸福的问题。

关于这个，顺便她还补充到了一点，也许不是巧合吧：所有人都一致认为，这几天他更快乐了。"但除了你的父母！"

安娜坚持要告诉他这个，因为她心里有件事如鲠在喉：他的父母玛莱娜和于博尔——哪个都不少——上周一非常不明智地教训了一通欧米。据称是因为狗叫得太厉害了，然后还威胁说要将它们送回动物收容所。

次日，他们还就此事打了电话，给她打的。没有什么办法可以阻止他们。

鉴于这种情况，她用坚定的口吻向他写道：万一他父母向他询问对这个敏感话题的意见时，她希望他尤其不要站在他们那边，而是站在自己妻子和儿子这边。这样的话，她和儿子会永远感激他的。

这时她还因此给他送了一千个吻。

"我想你，我想你。"她差点儿就要加上这句，但是一想到阿诺对感性的反感，还是又改变了主意。

安娜很自然地能感觉到，仅仅从策略上来看，也最好能够避免这种轻率的表白。同样的道理，也最好能够克制自己不要问他关于回来的事情，不然会向他泄露自己的焦虑。尽管他的回归变得越来越不确定，尽管几乎每天她都像树叶一样颤抖，鼻子贴着门窗玻璃，咀嚼着孤独的滋味。

所有这些，她知道，可能都会刺激到阿诺，几乎跟信的末尾处她要说的坏消息一样。这个坏消息就是家里的上上下下都已经改变了（结果是非常不确定的，甚于那些话）。

但同时，在重新读一遍信的时候，她又反驳自己：如果不想或者不能诉说所有的事情，信还有什么好写？又有什么好寄的呢？

58.

下午的这个时候,火车站的出口既没有公共汽车,也没有出租车,由于走得太急,他还忘了带伞,就这么湿漉漉地到了。希碧儿好像一直都没出去过似的,带着那种惯常的热情帮他收拾雨衣和鞋子,带他到已经生好火的客厅。他注意到她又穿上了那条漂亮的薰衣草色的裙子,还披着一条黑色的小毛皮披肩。

"好啦,看,你又活过来了。"她对他说道,最后还向他伸去自己的嘴唇。

"太怪了,我赌过咱们今天会重逢。"欧麦尔回答说,激动得声音都有些哑了。

出于一种诚实,他认为有必要补充说明:他还从未像这样有信心,不过从第五还是第六天起,也着实度过了几个她所不懂的担惊受怕的阶段。

"好啦,不用再说了。"她一边跟他说着,一边用手抚摸着他的脸,像是在抹去他的担心害怕一样。结局好,一切便好。

"那好吧。"欧麦尔接受了她的意见。他感到自己有点儿神情恍惚,好像自己还是一直在等她。

然后,他们彼此都没有再说话,重逢的喜悦反而让他们一下子陷入了沉默。他们就那么站着，脸对着脸，彼此都感到尴尬。他们一如既往地断断续续地交谈着，持续了几个小时。这样的交谈习惯赋予他们彼此之间正在蔓延的沉默一种异样的魅力。似乎每个人都在担心半个下午都不够用来倾诉想说的话，却又犹豫着该如何开口。

然后，希碧儿躲进了厨房，欧麦尔也坐到了钢琴前，好趁此机会给她弹一小段《温柔的琴键》赋格曲。

"继续，我都有好多年没有弹过它了。"她向他要求着，手里还拿着一瓶塞浦路斯葡萄酒——她答应过要给他尝尝。

他继续弹着 C 小调第二号赋格曲，这时天空电闪雷鸣，狂风骤雨拍打着窗户。在这种被水包围的气氛中，他就像尼莫船长[①]在海底弹管风琴一样。院子里的垂柳也恰如其分地扮演了海底植物的角色。

"为我们的重逢干杯！"希碧儿突然喊了一句，还跟他碰杯。

"为我们的重逢干杯！"他也回应着说。

猫儿莫里斯很识趣地站起来给他们让地方——本来两个人分别坐在沙发的两端，然后开怀大笑，不约而同地相互靠近。只是当彼此之间的距离逐渐缩短时，紧张的气氛却在与之俱增，于是他们只好对塞浦路斯葡萄酒的质量交换点无关紧要的意见，好让自己放松点。与此同时彼此也在等着触及那个棘手

[①] 法国科幻小说《海底两万里》中的主人公之一，鹦鹉螺号潜艇的船长。

的问题——另外那两位的命运。

关于艾玛努埃尔，希碧儿没有什么重要消息需要跟他沟通，不过是应该确定无疑：她早已离开了岛，从此和她的新未婚夫在西班牙生活。至于乔瓦尼，事情变得更令人不安。她不再向他掩饰自己见到对方时的万分沮丧：乔瓦尼一脸的浮肿，还虚胖了十几公斤——因为喝了太多无法摆脱的酒。照此下去，他会变成一个废物的，她向欧麦尔承认，不过说话的方式是比较含蓄的（内容是欧麦尔自己翻译出来的）。

"我真的没精神跟你打电话，你明白吗？……而且，我的手机还在公交车上被偷了。"

"我明白，"他说道，没有坚持什么，"但是，告诉我，这些天你们俩到底都做了些什么，又都说了些什么？"

"也没什么大事，主要都是关于钱的事儿。乔瓦尼相信，一旦有了俄罗斯的资金，岛上的生意就会重新好过来。谁留下来了，谁就会过得更好。"

"那你就相信了？"

"我什么都不知道。我只希望，在不算太晚之前，他能够找到另外一个女人，让他最终从消沉中走出来。"

"那他有没有要挟你，让你留下来？"欧麦尔随后问道，还情不自禁地用腿触碰她的腿，满满的温柔。

"没有。我想他已经放弃了。我自己也觉得已经结束了，我放手了，我再也不能为他再做什么了。"

那说话的语气，让他感觉到：她的确已经决定要结束这段故事。

沉默了片刻之后,他们又谈论了一下度假计划(希碧儿改变了计划,现在谈的是罗马和那不勒斯之间的某个地方,可以在那里找个房子),然后他们又再次无语,一个挨一个别扭地坐着,酒杯还端在手里。

这种情况下,不诚实才是世界上被分享得最好的东西,两个人谁都没有暗示一下双腿动作的异常——一条紧贴着另一条。直到希碧儿将头转过来,默默看着他的眼睛:爱意的火花闪了一瞬。

"现在,愿意的话,就闭上眼睛。"她提议说,一边抱了过去。

"好,闭眼。"欧麦尔回答道,他知道自己已经按了太多次暂停键,再也无法体面地退缩了。

"不过,你可不能作弊。"她强调了一遍,将手贴在他的眼皮上。

"好。"

本能的害怕才持续了片刻,他的手臂就揽住了她的腰,嘴吻上了她的双唇和香颈。回应是激烈的,希碧儿如此用力、如此急迫地抱紧他,以至于最终将他推倒在沙发上。

欧麦尔一丝不苟地闭着双眼的样子,让她好奇。他抱着她时而滚在这边,时而滚到那边,这种轻轻摇晃的动作就像荡秋千一样让她发笑,然后他的手伸进了她的长裙下面……尽管习惯用右手,他还是用左手来进行这个操作,因为在他的认知里,右手主要是用来工作的,左手才是用来感受愉悦的。

不管怎么样,希碧儿也没有闲着,在充分用着自己的双手。他们闭着眼睛，动作里面满是燥热，但是又奇怪地带着克制，似乎这一幕他们已经重复了很多次。此外，这一幕还那么长。希碧儿看起来是那么柔弱，以至于被心跳几乎失控的欧麦尔压在身下时，对方时不时地得暂停。

人生当中最激烈的二三十分钟之后，他听到了身下希碧儿嘶哑的声音——求他马上放开她。

"呼吸难受？"他有点担心，重新睁开了眼睛。

"没有。只是没心情做那个了。"她向他坦白道，然后整理了下自己的衣服。

当然，他差点继续下去，但是她那制止的眼神告诉他：她是非常认真的。从自己的角度来讲，他承认是自己让对方等得太久了，所以很难指责她突然改变态度：人家只是在以牙还牙。

"我知道你很失望，也在怪我。"她拉他起来，并对他说道，"你该想我是在捉弄你吧。"

"绝对没有。"欧麦尔反驳道，他从来都没有过这样的想法。

出门的时候，骤雨已经停了很久，他们并肩走着，都是心事重重。一直走到卢万老桥，这才意识到还好依旧是夏天，阳光重新变得耀眼，到处都听得到大雨冲出的小水沟里水流的哗哗声。

"我们真是一对奇怪的恋人，"她背倚着栏杆跟他说，"我一直都不相信我们还有缘再见。但是不管怎样，可能是我们值得再见吧。"

"一般来说，缘分和值不值得是没有关系的，否则也就不叫缘分了。"欧麦尔回答她，同时他在观察着一个头上戴着绿色帽子的人。那人站在岸边，一只脚向前伸着，身体保持着平衡，就像是在用脚拨开河水一样。

"你一直都在生我气吗？"

"我跟你说过没有。但是答应我，我们很快可以重新开始。"

"看吧。"她说着，同时拿起他的手，先是轻轻地、温柔地咬着，然后越来越用力。

59.

他们已经都在那儿了。一进门,就都向她走来,围住她,还问她阿诺和欧麦尔的消息。所有人都祝贺她拥有这么好的气色。

"谢谢!但我没想到会有这么多人。"她抱歉地说道,有些不大自在。表哥汉斯亲切地握了握她的手指,而总是很热情的亚当叔叔,则在她耳边轻轻说她又变年轻了。

然而最令人不安的是,他们都是在用低声的方式跟她说话,一脸有阴谋的样子,好像他们是在开秘密会议一般。

一旦问候结束,每个人便像结束了一个完美的芭蕾舞姿势一样离开了她,那时玛莱娜就站在后面,没有和她行贴面礼,只是拥抱了她一下。

"您可以陪我到客厅去吗?"她用德语说道,语气有点不容置辩,"于博尔在等着我们。"

安娜被引到一个抹了灰的大厅,感觉自己似乎在胃痉挛。大厅看起来出奇地像洞穴,里面的其他人都已经开始围着桌子坐了下来。

"请坐。"玛莱娜对她说道。

她坐下。她不是在做梦。

阿诺的所有家人都围着她，也就是说，除了父母玛莱娜和于博尔以外，朝顺时针方向，还有他的双胞胎表兄弟汉斯和马蒂亚斯，亚当叔叔和他的大儿子萨沙，以及萨沙的妻子乌尔里克，玛莱娜的母亲——伍尔特里希，他的两个姐妹——玛尔塔和欧也妮。此外还有一个陌生的高个子干瘦女人，满脸的忧郁，一身黑衣服。安娜猜想这个女人很可能是于博尔那边的远房表妹。

不知道为什么——可能是因为他们看她的方式，还有他们之间窃窃私语的样子——安娜觉得他们的这场集会与其说是家庭聚会，倒不如说是考试委员会会议。

"安娜，我们都很高兴你能跟我们在一起。"亚当叔叔向她说道，好让她安心一点。

"您真好，亚当叔叔。"她向他道了谢，但还是放松不下来。

回答完之后便是一阵安静，可能大多数的人都不想开口吧。大概他们认为还是应该由于博尔来说，因为是他作为家长将大家召集到这里的。他让他们投票表决什么，他们就会投票表决什么。

"好吧，"于博尔说着从口袋里拿出一张纸，"我们切入正题吧。去了蒙特利尔之后，阿诺最近告诉我们说，"于博尔继续用德语说道，"今年他的儿子在学校里碰到一些困难，学校那边各方面的氛围都令人厌恶。他坚定地向我表示——我只是代表他发言——他非常希望返校时儿子能够换所学校就读。他还非常明确地告诉我，只要是能收寄宿生的教会学校就可以。"

安娜感到自己右腿已经开始颤抖，但还是选择了不打岔，等着后续吧。

"我和我的妻子，我们已经开始在附近调查，这个问题应该不是特别难解决。只是孩子的母亲，在场的这位，坚持反对。而且她在自己的行动上，想法过于失当，以致孩子至今都还没有在任何一所学校注册。而八天以后就要开学了。"

"也就是说负责给孩子注册的是母亲吗？"一身黑衣的陌生女人问道。

"不是。阿诺执意要求玛莱娜和我来亲手负责这个事情，因为事实已经证明孩子的母亲要么出于无意，要么出于恶意，拒绝听从我们的建议。"

"如果我理解正确的话，就是说你们只是想征求我们的同意。"陌生女人说道，似乎轻松了不少。

"是这样。阿诺不想让决定看起来跟逼宫似的……"

"可是在我看来，这就是逼宫的一种，"安娜打断他，从座椅上站起了起来，"如果你们能让我说几句的话，我得让你们注意——阿诺从来都没有跟我提过寄宿学校的事情，可是我早料到总有一天会到了那个地步。实际上，背后的打算很清楚：无非就是得到你们的同意，剥夺我亲生母亲的权利。否则，寄宿学校这个荒谬选择根本没有理由。阿诺非常清楚，他的儿子是一个紧张、焦虑、严重依赖母亲的孩子。这是医生们亲口对他说的。但很明显，现在是不管怎样，只要将我赶走就好。"

"亲生母亲的权利！这意味着什么呢？"这回玛莱娜站起来，简直喘不过气来，"我不敢相信我这是正在听你说话，安娜。"

为了能在最短的时间里说出尽可能多的恶意，阿诺的母亲本该重复一遍自己的讲话，结果却开始飞速讲话，没有任何的犹豫，也不需要像她丈夫那样还得看稿。什么话都说出来了：欧麦尔的裤子太短了，房子太脏了，家具乱七八糟的，卧室里的画太可怕了，狗直接躺床上，或者就在院子里到处乱跑……都是如此之类的话。

"如果这些让人气愤的证据都不算是放任不管，那我很想找人跟我解释一下什么才是。"她用拳头生硬地敲着桌子结束了自己的话。

安娜自己料到会这样。其他的人也料到了，然而他们一动不动。伍尔特里希夫人一副在打盹儿的样子，而她的邻座们则是直直地看着自己前方，一点儿想要表达什么的样子都没有。好的是——他们只是搓搓手；坏的是——他们表示同意了，因为来此的目的就是干这个的。大多数人都或多或少地感到了尴尬，直接、间接地依赖着玛莱娜和于博尔的表态。

安娜受不了这些屈辱，几乎又要重新站起来，反驳自己的婆婆，想表示自己不管是不是给阿诺，都不会将自己儿子让出去，她会继续按照自己的想法抚养自己的儿子。后来改变了主意，害怕震惊到所有人。

另外，她是真的喜欢亚当叔叔和萨沙表哥——即便他们也不比其他人勇敢——尤其不想将他们陷入尴尬的处境。不管怎么样，她知道游戏已经结束了。欧米会去寄宿学校，只有在假期的时候才会回来。

事情的后果会看到的。

这时候，于博尔又重新开始喋喋不休，一一列数儿媳妇所有的缺点，也许还期待着她能五体投地地请求宽恕。但她已经不再听他说什么了。

在这种精神游离的状态中，一切都从眼前浮过，安娜产生出一种奇怪的感觉，似乎她此刻既在他们中间，又离他们很远——是从对面的窗户俯身看过来，或者是在更高的地方，正从天空向下看着他们，然而再也认不出他们来。

60.

下了船，两个人到了一个不认识的大城市，终于感到了一阵轻松。在水运码头找到了一个行李寄存处，将行李寄存完以后，他们就到对面的栈桥码头上坐了一会儿，地图一直摊在膝盖上。两个人都觉得最好还是先找个旅店，然后再来欣赏那不勒斯的街景。此外，旅店这个问题对于他们来说还是一个有必要讨论的敏感话题。他们的面前是来回波动的蔚蓝的海水，海面上什么都没有，高空中几片流云飘过，似乎是在防波堤上预示着吉凶。

"咱们也许可以从朝着海湾的旅店开始，然后再去市中心。"希碧儿边放地图边对他说。

尽管欧麦尔有所疑虑，但还是乖乖跟着她走在海滨大道上，一直走到那些谁都不会错过的大宫殿。宫殿的彩旗迎风招展，门卫穿着华丽的制服。橱窗玻璃后面，几堆生意人在接待大厅的幽暗处窃窃私语着，就像一群在等待帷幕升起的演员一样。

希碧儿毫不惊讶地大声告诉他里面的房间肯定全满了——不过，反正价格都是贵得离谱，于是他们就继续静静地散着步，只是感受着清新的空气，以及旁边路人所散发出来的宜人的惬意。

从罗马大道起,他们就开始在各家商店的遮帘下寻找阴凉,更喜欢走在带有历史感街区的狭窄街道上。透过开着的窗户,他们时而发现带有鸭绒被的婴儿床,时而发现可以媲美民间艺术和传统博物馆的古老厨房。就在他们走着走着又重新参考地图的时候,发现自己已经进入了一家修道院。院子的花园里种有棕榈和木槿,有一位修道士正在一边维护花园,一边自言自语着什么。

由于这片街区很少有旅馆,他们又借道翁贝托彩车大街往反方向走,然而他们还是运气不好:不是旅店还在装修,就是所有房间都已经被预定了。还好,此时能够在这座城市待在一起的快乐,还有那种从未如此年轻过的感觉,弥补了所有的不快。莫名其妙地,欧麦尔甚至还乐不可支地想着他们的爱情之旅可能就要返程了,却什么都还没有消费。

到了火车站,旅行服务处明显关门了。失望之余,他们又乘了一辆公共汽车回到了海边。已经下午三点多了,两个人在一个遮阳的露台上吃了午餐,在那儿可以闻到山腰上小花园飘过来的芳香,还可以听着大海的声音,一样的波涛声。希碧儿渴得要死,马上就点了康巴黎开胃酒,欧麦尔也和她要了一样的。剩下的,他们就没什么好选择:应该是枪乌贼和煎茄子。

当希碧儿跟他说着乔瓦尼的母亲教给自己做的意大利菜菜谱的时候——那时候她还是新娘,欧麦尔的眼神却被一个黑色眼睛的高个子少女吸引着,只是有一搭没一搭地听着。年轻女孩的脸庞被藤架投下的条纹阴影掩映着,带着某种狡黠和令人兴奋的东西，让他想起了艾丽西亚——身上是同样的印有LOVE ME OR KILL ME 的 T 恤。陪女孩吃午饭的是一个戴着墨镜的金发男人，欧麦尔总想说服自己这是她的哥哥——尽管他们之间有些暧昧的动作。

这样的场景持续了差不多有几分钟，然后终于让他意识到希碧儿可能被他那飘忽的注意力激怒了，已经不再讲话。她正在观察他，不惜在桌子上倾过去身子，似乎是想借给欧麦尔一双眼睛好看看他自己。

"不好意思，我想其他事情去了。"他道歉地说，同时伸手拿钱包来结账。

"人家甚至一点儿都没有注意到你。"

很不幸，确实如此。不过，借着和她一起旅行感受到的轻松自在和无忧无虑，欧麦尔居然自己笑了起来。然后这个事件就算画上句号了。

他们又重新步行朝着市中心的方向走，一直都在搜寻那找不到的房间。旅店的接待员应该是串通好了，都跟他们说着同样坚定的话：直到月底前，旅店都是满的。两个人于是又一次次走上街头，就像那些无依无靠的恋人一样，处处被怀疑，处处被驱逐。

梅里尼旅馆就在一家餐馆的上面，而这家餐馆他们都从前面经过好多次了，居然一点儿都没有注意到。从院子里面看，这座楼房明显比外部看着要高。顶层就是旅店，四周配了一圈玻璃走廊，给建筑物增添了一些气派。由于没有人出现，他们只好抬起头等了一会儿，不知道该如何是好，只听到一些碗碟的声音在院子里回响着。

上面终于有个面无表情的小个子男人走过来,告诉他们他手头还有两间房没有被预订,不过只有一个房间带浴室——他们不必做什么慎重考虑了。然后这个人就带他们上楼,一直走过一条长长的寂静走廊——走廊通向他们要的那个房间。尽管百叶窗遮挡住了光线,他们还是看出来这是个相对宽敞的房间,里面简单地摆了一张大床——床头上方挂了一个耶稣的十字架,两把草垫椅子,和一张浅色木桌。房间靠里的墙上还用图钉揿有几张虔诚的宗教画。

小个子在给他们展示热水器的使用,他们俩之间却只是尽可能礼貌地"端着",手都不去碰对方,更不用说相互拥抱。因为他们怀疑这样做太过了,同时还都有一种羞怕的感觉——似乎正保持平衡站在一条线上,这条线划分了他们的两种生活。这当然只是一条想象中的线,然而却再没有什么会比它更清晰、更具有决定性了。

"他问我们想住几晚?"希碧儿说——她充当着翻译。

欧麦尔一向很讨厌做决定,更不用说是这种类型的决定。于是他低声跟她建议:现在还可以喊停,不算太晚。个人而言,由于耶稣十字架和宗教装饰品的缘故,这个房间不太合他胃口。

于是,她一句话都没说就往他身边闪开了,看着他,似乎不敢相信。这种直接的交流完全没有形式上的顾虑,让他顿时明白了:她认为他们的胆怯已经持续了太久,也许是时候该表现得像成年人了。

"应该住两晚吧……不,三晚。"他改口道,因为受到了她微笑的鼓励。

惊喜于肢体传来的激动的暖流,在下那个大楼梯的时候,欧麦尔自问到为什么没有说是四个。也许适当的时候,他们会再讨论多住一晚的问题吧。他总是在迫不得已的时候做出一个决定,最终的结果却还不是那么糟糕。他走到街上时才意识到这一点。白天的这个时候,树上的鸟儿们唧唧喳喳地吵闹着,以至于他俩为了听清对方的声音不得不提高了嗓门。

"真的,"她承认道,"你表现得够好了。不过,要是你表现得再大胆一点儿,不再老是问我的意见,而是遵从自己内心的冲动,那就更好了。"

欧麦尔向她保证以后会像她说的那样做。

"是你让我摆脱了我的丈夫,还有我悲伤的过去。"她用戏剧般的腔调补充了一句,还让他的唇角先尝到了一点甜头。

到底从哪个星球、哪个陌生的世界过来的她,散发着如此这般的温柔?之后,当他走到看清客运码头的墙壁时,忍不住这样想到。

"对了,你带了寄存行李的票据了吧?"

"它一直都在我的口袋里呢。"欧麦尔回答说,同时他也意识到自己的害怕已经消失了。

61.

尽管天色渐暗，天气依旧宜人。他们走到露台抽烟，身后的人拿着酒杯在桌子间跳舞。一共有三十多个人，其中还有拉塞尔·佩齐尼和让-菲利普·内瓦-佩隆——谁都没有料到会是这么大规模。

从 11 楼望下去，他们观察到乌尔科运河与巴黎另一侧郊区的灯光，一条条未亮灯而显得晦暗的街道，还有偶尔掩住月亮的巨大云层。

"刚才你问什么来着？"马斯莫边说边开了一瓶香槟。

"是关于一部叫《忧郁症》① 的电影。我不记得你看过没，讲的是两个女人在一座临海庄园里等着世界末日的到来。"

马斯莫立即坦白说其实这部电影并不是很能说服他，一边说着，一边将他们的酒杯斟满。特别是两位女演员，他觉得演得有些歇斯底里，他不喜欢情绪过激的人。相反，他记得很清楚的倒是那个在最后的大爆炸发生之前缓缓逼近地球的巨型淡蓝色星球。

---

① 原文为 *Melancholia*，为 2011 年拉斯·冯提尔（Lars von Trier）执导的电影。

"为什么你和我说这个?"

"之前比赛特打断了我们。我说这个是因为想知道,你是不是那时就已经思考过自己想得到什么了。"欧麦尔看着他说,"将来,当你最后一次讲述自己一连串的一生——念珠一样,一颗接一颗,一刻连一刻,你想在哪一颗上停下来,只是因为这颗比其他的能让你心跳更快?"

"你指的是快乐吗?"

"快乐、恐惧,或者任何你愿意的,你会在哪段记忆上停留?"

"我会在哪段记忆上停留?"为了争取点时间,马斯莫重复了一遍。他又点了一根烟,保持了片刻沉默,手肘撑在露台的栏杆上就像轮到他负责监视那颗巨星的出现。

"最终,其实并没多少那样的记忆。"他说。但必须要选一个的话,那就是某个下午,那天他差点叫急救。确切说,那是一个周六的下午。那时的他十二三岁,心里一直默默期待着自己能够成为一名职业足球运动员。

"那是一个让我很开心的梦。"他坦诚地说。由于身形瘦弱,那时一个赛季的大部分时间,他要干的就是拿自己运动短裤的后片磨替补席的板凳——当还有板凳的时候。那些下午,他大部分时间都坐在草上,幻想着自己突然在球场上亮相。

总之,他开始细说:他一般幻想自己突然做了一个鱼跃顶球,动作太过完美,以至于整个人与地面平行悬空了好几秒,同时球猛地擦过球门门柱,或者从左翼进攻(他是左撇子),越过一名后卫,然后又是一名,拔脚怒射,球是那么突然又迅猛（那时他只有蝇虫般大的力），直直地从球门横杆下入网——就在无能的守门员眼皮子底下。

"你十二岁的时候，想象力可不一般啊。"

"嗯，比起真正地踢球，我胡思乱想得更多。"马斯莫坦白地说。他眼睛下方的眼袋与几缕夹灰的头发为他增添了一种疲惫的美感。

"但那天，恰恰在那个下午，一切都不同于以往。"他说道。快到中场休息的时候，对方一名球员不合时宜地把球踢到了很远的地方，然后大家发现并没带备用球。当时的马斯莫正张着嘴呆呆望着，他的教练毕土密先生自然而然地打发他去捡球，给同伴们救急。

他奇怪地回忆起来那时大约在五点到五点半之间。他走进球场边的小树林，拨开带刺的灌木与小矮树，寻找失踪的足球，突然听到了有人叫他的声音："马斯！马斯！回来！"他没有返回去或者直接回答自己并没有找到球，而是一直朝树林深处走去，直到再也听不见任何声音。森林中只剩下巨大的静谧与零星微弱的鸟啼声。

"你迷路了？"欧麦尔问道。

"不，我认为自己正在穿越镜子，一点儿也不想往回走。"

说完这些，他继续补充道：那时他也觉得有点诧异，因为没人来找自己。应该相信，队友们可能已经想办法借到了球，不过同时也略微有点担心不算什么大人物的他。

这对他来说最好不过了，马斯莫肯定地说。周围让他不停发抖的一切，就像他从来没发抖过一样：树林的静谧，面对未知的激动,获得自由的兴奋,让他拒绝回去,一点点地远离旧的生活,因为重要的恰恰就是眼前的一切。

过了一两个小时,独行的他充满兴奋,随意地跨过一片灌木丛,还没明白怎么回事就已经走出了树林。天还亮着,他很惊讶。

他说实际上自己对那个地方不熟,只知道内维尔车站位于五六公里之外,步行就可以走过去。他最后也就是这么做的。

"你看,"马斯莫边说边扬起两只手,"那几乎是四十年前的事了,给你讲的时候我还在发抖。自那以后,我觉得自己总是想逃离。"

"想逃离什么?"

"逃离高中,逃离父母家,逃离蹭住的女友们的家,逃离任何地方。这变得有点病态了。"

他还有其他炫耀起来有些顾虑的壮举,例如在一次生日宴会的中途他消失了——他自己的生日——借口接电话,然后没人再看见他。

还有一次,是后来过了好些年的事。他与妻儿去剧院看演出。他利用幕间休息通过楼梯溜到了逃生出口。然后悄无声息、趁人不注意地推开门,出现在外面,被夜色和街道上的噪音吞没。

"感觉很棒。"他向欧麦尔肯定说,一边掐灭了烟。确实很刺激,不过震撼程度与在树林里体验的第一次比根本不算什么。那时他就已经凭直觉感到之后不会再有相同的体验了。

"总之,我跟你提起这个星球算是做对了。"

"嗯，确实是。我很喜欢回想所有这些。"马斯莫说，脸上带着疲惫的微笑。

62.

是谁说过亚当和夏娃在伊甸园里就已经相互厌倦了？他突然自忖到，还说国王们某天放弃了统治，因为他们实在太腻烦了？

还要耐心等候一个小时。他已经做好打赌的准备，认为这些话的作者不会是德国人，也不是美国人。可能是个意大利人，他推测到。此时的欧麦尔正在一个露天茶座的餐桌上边用着早餐，边望着巴黎上空聚集的朵朵白云。

顺便提一下，他自己可以证实：尽管习惯了忧郁，他也还未失去一切。因为这座城市的美，比如它那暴风雨来临之前的光线，一直以来都还在打动着他。

他把自己的折叠伞和其他零碎东西整理好，放进背包，好去希碧儿那里过周末。尽管经历了在那不勒斯所发生的一切，他们却依旧没有完全摆脱老习惯，继续分开度过一周中的大部分时光，仿佛这是他们合同里的一项条款。

显然，这种断断续续的夫妻生活——有时去女方家里，有时去男方家里——并不是他们有意为之，更应该说是一系列的职业限制导致的结果。这些限制束缚了他们的生活，这还不算欧麦尔本身就一直都不想过上那种四平八稳的夫妻生活，要么出于过去的那一团乱麻对自己的牵绊，要么仅仅因为对离群索居和安静无事的向往。

此外，他还发觉希碧儿从未在自己的梦里出现过（一段时间以来他变得日益多梦）。显然，希碧儿已成为自己的挚爱、彼此已经同床共枕——这个信号还未到达他的意识深处。然而，下班回家的欧麦尔有时会那么孤独，以至不得不必须给在家的希碧儿打个电话，仅仅是为了听听她的声音。

然而，他既未感到失望，也未觉得不幸。他很清楚：无可避免地猛然失去的一切，自己又安然得到。况且，尽管自己意志薄弱，行动跟不上想法，但毕竟最终还是得到了自己所渴望的。

希碧儿正是他刚到法国时苦苦寻找的那种完美女人，那种总有一天会成为他灵魂伴侣的女性，而且，她待他又是那么的耐心。他觉得自己欠下的人情债已经是如此巨大，以至如今很难借口自己还未考虑好、可能是弄错了。事实并非如此。他没有弄错。

只是，如果他觉得已经赢了——既然两个人已经同床共枕，这个想法却是大错特错。无论欧麦尔是否乐意接受，他都不得不承认月复一月，一种距离感和独立意味正在希碧儿的家中蔓延，这让他感到迷惘。以至在思想深处的某个地方，他总是在自问希碧儿是否对自己完全有信心，在努力使她不再设防方面自己是否太令人失望。

为了消除疑虑，欧麦尔也许很容易就会将自己的空虚感归因于社会本身，以及社会强加给我们的碎片化生活。强加给我们如此生活的同时，它将我们都变成了总是不完整的生物，让我们在欲望中度日，又在度日中放弃欲望。然而对此，他又半信半疑。

相反，可以确定的是：让他搞清楚自己的疑虑、开始一场令他不安的对话绝无可能。即使有这么一场对话，他也不会因此而长大。

一声巨响，雷雨终于下了起来。欧麦尔在瓢泼大雨中从火车上下来，看到希碧儿在停车场用车头灯向他发出信号，内心感到些许宽慰。她那边并没有任何疑虑，因为她还是像往常一样高兴地迎接他，紧靠着他，还用手指轻轻划过他的嘴唇。实际上，新的一种腼腆使他们避免在公共场合像一般的情侣那样拥吻和爱抚。

他们完全跟平时一样，在超市里买了些东西。把车停到车库后，两人就准备开始以各自的方式来享受这阴雨绵绵的一天。希碧儿打着电话，在各个房间里走来走去，忙着自己的事情。欧麦尔则在长沙发上打着盹儿，因为他没有睡好，而且此刻感觉自己融化在了这落雨的早晨中。此外，他也很喜欢雨滴落在花园里的声音。

"为什么你这样看着我？"欧麦尔又张开眼，突然问道。

"因为我喜欢这样看着你。"希碧儿俯下身，回答道。

欧麦尔总算醒了，他搂住希碧儿的腰，耳语了几个字，希碧儿则俯着身子回答说："当然有可能。"

幸福从不会单独降临，希碧儿突然失去平衡倒在了欧麦尔身上，头部先撞进了他的怀里。欧麦尔记得很清楚，希碧儿曾告诉过他：人们之所以会放弃幸福，并不是因为没有追求幸福的能力。

"我觉得你的腿又长了五厘米。"希碧儿端坐在欧麦尔身上，开玩笑道。像个竖琴演奏者一样，她用手指撩拨着欧麦尔身上的琴弦。

正是由于这样的时刻，兴奋之情直达脊髓，欧麦尔每次都更发觉和希碧儿生活在一起是一件多么简单而又必然的事。

"你知道，我有个重要的事儿要告诉你。"希碧儿用低哑的声音稍后对欧麦尔说。

欧麦尔一点儿都不喜欢这样的谈话开场戏，可他还向希碧儿保证道："我虔诚听讲。"

当希碧儿从塞浦路斯回来，而他也意识到艾玛努埃尔和乔瓦尼终于从他们的视野中消失，随之而来的另一种不安就占据了他的大脑：他和希碧儿以后谈什么？过去两人谈话时那漫长的间隙可都是被有关那两位的话题填充着。尽管没有承认，他们都已经开始怀念那些在花园中以那两位为话题而共度的日子，并排躺在躺椅上。如果此刻只凭自己一个人就能让那两位复合，使他们再次走到一起，那毫无疑问欧麦尔一定会这样做，并且绝不犹豫。

幸好，自从他们的旅行开始后，他们的生活也发生了改变。两人变得健谈多了，也坚强到足以抗拒那些聊天间隙中的沉默——那两位留给他们的沉默。

他必须得承认的唯一不同是：他们如今有点喜欢重复了。他们越来越喜欢回忆初见时两人的相互印象，最开始的几次外出,或者是她在那不勒斯穿的一条裙子——他费了九牛二虎之力才给她脱了下来,抑或是他们醒来时脑海里产生的某个念头,也可能是随便什么其他的东西。因为他们都有隐约的需求——通过说什么话来加强存在感。

"我觉得我马上就得离开这套房子,去其他地方生活。"希碧儿突然对欧麦尔"宣布"。

"啊!"万万没想到她会这样说,欧麦尔发出了一声惊叹。

她跟他解释说:根据特蕾莎最近转达过来的消息,由于要跟另一个意大利侨民做一单生意,乔瓦尼急需一笔现金。他决定先出售房子,再谈离婚事宜。

"那这样,咱们就失去了花园,失去了在乡下休息和散步的去处了。"他哽咽地说。

"你恋旧地真难让人相信,"她打断了他,"首先,房子还没有卖出去;其次,不管怎样,我可不想住帐篷。我打算去梅伦租个地方住,一方面为了工作,另一方面为了离塞纳河不那么远。"

63

马德莱娜·塞利菲斯一直坐在他对面,面朝列车前进的方向。她刚刚告诉他,如果说自己能够随心所欲地向他吐露心声,而且还是一些很隐私的事情,那恰恰是因为她几乎不认识他。另外,按常理来说,他们俩在工作中也将很少有任何交集——她马上就要去日内瓦。

事实上,马德莱娜·塞利菲斯正望着窗外。雨水从列车的车窗玻璃上倾斜流下。她感觉现在的自己有点像那些孤独的司机——他们总是向再也不会相见的搭车人倾诉,除非打开车门,在行驶中跳下去,否则搭车人就不得不乖乖听他们说话。

"我不会打开车门的。"他保证道。

"不过,您当然有权利打断我的,如果您觉得无聊的话。"

"为什么会无聊呢?"

"您会明白的。"

首先,为了弄明白后来有一天她怎么会住进精神治疗中心,需要再现一下二十三岁时的她。那时的她是一个腼腆的、非常不自信的女孩,被大学区区长指派到里昂学区的一所高中教经济学。

最初几年的教书时光——幸运的是也是最后几年,对于目前的她来说,更像是另外一种存在。毫无疑问,它们本该在很早以前就从脑海里被抹去了,那些年是如此的枯燥无味,平淡无聊。如果当初她没有那么愚蠢的想法,去爱上教英语的同事(她并不愿意透露他的姓名)的话,她向他说道。

她在众人之中将他定位,缘于一个小小的嘲讽的微笑。那个同事在教师室里用这种微笑扫视大家,时不时地将目光落在她身上,就好像掌握了她一些秘密信息,而她自己却一无所知。直到有一天,她再也按捺不住好奇心,就主动在课间的时候靠近他,让他说一说到底为什么那样微笑。很明显这是个陷阱。他等的就是这个。

替她说句公道话,应该说她那时尽管已经不再是个初领圣体者①,但仍然十分天真无邪。相比之下,他却是一个自信、会挑逗,甚至有幽默感的男人,这她不得不承认。因此,很显然她先前没有任何理由去怀疑这个男人身上有着邪恶的影子,她跟他确认说。

他们背着同事悄悄建立的恋爱关系在一些时日之后,很快地就转变成了一种控制和侮辱的游戏——当然,她的对手总是占据着上风。由于羞于启齿,在向他叙述这些的时候她更愿意省略其中的细节。这也是为了不再勾起她的痛苦。

"十年之后还是这样?"

"是的,十年之后还是这样。我现在觉得他那个时候唯一的、仅有的乐趣就是贬低我,以此来把我当作一件实验品。"

"这看上去是个好奇怪的实验。"他评了一句,一边看着马德

---

① 形容人单纯,幼稚。

莱娜·塞利菲斯那张因为忧思而皱缩的漂亮脸庞，缓缓说道。

她接着说，这样的痛苦迟早有一天会超过她的忍耐极限。出于自保的本能，她仓促地离开了那座高中，离开了里昂地区，在那之后，她陷入了很长一段时间的抑郁。

很快，她便成了一间精神治疗中心三十七号病房的病人。这间精神治疗中心在奥尔良附近，她跟他解释说，这是公职人员的私人诊所和疗养院，有砖红色的建筑和图书馆，另外还有一个很大的公园，公园里有许多黄鹿和野鸡。

起初，在这里最让她心烦意乱的是，当她好几次去治疗中心的咖啡厅时，她无法分辨谁是病人，谁是理疗师，谁只是探病者——因为这里的每个人都没有穿易于辨别的服装，所以难以区分。在这之后，她渐渐掌握了窍门：理疗师一般都是那些来去匆匆的人，病人常常是那些最沉默的人，相反，探病者往往是那些说话滔滔不绝的人。因为他们自认为自己可能有必要——出于对沉默的害怕——去聊天对话，或者是嘲笑一下病人偶尔说出的一两句话。

因此，这里的病人，马德莱娜·塞利菲斯补充道，每次都得耐心地等着探病者哈哈大笑地把他们想说的话说完。

所有这些就是为了说明：她事实上很逃避去咖啡厅，也很少走出房间，不再关注那些谈话的人群、绘画工作室或者是戏剧活动——这些东西提前就能让她筋疲力尽。她一一坦白道。

随着时间的推移，她确信病情恶化了，准确地说，恶化是由于她这种自愿的离群索居。事实上，几个星期之后，虽然看似什么也没有发生，但是她却开始饱受幻听的折磨，开始经常性地听到一个电铃的响声回荡在治疗中心的楼房里，然而她却不能确定这声音是从哪里传来的。

她无法劝说自己相信这是她想象出来的电铃声，尽管精神治疗中心的护士很确信地告诉她，这里并没有任何铃声，除了火灾报警器和声音更小的电梯铃声。但是她的大脑皮层的某个地方仍然顽固地相信这个电铃声是真实存在的（有时她错把它当成是里昂高中的铃声），依旧固执地追问这个电铃声的来源。

"我们现在在哪儿？"她突然问他。

"我想，应该是到第戎了吧。"欧麦尔一边用衣袖擦着车窗上的水蒸气，一边回答道。

在一阵沉默之后，她继续说道，她那时的第一反应当然是把耳朵堵住，然后试着戴上耳机听音乐，但无济于事。这个小小的尖锐的电铃声似乎总有办法抓住她，无论何时，无论何地，甚至在她的父母和姐姐来探望的时候。尽管他们的到来使得她的病情缓和，让她感到宽慰，但是在与他们交谈的过程中，这个突如其来的电铃声还是会让她瞬间战栗起来。

根据约科特医生（顺便说一句，他有着和那位英语同事一样的名字）的说法，此后她应该属于听力正常的人群之列。大多数的幻听患者听到的是人声，而她听到的却是电铃声。"就是这样。"医生笑着跟她解释，笑容确切地说只是面部的抽动而已，似乎她的病只是这世界上最普通的一种病一样。

至于幻听的原因，她向他解释说这个电铃声（完全和里昂高中的铃声一模一样）肯定和她之前发生的故事有某种联系。但是这种解释是徒劳的，医生一边听着她的见解，一边撇着嘴表示怀疑。在他看来，毫无疑问造成这种幻听的创伤应该更深，更久远，一定跟她的父亲或者某个成年人有关——他们试图奸污她。但是对于这个看法，他又一点儿都说不出什么来。她惊得一直都合不上嘴巴。

她不仅没有好一点儿，还被他成功地推进了黑色愤怒中。

不管怎样，马德莱娜·塞利菲斯说，表面上医生和病人之间，乃至这座治疗中心所有员工和病人之间，表面上都维持着一种热情友好的关系，但实际上这种关系很值得怀疑。它总是徘徊在倾听和粗暴的权威之间，移情和礼节性的距离之间——为了避免刺激这些塞满安定药的病人产生不信任感。这种不信任感很可能是有道理的。

"您不觉得开始有点无聊了吗？"她一下子停下来，问道。

"当然没有。我还想知道后来的故事呢。"他反驳说。

接着，她伸展胳膊，鼓起胸脯继续讲道：这个可怕的电铃声变得越来越纠缠不清，她的思绪完完全全陷入了困境。她承受着这个噪声给她带来的烦恼，每次这个铃声都使得她呆立在原地，无法动弹，因为它总是突然而来，无法预料。

直到有一天——出于大自然或者是制药工业的奇迹——她什么也听不到了。第二天依旧如此。

"不可思议的是，我没有感到轻松，"她一边从列车上走下去一边说道，"相反却变得害怕。我觉得自己聋了。"

"丁零零，丁零零。"他傻呵呵地模仿着。

"这可不好玩！"

"我知道。"欧麦尔抱歉地说着，把伞给她撑了过去。

64.

欧麦尔不是不知道,他们可以一直在各自家中等待,然后假以时日,年积月累,来小心翼翼地解开这个爱与忧交织缠绕的线团。简单地说,由于不休的等待,不停的分别,不时的相聚——相聚还总是暂时的——他们的感情很有可能被慢慢地消磨殆尽,他们自己也一天天地衰老下去——甚至自己对此毫无察觉,直到有一天组成一对幻想破灭的孤独者。

那天下午(同样不是随便哪天下午),在下汽车的时候,他也突然决定,如果圣诞节的时候他们还在一起,他就迎娶希碧尔。为什么是圣诞节呢?他甚至都没有思考过这个问题。

也许是因为这一天很容易被记住,而且在此之前他还能暂时休息上几个月。无论如何,他清楚自己性格的弱点,过往的经验也告诉他:不要过高地估计自己的精力,不要相信自己的冲动。于是他明智地决定不向"主要当事人"透露半点风声。

公墓的铁栅栏向着一条铺满石屑的林荫道敞开,沿着这条林荫道,一区隔着一区,墓碑按照时间线一一排列开去,从世纪初的第一批墓碑开始(这些墓碑被青草和攀缘植物完全覆盖起来),一直到最新的那些墓碑——通常是用灰色或黑色的大理石砌成的——家人根据自己的喜好,或是带来一些春天的花束，或是一些假花，用以装饰。带来的频率就看自己的恒心了。

那块墓碑很光滑，简单的石板上刻着安娜·伊莉玛纳的名字，以及她的出生和死亡年份：1946－2002。

"她很年轻啊。"希碧儿很震惊。她才仅仅五十六岁。

"是的"，欧麦尔说，"她病倒的时候，才坦白告诉我她等她的肿瘤已经很多年了。我没有听懂，而且实际上，做手术的时候医生也并没有多做什么，只是把伤口缝合好就把她送回了家。"他一边说着，一边把郁金香放在他之前带来的花瓶里。

欧麦尔沉默了片刻，脑中浮现出母亲那惶恐的形象：眼睛直直地盯着他，仿佛要把他吸进去，身体被床栅死死地拦住。

房间里轮流值班的护士，他接着说，给他的母亲注射吗啡，并且阻止她拔掉输液管，尽管她们声称这样她并不会感受到痛苦，他却对此一直有所怀疑。母亲那无声的屈从，她的痉挛和克制的呻吟声都表明事实正好相反。但是他避免反驳她们，或许出于懒惰，或许由于糊涂。

欧麦尔看着那束郁金香回忆到：这之后，乘火车回巴黎的时候，每当他思绪闪动，想到这件事，心里总是感到内疚，责怪自己听信了别人的大话。

"奇怪的是，"欧尔麦说道，"记忆中，妈妈和我，我们是很亲近的，真的很亲近，不过同时我们也总是闹翻。我觉得她应该是太爱我了，或者说爱我的方式不对。所以后来我们各自过各自的生活。除此之外，她还是一个跟别人不同的女人，情绪非常不稳定。我怀疑以前她把我父亲逼得都有点发疯。最终他还是离开了那个家。"

希碧儿拔着墓周围的冰草和刺蓟，静静地听着他说话，不想打断，似乎在想象着安娜·伊莉玛纳在儿子的生活中所扮演的那个或多或少幸福的角色。

这位儿子这次也特意带来了刷子和海绵，开始用力地擦拭石碑，以清除上面的苔痕。

"我看你完全就是个修道院里被派去管墓地的。"她打趣说。

"尽力赎罪吧。"

"不，你不需要赎罪。"

"你知道的，"希碧儿专注的眼神使他更有倾诉的欲望，于是接着说，"我想，自从世界存在以来，大多数的人类在母亲的痛苦面前，会有同样的负罪感。事实上，从母亲身上，他们总是获取的多，给予的很少。唯一能够安慰他们的是，"他又说道，"他们明白，很快就轮到自己了，因为，儿子终究也会像母亲那样死去。"

希碧儿同情地停下来一会儿，然后回答说自己也不知道这能不能算作一种安慰。

"也许这是一种自我惩罚吧？"

"也许吧。那么关于你父亲，你还没有跟我讲他们分开以后，他怎样了。"

"最近的消息说，"欧麦尔重新站起来说，"他还在加拿大生活，在多伦多附近。他和一个年轻的柬埔寨女人在一起，说是摄影师来着。我搬来巴黎之后，去看过他们两三次，觉得他们挺可怜的。但是，各自有各自的想法。"他一边说着话，一边走向墓地的水龙头那里洗手。

"我们走吗？"她问他。

"走吧，我弄完了。这几天我还会再来的。这么多年过去了，我还是一直未能习惯母亲已经不在了，你不觉得这很病态吗？"

"不，我不觉得。"她一边说着，一边重新走上他身旁那条石屑铺的林荫道。

在关上身后铁栅栏的一刹那，他们突然感觉又回到了当下。空气重新变得清新。下班的人骑着自行车回去，一些搭着篷布的卡车飞快地向着德国驶去。

他们两个人都逆风向前走着，一直走到之前停放汽车的地方，然后整理东西，驶入去斯特拉斯堡方向的公路。

希碧儿应该是在思考他刚才所讲的，所有关于他母亲的事情。她开得飞快，也不说话，欧麦尔很是了解她这种过分敏感的状态。她或许就快要哭了。而他，只是看着仪表盘，也是什么都不说。

这次的沉默，似乎是他们之间以往沉默的总和，也不知是幸还是不幸。在距离斯特拉斯堡还有几公里的时候，这种沉默最终令人无法忍受，以至于他请求打开音乐，还调了调音量。

"你放的什么？"

"你会听出来的，你只知道这个，声音越大，就越美。"他很认真地说道，并且继续调大声音，直到这曲《欢乐颂》似乎要掀翻车顶，将他们身后的一切都爆炸开来。

65.

她告诉他,一切跟她童年相关的事情,只需要回想一个小村庄,一个位于孚日山脉山脚下凄凉的山谷里的小村庄。她所能回忆起来的,无非是方圆几公里内全是牧场、冷杉林,以及附近锯木厂工人的房子。她的父母住在村落尽头的一间白色的农舍里,养了一些家禽和四五头奶牛。事实上,跟当时所有人一样,他们也只能勉强维持生活。

"你想说的是战前吧。"他看着蜷缩在轮椅上的诺埃米姑妈,插了一句。

为了说话更方便,他们两个都来到了诊所的露天咖啡座背风的地方。从这里他们可以看到街对面,一个荒废在荒野的运动场。看台是木头做的,金属的栅栏已经被杂草遮盖得若隐若现。同阿尔萨斯平原的其他地方一样,这里一眼望去尽是玉米田和烟草地,彼此交错着铺陈开去。

"可以想象,"诺埃米回忆着,带着她那种小学老师抑扬顿挫的语调,"战争的逼近和普遍的贫穷,结果就是生活在这个山谷里的人变得冷酷无情。"她还强调说,因为苦难中的人们真的很冷酷,很吝啬,甚至有些恶毒,尤其是她的继父雷蒙·迪特里希,他是个十足的野兽。

"是他把你养大的?"

"更应该说,是他在那些年痛打我们,我和我的哥哥。我那时还是个小女孩,差不多十岁,哥哥安德烈也只有十三岁。由于妈妈得了肺结核不能下床,我们俩就只能任由他摆布。"

确切地说,她说道,他以前是陆军士官,特别爱打猎,大酒鬼,很容易动怒的脾气让周围的人害怕。以至于两三年后,当他在一次狩猎事故中被打死时,没有人怀念他,尤其是她的哥哥和她。

"我告诉你,当他的大手拍到我们身上时,"她一边模仿着她继父的动作,一边说道,"我吓得有时候连内裤都尿湿了。"

"真是恶魔统治啊。"欧麦尔靠着露天咖啡座的铁栏杆,抽着烟说道。

"可不是嘛……母狗'宝贝'的遭遇就是个例子。"

这种事太普通不过了,她告诉他,这件事情前后很多细节,在记忆里生息交织,大多数都已经被遗忘了,然而另外的一些,不知为何,仍旧十分清晰地存在她的脑海中,依然会让她在午夜惊醒。

例如,她还能很清楚地想起他们的继父走过来时的情景。那时他们正在花园里安静地玩耍,他命令他们,就是这样,完全不像开玩笑,让他们去找根绳子和一个凳子,把那只母狗吊死在树上。他们的脸都白了。

这天早上,老"宝贝"好像正慵懒地躺在厨房的地板上休息,她没能将它拖出去拴着。于是她的继父狠狠地惩罚了她,就算在小孩看来,这种惩罚也完全是太过分了,因此他们鼓起勇气告诉他：他并没有权利这么做，他们会告诉母亲的。

"他喝醉了？"

"我不这样想。我能回忆起我们想逃到房子里，去告诉妈妈，但是他就像抓苍蝇一样用手把我们抓住了。"

这段时间内，狗狗"宝贝"当然什么都没有怀疑，还在牧场草丛里侧卧着睡觉呢。事实上，这只母狗年纪相当大了，肚子臃肿，由于风湿病也行动困难，岁月毕竟不饶人。这些它自然毫不在乎，它依然很滑稽淘气，很喜欢轻轻地咬那些戴着鸭舌帽的人的小腿。

"我猜想，照你的说法，你们应该很喜爱这只狗，你和你的哥哥，同样它应该也很喜欢你们。"

"它是很喜欢我们，但是真的没有必要。"她很认真地回答说。

动物的善良和卑微，剥夺了它们的戒备心理。她向他解释道。当他们去牧场里找它的时候，继父在身后寸步不离地跟着他们，狗既没有逃，也没有穿过马路，或者是跑到谷仓里面藏起来，而是乖乖地任由绳子套在脖子上，什么也不懂。然后他们牵着它走向房屋后面的那棵大椴树下，哥哥安德烈拉着绳子，她扛着凳子。

为了早点结束这件事，简化告别程序，雷蒙·迪特里希自己抓住这只狗——它突然开始拼命地挣扎——一下子就把狗举到了一根很粗的枝丫那里，上面是他们已经系好的绳套。此时，她和哥哥的双眼全是泪水。

当有着黑色大耳朵和白色口鼻的"宝贝"被挂到它的"绞

首架"时,她说,他们就像疯子一样地跑开了,再也不敢回头看。

"我不知道该说什么,太疯狂了。"欧麦尔握住她那苍老的双手说了一句。

"我呢,真想说生活有时候就是说不出来的肮脏。但是你看,不幸的是,这一切还没有结束。"

就在他们绕着屋子走,向母亲求救的时候,狗又出现在他们身后了:它挣脱了那个大枝丫。

它惊恐地跟着他们向前走,脖子上的绳索和奶子都在地上拖着,她回忆到。由于他们一直战战兢兢地说不出话来,那可怜的狗就趴在草丛里,爪子向前伸着朝向她。她看着狗的爪子,不停地抽泣。

"你在哪里,它就到哪里,总是保持着同样的距离。然后,一点一点地,它慢慢地爬向我们,来舔我们的脚,你明白吗?"她一边说着,一边擦拭眼睛:"它舔我们的脚!"

当哥哥和她紧紧抱住狗,不停地为之前让它承受的痛苦向它道歉时,他们的继父便从房屋里走了出来,咆哮着骂他们俩是蠢蛋,让他们赶紧把狗带回去一吊了之。安德烈比她要大一点,显然试图反抗,他回答继父说让孩子做这些太残暴了,他们再也不会听他的了。

片刻之后,她就看见哥哥嘴里流出血,她往后退了两三步,接着头一歪,栽倒在院子中间。

"就像这样。"诺埃米坐在轮椅上,一边把头向前倾斜,一边说道。

但是公道还是在的：多亏她的晕厥让所有人义愤填膺，于是狗再也不用被吊起来了。然而这也不过只是一个短暂的慰藉，她坦言道。因为在几天之后，他们的继父就把狗带去了森林，之后"宝贝"便再也没有回来。

"说到底，他总是想尽办法，不停地折磨你们，好让你们俯首帖耳。"

"是这样的，他想要告诉我们谁才是一家之主。不过，你看，"她用老年人那宽容的语气说到，"我认为雷蒙·迪特里希就是个绝望的男人，没有任何出路而已。直到现在我还在疑惑，他当年打猎时发生的意外，是不是真的意外。"

关于雷蒙·迪特里希的故事，已经听够了的欧麦尔什么也没有回答。他把手臂支在栏杆上，眼神迷失在空旷的风景里，过了好一会儿才想起希碧儿还在旅馆等着他。

"你知道吗？"当他把她推回房间时，诺埃米向他说到，"我在一堆纸下面找到了些你母亲的照片。照片上，她正在我们家后面的池塘边玩。她穿着她的小泳衣，那么漂亮，那么可爱，如果我再回到家里，都没勇气再去看那些照片。假如哪天我能回去的话。"

"如果你愿意的话，你可以邮寄给我。"欧麦尔说，他把她从轮椅上抱起来放到床上，帮她重新躺下。

除了楼层里的一扇门发出声响，周围一片寂静。

"那个可怜人，上午刚刚做手术摘掉一个囊肿。"她小声地向他说道，还用手指了指她右边的邻居——舒勒女士，她正侧身对着墙睡着。

"那我们不要说话了。"他不再听她说了。

"好的,不说了。不管怎样,你该走了,我呢,也该休息了,我现在睡得越来越早了。"

"安静①。"他低声说。

"安静。"她重复了一遍,抬着嘴憋住大笑。

---

① 原文为意大利语。

译后记

不知不觉，离上次翻译拉佩尔先生的作品已经过去六年。

拉佩尔先生不是一个高产作家，而眼下这部作品更是一直写了五六年，方才交稿。等书稿到我手中时，心中不免快慰，但也有一丝担心：耐得住寂寞，苦心孤诣写就的作品值得精打细磨式的翻译。

在翻译之前，就已经跟作家数次沟通。比起第一部作品《人生苦短欲望长》，译者的经验已经大非之前，理论上也算小有所成。但是越是如此，越是惶恐。一部好的外国文学作品，需要一流的作家，一流的写作态度，另加绝妙的写作灵感。然而译介到中国来，还需要独具慧眼的出版社，认真负责的编辑和译者。如此，经过精心的琢磨，方才不负读者的阅读期待。

这本小说，坦白说，语言风格同《人生苦短欲望长》还是一脉相承的。但是内容安排、写作技巧，感觉已经更上一层楼。巧妙的构思，蒙太奇似的情节安排，电影特写似的细节描写，屡屡将译者从翻译的工作状态中拉到阅读的快感中。感谢拉佩尔先生。

与上一本小说相比，这部小说更加引人深思。每一章留下一个悬念，全书又是开放式的结局；每一章都让人怀疑，让人猜想，全书完更是让人不免将内容重新安排、剪辑，方得其中之味。一句话，这是一部需要参与感的小说。

至于作家对于细节的把控，更是细细品来，拍案叫绝。仅仅举两个例子为证：

1. 内容上：书中有一个细节是男女主人公欧麦尔和希碧儿在散步时，心潮澎湃。与之相伴的就是雷雨前的沉闷天气。然而他们看到了一对白鹇，才是神来之笔。译者在翻译的时候还专门查阅了有关白鹇的相关知识。这种鸟胆小，机警，但是美丽。由于啼声喑哑，在中国还被称为"哑瑞"。联想到希碧儿的声音和他们两个当时的心境，这对白鹇对于衬托小说意境当真是令人佩服。

2. 翻译过程中：这部小说的个别章节曾被译者拿来作为翻译资料给学生讲法国文学翻译。讲课的过程中，细节的翻译使得我们师生都对里面的细节描写佩服不已，而作家用词的精确也让人赞不绝口。所以，细节应该不只是译者自己一厢情愿地称赞，是经得起考验的。另外，从学生读者那里，译者看到了不同的欣赏视角和阅读体验，也因此对这部小说更加喜爱，更加相信它能够为中国读者所喜欢。同时也感谢这些同学们。

当然，诗无达诂，文无全解。囿于译者本身水平，中文版未能对小说尽传其味，甚为遗憾。也希望读者、研究者、文学爱好者在阅读这部小说时不吝提出问题，译者一定虚心接受，一一改正。译者自己在翻译校对的过程中也屡次发现有错误或者谬译，如小说开始的时候安娜和他丈夫在尼斯度蜜月的场景。在翻译原文的时候，总是不得其味，有几处风景描写更是模棱两可。直到译者自己到达尼斯，感受了那里的气氛、风景、汽车和棕榈树的时候，才真的理解了一些细节的风景描写。

另外，在翻译的过程中，由于涉及原书名以及英文诗的翻译，译者曾求教于同事段俊晖、吴佳美夫妇，以及同学孙雅男女士。感谢他们的指导。

最后，感谢四川文艺出版社的编辑们。他们严谨的态度，为本书增色不少。

张俊丰
2018年6月5日于四川外国语大学